배짱으로 삽시다

30주년 기념
개 정 판

30th
Anniversary

Since 1982

1982

1992

이시형
패키지북스 01
신판
배짱으로
삽시다
이시형 지음
한국인의 강점과 약점 -
출판사상 최장기 베스트셀러!

1999

1
배짱으로
삽시다
사회정신건강연구소 소장 이시형 지음

2008

프롤로그

30주년 기념 개정판을 내면서

미국 유학을 마치고 돌아온 내겐 참으로 힘든 나날의 연속이었다. 70년대 한국 사회는 근대화 작업에 온 나라가 들썩거렸다. 군사독재를 반대하는 시위로 대학 수업은 제대로 진행될 수 없었다. 온 나라가 커다란 소용돌이 속으로 말려들고 있었다.

내 자신도 개인적으로 정신이 없었다. 합리적인 미국 사회에 길들여진 내게 당시 한국 사회는 새로운 문화충격으로 다가왔다. 더구나 나는 정신과를 미국에서 처음 공부한 탓에 '한국인'을 이해하는 데 엄청 어려움을 겪고 있었다. 한국의 뿌리부터 공부하지 않으면 안되었던 것이다. 잠시 몸담았던 모교 경북대학교를 떠나 서울로 올라왔다. 서울은 내게 너무나 생소한 곳, 적응하는 데 쉽지 않았다. 한마디로 정신없는 나날이었다.

내게 유일한 낙은 테니스였다. 한데 어느 날 내 파트너이면서 주치의였던 김영조 박사가 테니스 라켓을 뺏어들면서 "테니스 그만!". 이는 참고 견뎌왔던 내 미련에 대한 엄중한 선고였다. 허리 디스크와 퇴행성 무릎관절에 일상생활도 불편할 정도였다. 질주본능의 내 야생마 기질에 이건 가히 종신형 선고였다. 수술도

거부했다. 의사 주제에 제 몸 관리 하나 잘 못했으니…. 엄살을 떨며 겨우 진료를 마치면 지팡이에 다리를 질질 끌며 재활치료가 시작된다. 야생마처럼 날뛰던 동적인 시대에서 정적인 시대로 접어들게 된 것이다. 이건 내 인생에 큰 전환점이 되었다. 그제서 세상이 제대로 보이기 시작한 것이다.

왜 우리는 이리 급할까, 왜 이렇게 시끄러울까, 왜 질서 하나 지킬 줄 모를까…. 끝없는 의문이 내 머리를 스치고 지나갔다. 산업화, 도시화와 함께 농촌에서 도시로 대거 이동해 왔으니 전혀 도시인으로서의 감각이 없었던 것이다. 이게 내가 갑자기 잡지에, 신문에 칼럼을 쓰게 된 계기다. 어느 날 출판사에서 이런 내용을 책으로 써보지 않겠냐는 제의가 들어왔다. 난 웃었다. 어쩌다 쓰는 조각글이면 몰라도 내가 책을 쓰다니! 대학 때 상담교재를 만든 게 전부인데. 사양을 했지만 출판사는 막무가내로 나를 다그쳤다.

막상 쓰기로 마음먹고 붓을 드니 강물처럼 글이 쏟아져 나오는 게 아닌가. 내 생각에도 이상할 정도로 술술 풀려나갔다. 그만큼 하고 싶은 이야기가 쌓였던가

보다. 일주일 휴가에 책 한 권을 다 써내려간 것이다. 놀란 건 나뿐만이 아니다. 출판사는 더 놀랐다.

이게 졸저 「배짱으로 삽시다」가 탄생한 배경이다. 내 나이 50에 처녀작이 나왔으니 놀랄 만도 하다. 1982년 봄이었다. 당시 시국은 박정희 대통령 시해 사건으로 흉흉했던 나라가 전두환 대통령의 군사독재로 이어지면서 국민들의 어깨는 잔뜩 움츠러들었다. 기를 펴고 살 수 없었던 참으로 암울한 시대였다. 그러는 한편 산업화 물결로 우리에게 희망의 불씨가 살아나기도 했다.

책이 출간되자 그야말로 폭발적이었다. 누구도 상상 못한 일이었다. 시골에서 올라온 무명 정신과의사의 처녀작이 이렇게 초대형 베스트셀러가 될 줄이야. 당시의 시대적 상황이 이러한 열기에 불을 지폈을 것이다. 덕분에 난 하루아침에 유명인이 되었다. '자고 나니' 유명인이 되어 있더라는 무명 가수의 출세담 그대로다. 매스컴은 이렇게 뻥튀기를 하는 속성이 있다.

서점에서만이 아니다. 전국에 소위 배짱이 없어 데이트 신청 한번 못해본 숙맥들이 병원으로 몰려든 것이다. 문제는 이들을 당시의 정신의학 진단 기준으로는 진단할 기준이 없었다는 점이다. 우리가 만들 수밖에 없었다. 대인공포증, 사람 앞에 나서기를 두려워하는 사람들이다. 판단기준이 없으니 치료기준도 없다. 우리 한국에서 처음으로 대인공포증 집단 치료를 개설, 지금도 후학들이 실시 중에 있다. 필자의 보고 등이 계기가 되어 지금은 사회공포증이라는 진단명으로 국제정신의학에 정식으로 등재되어 있다.

여기까지가 졸저를 쓰게 된 시대적 배경이다. 물론 내 개인적 사정도 함께 뒤엉켜 있다. 30년이 지난 지금 다시 읽어보니 참으로 감개무량이다. 그 이후 적잖은 책을 썼지만 「배짱으로 삽시다」는 내게 특별한 의미가 있다. 각별한 애정이 가는 것도 그래서다. 대단한 명작이라는 자부심에서 하는 소리는 아니다. 이 책이 출간되면서 내 삶에 엄청난 변화가 있었기 때문이다.

그리고 정말 신기하고 고마운 건 지금도 꾸준히 읽혀지고 있다는 사실이다. 요즈음도 강연장이나 공식 석상에서 이 책의 저자임을 강조해 소개한다. 그리고 사석에선 옛 팬들을 자주 만난다. 「배짱으로 삽시다」는 지금까지 큰 사랑을 받고 있는 밀리언셀러가 돼, 저자를 대표하는 저술이 되었다.

밀리언셀러는 시대의 열망과 한 치의 어그러짐 없이 접점을 이루었을 때 탄생한다. 이 책이 출간된 뒤 우리 사회에 한동안 '배짱 신드롬'이 일어난 것도 이 책이 소위 체면과 남들의 시선으로 경직돼 있는 우리 사회의 꽉 막혀있던 혈류를 속 시원히 뚫어주는 역할을 했기 때문일 것이다. 많은 이들이 이 책에서 통쾌함을 느끼고 활력과 기를 되찾았다. 특히 1980년대는 도시화와 산업화로 새로운 가치관을 필요로 하는 시대였다. 이 책은 빠르게 변화하는 현대 도시생활에서 겪게 되는 문제점을 분석하고 해결책을 제시하는 내용이다.

그래서 종종 많은 이들이 이 책을 읽고 삶의 이정표를 찾았다는 인사를 하곤 했는데, 나로서는 감사할 따름이다. 자기 인생이 바뀌었다는 사람도 많다. 배짱을 발휘해 용감하게 프러포즈한 게 성공, 멋진 결혼을 하게 되었다는 팬도 적지 않

았다. 내 팬은 소위 오빠부대처럼 시끄럽거나 야단스럽진 않다. 하지만 인생의 이런 성공담을 들을 적마다 큰 보람을 느낀다.

이 책의 독자들은 대체로 젊은 층이다. 따라서 세월이 흐르다 보니 책에 등장하는 주인공들이 바뀌지 않으면 안되게 되었다. 그 시대 젊은이들에게 어필하는 새로운 주인공으로 바뀌어왔다. 그간 몇 차례 보완 개정판을 내야 했던 사연도 그래서다. 새로운 세대에게 익숙한 이름으로 바뀌고 또 나도 나이가 들고 보니 차츰 문장이 부드러워지는구나 하는 느낌이 든다. 나이 탓이다. 책도 세월과 함께 늙어가는구나. 참으로 묘한 생각이 들곤 한다.

30년 전 당시 이 책을 읽었던 젊은이들이 이제 아들, 딸을 낳아 기르는 부모가 되었을 테니 자녀들에게도 권해주길 바란다. 고전이 아니고서야 우리 도서 중에서 세월의 파랑을 넘어 부모와 자식이 함께 읽을 수 있는 책이 몇이나 될까 싶다. 이 또한 영광스러운 일이다.

특히 이번 개정판에는 황상민 교수가 해설을 써주어서 더욱 빛이 난다. 내 자신도 미처 알지 못했던 구석을 용케 끄집어내 새로운 의미를 부각시켜준 점은 필자인 내게도 큰 공부가 되었고 교훈이 되었다. 꿈보다 해몽이 좋다는 말이 딱 어울리게 되었다. 황 교수의 우의에 다시 한 번 깊은 감사를 드리며 서를 마감한다.

저자 이 시 형

차 례 _ Contents

CHAPTER 02

추진력

몸은 바로 마음이다

CHAPTER 03

결단력

뛰고 나서 생각하라

CHAPTER 04

소심증

플러스 발상

CHAPTER 05

소신

소신 있는 거물들

CHAPTER 06

미안 과잉증

'안돼'라고 말하는 용기

CHAPTER 07

남과 달라지는 연습

열등감

CHAPTER 08

눈치작전의 대가들

대인불안

체면은 형식이다 • 가난한 역사의 유물 • 마음은 분업이 안된다 • 겉치레와 '척'병 • 모르면 물어라 • 적극성의 적敵 • 질 줄도 알아라 • 배지 단 사람들 • 사장이 되려면 외근을 하라 • 감추는 병 • '초지일관'은 바보의 철학 • 배짱은 허세가 아니다

Chapter

01

체면 옷을 벗어라

까마귀 싸우는 곳에도 가봐야
할 게 아닌가. 말일 일이면 말려야 하고
한쪽이 나쁘면 한판해야 할 게 아니냐 말이다.

CHAPTER • 01

체면 / 옷을 벗어라

체면은 형식이다

'우리는 왜 배짱이 약한가?'라는 질문에 가장 먼저 떠오르는 게 체면 문제다. 체면과 배짱은 반비례하기 때문이다.

우리는 무척이나 체면을 존중하는 민족이다. 이 체면이란 명분에 매이다 보면 내용보다 형식이, 용기보다 만용이, 그리고 실력보다 허세가 더 강하게 작용하게 된다. 헛된 자존심만 팽배하고 위신만 앞세워 도무지 실속이 없다. '양반은 추워도 곁불을 쬐지 않는 법'이니 얼어 죽어도 할 말이 없다.

누군들 위신을 중히 여기지 않으랴만, 이렇게 철저해서야 문제가 아닐 수 없다. 그렇다면 이 유별난 체면의식이 어째서 이렇듯 강하게 작용하게 되었을까. 그것부터 짚고 넘어가자.

어느 사회고 사람이 모여 사는 곳엔 서로가 지켜야 할 일정한 규범이 있다. 이건 집단이 살아남을 수 있는 수단으로써 필요불가결한 것이다. 그러기 위해선 어느 정도의 개인적 희생은 불가피하다. 사회가 복잡해진 오늘날에는 이러한 국가적 규범을 만들어내는 기구, 즉 국회가 있지만 원시사회에선 그 집단이 속한 풍토적 환경에 따라 규범이 만들어졌다.

따라서 나라마다 법과 풍속이 다를 수밖에 없다. 촌락사회인 우리의 경우 가장 중요시된 규범 가운데 하나는 역시 체면이었다. 사실 우리는 체면을 존중해왔기 때문에 예절 바른 동방예의지국이라는 칭찬도 들어왔다. 어느 나라에서건 체면의식이 없으랴만, 왜 우리만이 굳이 체면을 생명보다 귀한 걸로 여겨왔을까.

가난한 역사의 유물

먼저 떠오르는 게 풍토적 영향이다.

우리의 풍토는 계절풍 영향 하에 있어서 1년에 걸쳐 한서의 차가 30도를 넘고, 특히 겨울은 길고 춥다. 따라서 방에서 지내는 시간이 많아질 수밖에 없다. 더구나 많은 식구가 한방에서 잘 지내야 했다. 누가 싫다고 달리 갈 곳도 없다. 서로 의좋게 지내기 위해선 내 기분을 죽이고 사는 수밖에 별 도리가 없다.

방안이 덥다고 함부로 문을 열어선 안됐다. 할머니가 싫은 기색이면 더워도 참아야 했다.

외국사람은 이런 우리 가족 분위기를 단란하고 의좋은 것으로 칭찬했다. 그만큼 우리에겐 개인의 감정을 억압하고 살 수 있는 '능력'이 길러졌다는 증거다. 자기 마음 내키는 대로 사는 개인주의적 서구사회에서야 생각도 할 수 없는 일이다.

아무리 피곤해도 어른 앞에서 눕기는커녕 다리도 마음대로 뻗을 수 없다. 비좁은 방에서 혼자만 편히 한다는 건 있을 수 없는 일이었다. 초가삼간의 궁색한 살림살이, 다리 한번 기분대로 뻗어볼 공간적 여유가 없었다. 그뿐이랴. 배고프다고 덥석 집어먹을 수도 없는 게 우리였다. 먹을 게 넉넉지 못한 우리 형편에 체면 없이 서로 많이 먹겠다고 덤볐다간 어떻게 될 것인가. 주먹질이라도 오갈지 모른다. 왜 먹는 데까지 이 거추장스런 체면이란 걸 갖다 붙였을까? 그저 가난 때문이다. 여유만 있다면야 제동을 걸 필요가 없다.

인간의 기본욕구마저 체면이란 명분으로 억제당해야 했던 것도 따지고 보면 그만큼 가난했던 데 원인이 있다. 풍요로운 서구사회에선 먹는 데 관한한 체면이란 있을 수 없다.

'춥고 배고픈' 민족이었기에 우리에겐 이런 체면의식이 강요되었던 것이다. 위계질서를 엄히 하고, 경로사상이 발달한 것도 이런 가난의 역사 탓이라 해도 과언은 아닐 것이다. 풍요로운 나라일수록 이런 질서가 약하다는 것만 봐도 알 수 있는 일이다.

하지만 우리나라도 잘 살게 되면서부터 이런 의식이 사라져가고 있다. 야만인으로 되어간다는 비판의 소리도 높지만 어느 의미에선 다행한 일인지도 모른다. 궁상을 벗어나게 되었으니 말이다.

이제 우리도 춥고 배고픈 사람이 아니다. 다리를 뻗을 여유도 생겼고 배불리 먹을 수도 있게 됐다. 노인은 따로 살아도 좋을 만큼 생활여건이 개선되었다. 체면의식의 약화를 찬양하려는 뜻은 아니다. 다만 체면이 강조된 환경요인을 규명하는 정신기제를 설명하고자 함이다. 잘 살게 되었다. 많이 바뀌었다. 그런데도 우리 사회엔 체면의식이 아직도 강하게 작용하고 있다. 그래서 남의 눈을 많이 의식한다.

체면이란 자기 얼굴을 세우는 일이지만 이건 어디까지나 타율의식이지 자율성의 발로는 아니다. 체면이란 남의 눈을 의식해서 나를 숨기는 일이다. 배고파도 아닌 척, 추워도 더운 척하고 나를 숨겨야 하는 게 체면의 강제성이다.

이런 의식은 집안 식구뿐 아니라 이웃에게도 강하게 작용한다. 체면상 필요하다면 내 집 허물은 감춰야 한다. 끼니를 굶어도 손님접대는 후히 해야 한다. 내 논의 물을 좀더 대고 싶어도 남의 눈 때문에 참아야 한다. 좁은 박토에 그래도 싸우지 않고 살아가기 위해선 체면이야말로 무척 편리하고 필수적인 일종의 생활도구였다.

우리의 공공의식은 이 체면을 바탕으로 하고 있다. 따라서 누가 보는 앞에선 의젓하게 잘하지만 보지 않으면 엉망이 된다. 체면이란 본질적으로 타율적인 것이지 자율적인 것은 아니기 때문이다. 남이 안 보면 그뿐이란 생각이 지배적인 것이 체면 문화권의 약점이다.

체면차림이란 자기 마음속에서 우러나는 것이 아니기 때문에 언제나 억지로 하는 듯한 저항감이 생긴다. 무척 거추장스럽게 느껴져서 남이 보지만 않는다면 언제든지 벗어던지고 싶은 충동이 일어난다. '체면이란 것만 없다면 무슨 짓을 못해.' 세상을 훨씬 편하게 살 수 있을 것이다.

체면 때문에 우리는 겉 다르고 속 다르다. 표리부동表裏不同이다. 어디까지가 사실이며 어디까지가 진짜 마음인지 알 수가 없다. 그래서 우리는 속마음을 잘 숨기기로 이력이 나 있다. 솔직하지 못한 것도 표리부동이란 마음의 이중구조에서 비롯된다.

누가 보는 앞에선 자기 진심을 숨겨야 하는 게 우리다. 아무리 내 자식이 귀여워도 어른 앞에선 덥석 안아보질 못한다. 애인도 그렇고 마누라도 물론이다. 마누라와 팔짱 한번 껴보지 못한 사람은 아직도 많다. 남들 보는 앞에 체면상도 안되고 창피해서도 안된다.

우리는 법을 지켜도 남의 눈 때문이다. 서양사람은 자기 양심에 따라 누가 보든 말든 지킬 건 지킨다. 한밤중 아무도 없는 교통신호까지 잘도 지킨다. 우리 눈에 좀 숙맥 같이도 보인다. 우리는 지켜보는 경찰이 있기에 지킨다. 아무도 보는 사람만 없다면 교통법규쯤 아랑곳하지 않는다.

사실이지 요즘엔 체면 없는 무리들로 인해 무척 속상한 일들이 많아져가고 있다. 서양에서처럼 자율의식이 발달하지도 않은 문화권에서 체면마저 사라져간다는 건 사회질서의 파멸을 의미하는 심각한 신호가 아닐 수 없다. 공공의식에 약한 우리 사회가 체면이란 것 때문에 이나마의 질서가 유지돼 왔는데 말이다.

체면은 있어야 하고 지켜야 한다. 그러나 이것이 너무 강하게 작용하여 일상행동에 지장을 초래한다면 문제다. 시대에 맞게 재정비해야 할 때가 왔다고 본다. 구태의연한 체면의식 때문에 위축되어도 안될 것이며, 그렇다고 마음 내키는 대로 행동해서도 안될 것이기 때문이다.

체면의 노예가 돼버리면 적극성이 없어진다는 데 우선 문제가 있다. 여기서 특히 강조하고 싶은 건 체면과 명예를 혼동하지 말자는 거다. 그런 면에서 서양사람의 의식을 한번 음미해볼 필요가 있다. 백만장자도 선술집에 간다. 자기가 좋아하는 이상 아무 데고 상관하지 않는다. 아들의 결혼식은 간소하게 치른다. 서민보다 더 검소하게 말이다. 부모의 장례도 소박하다.

그러나 이런 것들이 그의 명예를 손상시키진 않는다. 우리 가치관으로는 체면손상이 될 테지만 그들에겐 아랑곳할 일이 아니다. 서양사람들은 체면보다 명예를 중시하기 때문이다. 아예 체면의식이란 걸 찾아볼 수도 없다. 자율성을 존중하는 그들로선 명예란 말은 있어도 체면이란 말은 없다. 명예란 남이야 뭐라든 자기 생각이다. 남의 눈에 좌우되는 게 아니고 내 마음이다. 내가 한 일을 스스로가 떳떳이 여길 수 있을 때 그게 곧 명예다. 체면의식이 지나쳐서 전전긍긍하는 한국인에게 이 명예란 걸 생각해보길 권하고 싶다.

마음은 분업이 안된다

체면의식이 강할수록 중추신경의 긴장도는 더해진다. 체면을 지킨다는 건 곧 자기 내심을 숨겨야 하는 억압이 선행되어야 한다. 하고 싶은 충동을 참고 짐짓 아닌 척해야 하기 때문에 정신 에너지의 소모가 많다. 이 부인否認과 억제기전抑制機轉을 강화하기 위해 체면의식엔 수치감이 동반된다. 체면을 못 지킴은 무안해짐을 일컬음이요, 이는 곧 강한 수치감으로 괴롭힌다. 따라서 어떤 충동도 이를 잘 숨겨, 외견상 아무렇지 않은 것처럼 보이지 않으면 안된다.

행여 감추어진 충동이 억압을 뚫고 새나오기라도 하면 부끄러워 얼굴도 못 들게 훈련이 돼있는 것이다. 그러니까 철저히 감춰야 한다. 그러자니 표정 하나, 행동 하나가 모두 부자연스러워진다. 어딘가 굳어 있는 표정이다.

미국 친구들은 나를 '그라우치'라고 부른다. 구름 낀 날씨처럼 어둡다는 뜻이다. 좀처럼 감정표출을 하지 않는다고 면박을 주는 것이다. 나로선 좀 억울한 일이 아닐 수 없다. 평균적인 한국사람에 비해 나는 확실히 낙천적이요, 표현적이다. 하지만 서구인의 기준에는 크게 못 미치고 있음에 틀림없다. 화가 났느냐, 무슨 기분 나쁜 일이 있느냐 별소릴 다 물어오곤 했었다.

그만큼 우리는 감정표출에 인색한 편이다. 특히 좋아하는 일, 기뻐하는 감정표현엔 더더욱 인색하다. 자칫 경망스럽단 소리를 들을까 두렵기 때문이다. 하지만 무엇보다 '점잖은' 체면에 쉽사리 까르르 웃어댈 순 없는 일이다.

사람의 마음이란 기계처럼 분업이 잘되지 않는 것이어서 한 가지 감정을 숨기려고 노력하면 나머지 것들도 함께 얼어붙어 버린다. 배고픈 걸 억지로 참고 견뎌보면 알 수 있다. 찬물을 마시고도 큰 기침에 이빨을 쑤셔야 한다. 그러나 그건 허세지, 결코 자연스럽게 보이진 않는다. 이런 경우 몸도 마음도 굳어져 있는 걸 스스로도 느낄 수 있을 것이다. 이게 체면의 생리다. 체면에 못 이겨 점잔을 빼자니 긴장 일색이다.

이런 정신적 긴장이 피로감을 가져온다. 하는 일 없이 피곤하고 무슨 일을 해도 억지로 하게 되므로 정신적 부담도 더욱 가중된다. 모든 게 남의 눈에 강제된 상황에선 자발심이나 창의력도 우러날 수가 없다. 억지로 끌려하는 듯한 부담감에선 무슨 일이고 적극적일 수가 없다.

겉치레와 '척'병

속이 찬 사람은 형식에 구애받지 않는다. '체면' 운운하고 형식을 따지는 사람일수록 속은 비어 있다.

텅 빈 속을 위장하려니 겉모양이라도 그럴 듯하게 갖추어야 한다. 보상심리의 작용이다. 가난할수록 좋은 옷을 입어야 하는 강박증도 그렇고, 빚을 내서라도 웅장한 저택을 짓는 것도 그런 이유에서다. 지금도 자신 있는 선비는 그런 것쯤 아랑곳하지 않는다. 미국 청소년은 옷타령 하지 않고, 집이래야 군대 막사 같은 외형이지만 그게 그들의 체면을 손상시키진 않는다.

우리는 보고서를 제출해도 내용보다 우선 표지나 격식을 갖추는 등 결재 맡는 태도를 더 중요시한다. 형식에 치우친 나머지 얼마나 불필요한 서류를 첨부해야 하는지 관청출입이 부담스럽다. 행정 간소화라지만 아직도 그 많은 형식상의 서류며 결재도장 수는 별로 줄어들지 않는다.

교수가 논문을 써도 우선 내용을 어렵게 써야 한다. 한문을 많이 섞고 영어를 써야 원문에 밝은 실력자로 통한다. 실력 없는 교수의 강의가 어려운 것도 난해한 어구를 많이 쓰기 때문이다. 그래야 권위가 서고 교수로서의 체면이 서는 줄로 알고 있다.

건달이 문자를 섞어가며 지껄여대는 것도 체면 때문이다. 그래서 우리 사회엔 속은 비어도 식자연하는 '척'병이란 게 생겨났다. 무엇이든 백과사전처럼 다 알아야 하는 척병이다. 누가 무얼 물어도 모른단 소릴 못한다. 체면상 그럴 수가 없다.

최고의 국문학자 양주동 선생이 6 · 25 전쟁 시 피난지 대구에서 강의하던 때의 일이다. 고전문학 강의 도중 그만 어느 대목에서 막혀버렸다.

한참 동안 고개를 갸웃거리더니 "모르겠는데"라고 했다. 자칭 국보요, 천하 수재라던 그의 높은 코가 납작해진 순간이었다. 선생의 입에서 모른단 소리가 나오다니, 정말 의외였다. 학생들이 민망할 지경이었다. 하지만 선생은 태연했다. 모르는 게 마치 자랑이나 되는 것처럼 오히려 뻔뻔스럽기(?)까지 했다. 선생의 다음 말은 더욱 걸작이다. "내가 모르는 거면 학생들은 몰라도 돼." 강의실엔 폭소가 터졌다. 선생 특유의 애교 넘친 제스처와 함께 아무 일 없었다는 듯 강의는 진행됐다.

나는 지금도 그 시간을 잊을 수가 없다. 어쩌면 모른단 소릴 그렇게 자신 있게 할 수 있을까. 적당히 얼버무려도 그냥 넘어갈 수 있는 대목이었다. 더구나 선생의 능변으로썬 충분히 그럴 수도 있었다. 하지만 선생은 분명히 '모른다'하고 넘어갔다. 자신만만한 선생의 여유요, 배짱이었다.

이런 건 물론 범인凡人의 경지는 아니다. 자신 없는 사람은 모른단 소릴 못한다. 아주 무시당할 것 같은 소심증 때문이다. 적당히 아는 척하고 떠들어야 한다. 무지를 숨기기 위해 더 떠들어야 한다. 그래서 서울도 안 가본 사람이 이기게 돼있다.

외국 여행길에서 알아듣지도 못하는 외국어를 체면상 고개를 끄덕이다 망신당한 이야기는 흔히 듣는다. 손짓 발짓을 해서라도 상대의 메시지는 분명히 알고 행동해야 한다. 외국어는 모르는 게 당연하다. 그 사람도 한국말은 모른다. 창피할 게 없다. 사실 외국어야 너무 잘해도 탈이다. 자기 말이 아닌 이상 좀 떠듬거리는 게 오히려 예의다.

의사도 시원찮은 의사가 자신 있는 척한다. 돌팔이치고 만병통치 못하는 녀석 없다. 광고에 '책임치료' 운운하는 의사치고 똑똑한 사람 없다. 아무리 간단한 병이라도 겸허한 자세로 임하는 게 의사의 본분이다. 명의가 될수록 모르는 병이 많다.

어느 강연회에서 있었던 일이다. 그때 나는 주부들이 나들이를 해야 한다고 열을 올렸다.

"아니, 모든 주부가 다 밖으로만 나다니면 집안 꼴은 어떻게 되겠소." 흥분한 중년 남성이 따져 물었다. 난 무척 담담한 어조로 "잘 모르겠다"고 대답했다. 그는 어이가 없었던지 피식 웃더니 자리에 앉았다. 이 경우 묻는 사람의 의중은 분명하다. 내가 뭐라고 하던 그걸 물고 늘어질 판이다. 함정을 파놓고 기다리는 질문엔 모른다는 대답 이상 현명한 게 있을 수 없다. 어설프게 대답했다간 꼼짝없이 말꼬리를 잡힌다.

사리가 이런 데도 우리는 누가 물으면 모른단 소릴 못한다. 거의 습관적으로 대답을 해야 되는 걸로 아는 강박증 때문이다. 이건 물론 어릴 적부터 그렇게 교육을 받아왔기 때문이다. 학교에서나 집에서나 어른이 물으면 큰 소리로 분명히 대답을 해야 똑똑한 아이로 칭찬을 들었다. '질문 → 대답'의 조건반사가 중추 깊숙이 형성돼 있어 뭐든 물으면 즉각 대답이 나와야 한다. 모르면 적당히 얼버무리기라도 해야 한다. 하지만 모를 수도 있고 모를 권리가 있다. 특히 남의 분야는 모르는 게 오히려 자랑이다. 그만큼 내 분야를 열심히 했다는 증거도 된다. 사실이지 세상 꼴불견은 남의 전문분야를 아는 척하고 떠드는 일이다.

모르면 물어라

모른단 소리를 못하는 사람은 묻지도 잘 못한다. 그것도 몰라? 행여 상대가 그렇게 생각하면 어쩌나 싶은 두려움 때문이다. 해서 몰라도 아는 척하고 적당히 넘어간다. 무지를 숨기려면 그럴 수도 있다. 또 그래도 큰 문제가 생길 일이 아니라면 그럴 수도 있다.

하지만 그래서야 발전이 없다. 모르는 걸 아는 척하고 넘어가서야 발전이 있을 수 없다. 더욱 딱한 일은 꼭 알아야 할 일을 그냥 어물쩍 넘겨 큰 낭패를 당하는 경우다.

"이 근처 식당에서 점심을 드시고 2시 15분까지 이 자리에 모이도록 하십시오."

안내자의 영어가 시원찮긴 했지만 그 정도는 대개 알아들을 수 있었다. 한데 스페인에서 온 이 부부는 끝내 나타나지 않았다. 늦게사 쇼핑백을 들고 나타나 전혀 미안한 기색도 없이 태연히 버스에 앉는 게 아닌가. 일행은 못마땅했다. 어떻게 된 거냐고 물었지만 얼굴만 붉힐 뿐 대답을 못했다. 영어가 불통이니 질문이나 알아들었을까. 저러고 해외여행을 왔다는 게 용감하다. 못 알아들었으면 손짓 발짓을 해서라도 확실히 몇 시까지 돌아와야 하는지는 알고 떠나야지. 그마저 안된다면 아예 안내원을 따라다니던지 알아들은 척하고 떠난 게 화근이었다.

영어를 못한다는 건 창피가 아니다. 하긴 우리말 뜻도 모르면 물어야 한다. 무시하면 어쩌나 싶지만 천만에다. 사람들은 남에게 뭔가를 가르쳐줄 수 있을 때 무척 기분이 좋아진다는 사실을 잊지 마라.

사실이지 묻는다는 건 대단한 사교술이기도 하다. 그에게 자기과시를 할 수 있는 기회도 줄 수 있다. 그리고 사람은 남을 위해 무언가를 해줄 수 있을 때 감사를 받고 싶은 본능적 욕구가 있다. 당신의 질문이 상대에게 그런 기분을 갖게 한다면 이보다 더 좋은 사교술은 없다. 모른다는 건 많이 안다는 것이다.

적극성의 적敵

시원찮은 녀석일수록 자존심이 세다. 이런 걸 보르델은 '열등감을 뒤집어놓은 것'이라고 꼬집었다.

하찮은 일에도 '자존심' 운운하고 들고 나오길 잘하는 사람이 많다. 위신상 그럴 수가 없다느니, 자존심이 상해서라느니 하고 점잔을 빼는 친구들은 거의가 체면을 지나치게 의식하고 있다. 이건 또 그만큼 자신이 없다는 증거이고 보니 이들은 무슨 일에고 과감하질 못하다. 해서 잘되지 않으면 체면손상이 될테니 아예 하지 않는 것만 못하다.

위신상 어떠니 하면서 아주 도도한 자세로 얼러대기만 하지 선뜻 나서질 못한다. 이런 사람일수록 허세가 세다. 아니 세야 한다. 시원찮은 선비 갓이 높고 헛기침이 큰 법이다. 초연한 척하고 뒤로 물러서서 남의 싸움 구경이나 했지 팔 걷고 들어가질 못한다.

까마귀 싸우는 곳에 백로야 가지마라 – 이 얼마나 깨끗한 정신인가. 하지만 이것 때문에 망국의 설움까지 겪어야 했다면 과언일까?

더러운 무리들과 싸우기엔 위신이 서지 않는다는 핑계였다. 나라 생각은 뒷전이고 개인의 체면만 앞세워 달아나버렸다. 그뿐인가. 외국의 문호개방 요구를 마치 오랑캐 무리의 생떼로 보고 아예 나라 문을 닫아버렸다.

이런 걸 모두 '백로정신'으로 숭상하기엔 우린 너무 소극적이었다. 까마귀 싸우는 곳에도 가봐야 할 게 아닌가. 말릴 일이면 말려야 하고 한쪽이 나쁘면 한판해야 할 게 아니냐 말이다. '더럽다'고 외면해버린다는 건 허세요, 무력감 탓이지 그게 결코 위신을 지키는 길은 아닐 것이다. 현실 도피요, 허황된 체면의 노예일 뿐이다. 한마디로 싸울 자신이 없어서였다.

자신 없는 싸움을 하라는 건 아니다. 그럴 땐 물러나 다음을 위한 준비라도 갖춰야 하는데 그러지도 못했다. 아예 피해버리고 모든 걸 잊고 돌아왔다. 이런 소극성, 기피증도 지나친 체면의식의 산물이다.

일상생활의 작은 일에도 경쟁을 기피한다. 지면 체면손상이 되기 때문이다.

자리는 탐나는데 선거에 출마 못하는 소극성도 체면 때문이다. 투표에 지면 체면 손상이 말이 아니다. 그러다가도 일단 출마를 결심하면 방법을 가리지 않는다. 빚을 지고라도 이겨야 한다. 과열이 잘되는 선거풍토도 따지고 보면 이 체면의식이 낳은 현상이다. 정치이념은 뒷전이고 떨어지면 창피하니까 무슨 수를 써서라도 당선돼야 하는 것이다.

이런 선거풍토에선 페어플레이란 상상도 할 수 없다. 인신공격은 물론 감정 차원으로까지 발전한다. 입후보자는 물론이고 선거참모까지 아주 원수가 된다. 선거 후유증으로 두고두고 원수가 된 이야기는 지방으로 갈수록 더욱 심각하다. 지고도 승복을 않는다. 선거소송이 우리처럼 많은 나라도 또 없을 것이다. 당선자에게 축하화환을 보내고 최선을 다한 상대에게 격려를 보내는 외국의 풍토가 부럽기만 하다.

패배를 깨끗이 자인해야 한다. 승패를 수용해야 한다. 그래야 다음을 노릴 수 있다. 그것이야말로 진정 체면을 지키는 길이다.

질 줄도 알아라

지면 자존심이 상하기 때문에 아예 시합을 않겠다는 사람들이 있다. 한판 승부에 인격까지 들먹이고 거창하게 떠든다면 이건 자존심이 아니라 열등의식의 소산이다. 작은 일에도 지길 두려워하는 사람은 패배가 곧 잠자고 있는 열등의식을 자극할까 두려워서다.

자신 있는 사람은 지는 걸 두려워 않는다. 졌다는 단순한 사실을 두고 자존심 운운하고 떠들지도 않는다. 지면 진 거다. 그뿐이다. 그렇다고 아주 진 것도 아니요, 인생에 진 건 더욱 아니다. 오늘 한 번 졌을 뿐이다. 다른 복잡한 의미를 붙일 필요가 없다.

우리나라 스포츠 선수들은 체력의 한계 운운하면서 대체로 일찍 은퇴하는 경향이 있다. 나로선 납득이 가지 않는 말이다. 게다가 후배한테 길을 열어준다는 변명은 더욱 우습다. 보다 근본적인 이유는 '내가 지면 창피해서…'라는 허황된 자존심 때문이다. 어쩌다 후배선수에게 한판이라도 지는 날이면 더 이상 창피당하기 전에 일찌감치 걷어치우는 게 좋겠다는 생각을 한다.

여자선수일수록 이런 경향이 많고, 개인경기일수록 빨리 은퇴하는 게 바로 이를 뒷받침해주고 있다. 우리는 대체로 승부에 지나친 의미를 부여한다. 지역의 명예, 나라의 명예를 걸고 시합에 임한다. 이런 부담 때문에 진다는 의미가 더욱 복잡해진다. 따지고 보면 이건 못난 사람들의 열등의식의 소산이다.

미국은 올림픽에 별 관심이 없다. 실황중계라곤 저녁 뉴스 시간에 간추려 소개하는 정도뿐이다. 그들은 오히려 국내 야구 시합에 더 정신이 팔려있다. 이전 냉전시절에 구소련이 국력을 동원해 직업 선수까지 내보내는 것에 비하면 미국은 역시 자신 만만이었다. 금메달 딴 선수에게도 나라의 명예 운운하고 떠드는 소리를 별로 듣지 못했다. 메달 하나에 국운이라도 걸린 듯 초조해하는 우리들과는 너무나 대조적이다.

메달 하나에 온 국민이 축제 무드에 젖어 흥분하는 걸 보면 난 솔직히 자존심이 상한다. 체력이 국력이란 말도 작은 나라에서나 하는 소리다. 지면 진 거지 거기에 나라를 들먹일 것까진 없다. 올림픽에 졌다고 나라가 어떻게 되는 건 아니다.

예전 88올림픽을 생각해보자. 메달에 대한 지나친 집착은 온 세계에 나라 망신을 톡톡히 시킨 셈이 되었다. 손님을 불러

잔치를 벌인 주인 체면에 지울 수 없는 먹칠을 했다.

누구나 한번은 지게 마련이다. 천하무적의 챔피언도 언젠가는 쓰러지고, 세계 신기록도 깨어지기 위해 있는 것이다.

참가에 의의가 있다는 이상론을 주장하려는 건 아니다. 승부를 초월할 수 있는 배짱을 가질 것을 역설하고 싶어서다. 한판 승부에 지나친 의미를 부여하지 말자. 의미가 복잡하고 거창할수록 중추신경의 부담만 커져서 시합은 더욱 엉망이 된다. 마음을 가볍게 해야 한다.

동네 선수라면 더욱 그렇다. 누가 이겼냐가 아니라 얼마나 재미있었고 최선을 다했나 하는 과정이 중요할 뿐이다. 관중은 언제나 최선을 다한 선수에게 박수를 보낸다는 사실을 염두에 두기 바란다.

더구나 취미로 즐기는 가벼운 시합을 두고 '자존심' 운운한다는 것은 망상증 환자나 하는 소리다. 모든 걸 다 잘해야 한다는 생각은 과대망상증이다. 지면 자존심이 상하고 창피해서 남들 앞에 얼굴을 들지 못한다면 이게 어디 정상인가.

70년대 골프계를 휩쓸던 잭 니클라우스도 나이 앞에는 어쩔 수 없었던지, 몇 해 동안 거의 잊혀져가는 선수가 되었다. 그러다 1980년 전미(US) 오픈에서 다시 우승의 영예를 안았다. 실로 8년만의 왕위 탈환이었다. '왕자의 부활'이라고 모두들 흥분했다. "다시 돌아왔군요"하는 기자의 환성에 그는 싱긋이 웃으면서 응수했다.

"난 떠난 적이 없는걸요. 그저 이기질 못했을 뿐이지요."

얼마나 여유만만한 응수인가. 난 그의 이 짤막한 한마디 속에 많은 의미가 함축된 걸 읽을 수 있었다. 그는 40의 나이도 의식않고 있었으며, 몇 해 동안 입상을 못했던 일도 굳이 마음에 두고 있었던 게 아니었다. 승패를 단순한 사실로 그저 담담히 받아들이고 있는 그 여유가 오늘의 그를 만들 수 있었던 게 틀림없다. 사실 세계적 선수들은 이겼을 때보다 졌을 때의 그 당당한 태도가 더 인상적이다. 최선을 다한 긍지 때문일 것이다.

누가 지길 좋아하랴. 하지만 그게 싫어 아예 시합을 안하겠다는 사람도 우리 주위엔 많이 있다. 완전주의에의 환상 탓이다.

완전주의는 심신을 피로하게 만든다. 긴장과 불안의 팽팽한 밧줄 위에 곡예사가 돼야 하기 때문이다. 한판이라도 지는 날이면 심한 실의에 빠진다. 완전하지 못할 바엔 아예 않겠다는 이러한 양극논리는 환상이지 실제일 순 없다. 인간은 누구나 완전과 불완전의 중간에 있기 때문이다. 정직도 부정도 그렇고 내향성, 외향성 성격의 사람도 그 양극의 정점에 있는 게 아니고 혼합돼 있는 중간상태에 있는 것이다.

바야흐로 현대는 경쟁사회다. 체면 때문에 지는 게 두렵다면 낙오자라는 신세를 면키 어려울 것이다. 떳떳이 나가 떳떳이 싸우는 거다. 그러다 지는 한이 있더라도 가만히 있느니보다 값진 경험일 수 있다. 당당한 패배가 비굴한 승리보다 얼마나 더 명예로운가는 역사가 웅변하고 있다.

배지단 사람들

우리나라엔 왜 자연과학 분야가 발달하지 못했을까? 세계가 고도기술 시대로 접어든 요즈음 이런 자문을 곧잘 하게 된다. 학자에 따라선 우리의 사고형태가 과학적이지 못한 데 원인이 있다고도 한다. 풍토적으로 서양사람은 사물을 보는 눈이 분석적이고 논리적인 데 비해 우리는 직감적이고 감성적이기 때문이라고도 한다. 서양문물을 받아들이지 않고 문을 닫고 있었던 탓이라고도 한다. 그 외에도 여러 가지 요인을 생각할 수 있을 것이다.

하지만 이에 못지않게 중요한 건 우리 민족의 관료숭상도 빼놓을 순 없다. 벼슬을 해야 입신출세의 체면이 선다. 우린 지금도 금의환향 의식의 노예가 되어 있다.

명절 때의 귀성행렬 속에도 그러한 의식은 강하게 드러나고 있다. 새옷 맞춰 입고 윤이 나는 자가용을 끌고 귀향길에 오른 젊은이의 마음속에 금의환향의 기쁨이 그리고 긍지가 없다고 누가 부인하랴. 이런 의식이 무작정 상경이란 풍토까지 만들어 놓았다. 높은 벼슬자리에의 꿈을 안고 올라오는 것이다.

이러한 관료의식이 곧 체면의식의 중요한 함유인자가 된 것이다. 벼슬이 곧 위신이요, 체면으로 통하게 돼버렸다. 고도의 전자기술시대에 들어선 오늘날까지 한국의 수재들은 아직도 관료직에의 꿈을 버리지 못하고 있다. 이공계 기피현상이 심각한 사회문제가 되고 있는 데 반해, 법대의 인기는 여전히 높다. 천하의 수재들은 오늘도 고시원에 묻혀 고시의 좁은 문을 파고든다. 남들은 달나라도 지나 금성으로 가고 있는 세상에 말이다.

벼슬을 해야 체면이 선다는 이런 의식이 우리 과학발달의 저해요인이라면 과언일까?

이제 우리나라에도 1만개가 넘는 직업이 있고, 앞으로 새로운 분야가 계속 생겨날 것이다. 직업관에 대한 인식도 바뀌어야 할 때가 왔다. 벼슬자리 아니고는 명함을 못 내놓는 사고방식은 벌써 극복됐어야 했다. 내 능력이나 이상, 취향 등은 깡그리 무시하고 그저 남들이 좋다는 대학, 직장에만 몰리는 그런 시대는 이제 막을 내려야 한다. 그래야 나라도 균형 있게 발전된다.

그의 논평 한 마디가 미국, 아니 세계를 뒤흔들고 대통령의 운명을 좌우할 정도로 막강한 영향력을 갖고 있던 미국의 저명한 앵커, 월터 크론카이트. 수많은 미국 언론인 가운데 그야말로 독보적 존재로 군림할 수 있던 저력은 무엇일까? 사람들은 그게 궁금했다. "당신의 비결이 뭡니까?"라고 물을 적마다 그의 대답은 한결같다. "방송은 나를 위해 있는 거니까요." 그도 웃고 사람들도 따라 웃는다.

하지만 이 말 속에 그의 위대성이 있다는 걸 아는 사람은 그리 많지 않다. 물론 언론인으로서의 천부적 자질이나 후천적 노력도 무시할 순 없다. 그러나 보다 중요한 건 그의 직업에 대한 긍지였다. 이건 그가 처음 지방 방송국 기자로 일할 때부터 발전했다. 비록 이름 없는 곳이지만 여기서 전국 최고의 방송을 할 것이란 확고한 긍지 속에 일했던 것이다. 열심히 뛰었다. 지방 방송국이란 걸 전혀 개의치 않았다. 그에겐 어디에서건 방송을 한다는 사실이 중요했다. 어디서가 아니고 무엇을 하느냐가 중요했던 것이다. 이렇게 자기 직업에의 긍지가 오늘날 그를 세계 언론인의 우상으로 만든 것이다.

하지만 우리 주위엔 직업을 말하는 데 주저하는 사람이 많다. 직업이 곧 사회적 지위나 신분을 대변하는 걸로 알고 있기 때문이다. 사회적으로 인정받을 만한 직업이 못된다고 생각할수록 긍지는커녕 오히려 창피하게 생각한다. 자가용 운전기사가 운수사업을 합네 하는 것도 허세라기보다는 자기 직업에 대한 긍지가 없는 탓이다. '사장'과 '사모님'이 범람하는 것도 이런 풍토에서다. 직업은 덮어두고 직장만 대는 사람도 있다. 중앙

청에 있다느니, 법원에 있다느니 하는 사람들이 많다. 중앙청엔 장관에서 일용잡급직까지 있다.

이건 곧 장場을 중시하는 의식구조상의 문제다. 무조건 명문대학만 찾는 풍토도 그렇다.

배지 이야기가 나왔으니 말이지, 우리만큼 이걸 좋아하는 사람들도 없다. 중고등학생처럼 꼭 달아야 하는 강제성을 띤 것도 있긴 하다. 하지만 안 달아도 될 걸 달고 다니는 사람의 심리는 뭔가. 여기엔 직장만 표시되지, 직책까지 써놓은 건 없기 때문이다. 하긴 국회의원 금배지처럼 직업을 나타내는 것도 없진 않다. 그렇다고 꼭 달아야 하는 것은 아닐 것이다.

그뿐인가. 회사 배지, 국제클럽 배지를 달고 다니는 사람도 비슷한 심리에서다. 소속감이나 연대감을 확인하려는 심리도 작용한다. 하지만 이걸 굳이 의식해야 하는 사람이라면 독립심이 강한 사람은 아니다. 배지가 자기과시의 뜻이 있을지 모르지만 알고 보면 그 속에 자기를 숨기는 결과가 된다. 이렇게 위축돼서야 발전이 있을 수 없다.

비단 직업만이 아니다. 자기 성씨姓氏나 출신지역에 대한 콤플렉스도 마찬가지다. 마틴 루터 킹 목사는 생전에 이런 걱정을 하고 있었다. 백인의 차별보다 더 무서운 것은 흑인 스스로가 백인보다 못하다는 열등감을 갖는 일이다. 이런 편견에 흑인이 말려 있는 이상 인권운동은 출발부터 있을 수 없는 일이라고 했다. 미국의 문화인류학자 마가렛 미드 여사도 여성운동 지도자에게 여성 스스로의 편견에 대해 비슷한 경고를 한 바 있다.

주위엔 직업에 대한 열등감을 가진 사람이 너무 많다. 직업을 물을까 겁이 나 사람 만나기가 싫다는 사람도 있다. 그렇게 자기 직업이 싫으면 바꾸어야 한다. 그러나 딱한 건 그럴 용기도 없다는 사실이다. 바꾸려니 자신이 없고, 그냥 하자니 불만이라면 이거야말로 콤플렉스다. 여기에서 탈피할 수 있는 길은 열심히 일하는 것뿐이다. 직업에 대한 긍지를 가지라지만 그게 어디 마음대로 되는 일인가. 억지로 자부심을 갖자고 노력한다고 되는 일도 아니다. 그러나 열심히 일한다는 것은 가능한 일이다. 그건 의지대로 될 수 있는 일이다.

"십년을 해야 이 꼴일 텐데. 휴우, 이걸 언제까지…."

그것도 이해가 간다. 하지만 좌절하고 주저앉는다고 해서 갈등이 없어지진 않는다.

어차피 괴로운 인생일 바엔 앞을 보고 걷는 괴로움이 낫지 않은가. 십년 후 일일랑 생각도 말라. 오늘 하루 열심히 일하면 된다. 옆도 뒤도 보지 말고 발 앞에 떨어진 오늘 하루 일을 열심히 해보자는 거다. 보답은 반드시 온다. 평생을 시장구석에서 갓만 만든 노인이 문화재로 지정된 사실도 잊지 말자.

하는 일 자체에 귀천이 있는 것이 아니다. 일하는 우리 마음속에 귀천이 있을 뿐이다.

사장이 되려면 외근을 하라

선비는 먹을 게 없어도 호미를 들고 밭에 나가질 않았다. 굶어도 붓을 놓을 순 없는 일. 호랑이 체면에 풀을 뜯어먹을 순 없지 않느냐. 체면이 밥 먹여주느냐고 가난한 아내가 바가지를 긁지만 그래도 찬 물 한잔으로 버텨야 하는 게 선비의 체면이다.

청빈淸貧이란 말도 그래서 만들어졌다. 아내를 달래고 자신의 무능을 합리화하는 구실이었다. 굶어도 마음은 깨끗해야 하는 법, 돈 때문에 이러쿵저러쿵한다는 건 있을 수도 없는 일이었다. 예로부터 선비 집안에선 돈이란 아주 더러운 걸로 가르쳤다. 아예 몸에 지니지도 않았다. 그러니 돈을 번다는 건 아주 천한 일로 여겨왔다. 상인이 천민계급으로 멸시받아온 것도 이런 선비의식이 빚은 허구였다. 이제 우리도 서구식의 자본주의 물결 속에 살고 있다. 돈이라면 혈안이 돼버린 것 같은 세상이지만 아직도 우리 의식 속엔 선비의 허구는 사라지지 않고 있다.

지금도 행상을 탐탁히 여기지 않는 속성이 있다. '사업'은 해도 '장사'는 못한다. 사장 자리가 굳이 아니라도 사무실에서 서류를 다루는 '선비'여야지 외판을 하는 행상은 싫어한다. 마치 구걸이나 하는 듯해서 체면상 도저히 할 수 없다. 경쟁시대를 살아가는 갈등이 여기서 비롯된다.

돈 벌고 출세하는 세속적인 성공도 중요하다. 청빈 운운하지만 그보다 좋은 건 청부淸富다. 도둑질이 아니라면 돈 버는 일에 무슨 왈가왈부냐. 팔 걷어 부치고 나서는 거다. 거기다 무슨 체면을 걸어야 한단 말인가. 장사를 하려면 '장사꾼'이 되어야 한다.

IBM을 모르는 사람은 없을 것이다. 그러나 그 창시자 토마스 왓슨이 주급 6달러의 푸줏간 점원에서 시작했다는 걸 아는 이는 그리 많지 않다. 물론 그는 거기에서 오래 일하진 않았다. 푸줏간의 따분한 내근이 싫었던 것이다.

그는 행상이 하고 싶었다. 재봉틀을 마차에 싣고 다니는 외판원 자릴 얻었다. 이게 그의 사업의 시작이었다. 그의 세일즈 실력은 탁월했다.

20대에 이미 NCR의 실력자로 군림했다. 몇 해 후 그가 쓰러져가는 회사를 인수했을 때 사람들은 모두 웃었다. 하지만 그는 자신이 있었다. 물건이 있는 한 파는 데만은 자신이 있었기 때문이다. 그의 천부적 판매술은 회사를 빚더미에서 건져냈고, NCR은 차츰 기틀이 잡히기 시작했다.

크게 되려면 세일즈맨이 되라고 권했다. 그는 회고담에서 재봉틀 외판사원의 실력이 오늘의 자기를 만들었다고 했다. 사실이지 맨손 재벌치고 세일즈맨 출신이 아닌 사람은 예외에 속한다. 재벌의 시초는 판매에서 시작하기 때문이다.

누가 잘 만드느냐보다 누가 잘 파느냐의 경쟁이다. 하지만 우리는 대체로 외근을 싫어하는 경향이 짙다. 외근발령을 받은 대졸 신입사원이 '내가 엿장수냐'고 흥분했다는 이야기도 그래서 나온 거다.

모 대기업의 대졸 신입사원 교육과정엔 참 재미있는 프로그램이 있다. 자사제품을 들고 나가 하루 동안 가두판매를 시킨다. 어느 분야건 다 나가야 한다. 그런데 재미있는 일은 경영학 출신이 꼭 잘 파는 건 아니라는 게 담당자의 말이다. 교육 중에 독립심이 강하고 리더십이나 창의력이 우수했던 사람이 팔기도 잘한다는 것이다. 이런 사원들은 입사 후에도 승진이 빠르다는 게 담당자의 이야기였다.

실력 있고 자신 있는 사람은 외근을 좋아한다. 회사 내에서야 말단직원이지만 일단 거리에 나서면 스스로 왕이 된다. 밖에선 그는 회사를 대표하는 사장이 되기 때문이다. 누구 밑에 예속된 부하직원이 아니라 한 회사의 대표자다. 고용된 몸이 아니라 주인이다.

그리고 혼자서 하는 일이기 때문에 외근사원의 실적은 분명히 나타나게 돼있다. 해도, 안 해도 별 차이가 안 나는 내근직과는 이점이 다르다. 따라서 외근직은 자기가 올린 실적에 따라 보수도 결정되고 진급도 된다. 월급쟁이이면서 내용상 독자적인 사업경영을 하고 있는 거나 마찬가지다. 여럿이 함께하는 내근직은 나 하나 잘한다고 공로가 따로 인정되진 않는다. 우수한 사원은 이게 불만이다.

자기 실력을 발휘할 수 있는 길은 역시 외근이다. 그렇게 함으로써 고객도 확보할 수 있고 점차 독자적인 사업을 할 수 있는 기반도 닦을 수 있다.

감추는 병

우리는 참 숨기는 게 많다. 작은 허물도 덮어두려 하고, 이를 털어놓고 이야기하지 않는다. 솔직하지 못한 이런 은폐증도 따지고 보면 체면 때문이다. 자기 신상에 관한 문제는 물론이고 가족이나 가문, 조상에 이르기까지 우리에겐 작은 허물도 덮어두려는 속성이 있다.

학력을 감추는 사람은 흔히 있다. 그저 체면상 숨긴다. 낙제한 사실을 억지로 감추려 하고 입시에 낙방한 이야기, 실연당한 일 등도 그렇다.

한번 숨기면 계속 숨겨야 한다. 한 마디 거짓말이 열 마디를 하게 한다. 기억력도 좋아야 한다. 누구한테 무슨 말을 했는지 자세히 기억해 두지 않으면 들통이 나기 때문이다. 거기 쓰이는 정신적 에너지도 막중해서 인간관계가 그저 피곤하기만 하다.

이게 심해지면 대인기피증으로까지 발전한다. 행여 들통 날까 전전긍긍이다. 심하면 의심증까지 일으킨다. 사람들이 웃으면 자기 거짓말을 비웃은 줄로 안다. 신경이 날카로워져서 피해망상으로까지 되는 환자도 있다.

집안에 창피한 일은 물론이고 가문에 대한 체면도 대단한 게 우리다. 양반 족보를 돈 주고 사는 사람도 있다. 가문이 시원찮을수록 고가의 골동품이라도 사서 즐비하게 늘어놓아야 한다. 전통이 깊고 행세깨나 했던 집안으로 보이기 위해서다. 학문과 거리가 먼 집일수록 대형 백과사전을 질로 꽂아놓는다. 진짜 큰 양반은 돈 없을 땐 족보도 팔아먹는다. 그것 없다고 핏줄이 없어지는 건 아니란 자신이 있기 때문이다.

누구나 솔직한 사람을 좋아한다. 그러면서 우리 자신은 솔직해질 수 없는 모순을 안고 있다. 그러나 거물이 될수록 솔직해질 수 있는 배포가 생긴다. '포은삼과圃隱三過'라 하여 정몽주도 인간적인 실수 세 가지를 솔직히 털어놓았다.

영국의 처녀 국회의원은 사생아를 낳고도 숨기질 않았다.

우리나라 재계의 정주영 씨 등 내로라하는 거물들의 회고록에서도 감명 깊은 건 그 솔직함이다. 무학의 학력도, 얼굴 뜨거웠던 지난날의 실수도 있는 그대로를 털어놓는다. 이런 솔직성이 이들의 체면에 손상을 끼치진 않았다. 오히려 인간적 호감이 더 커졌다는 걸 부인할 수 없다.

사람은 실수도 있고 허물도 있게 마련이다. 또 그래야 인간적이다. 사리가 이럼에도 그런 이야길 하면 상대가 자기를 경멸하지나 않을까, 무시하지나 않을까 하는 걱정을 한다. 체면이나 위신도 물론 말이 아니다.

나를 너무 잘 알면 예의가 없어질지도 모른다. 내 약점을 이용하려 들지 모른다 – 별 걱정 다 된다. 그래서 심한 경우 자기 이야기는 아예 하지 않는 사람도 있다. 하지만 이건 모두 기우다. 실수담이 나와야 인간적 분위기가 감돈다. 인간이기에 실수도 있고 실패담이 있어야 하는 것이다.

'실패가 없다는 사람은 바보 아니면 거짓말쟁이다.' 이건 미국의 철도왕 중 한명인 제임스 힐이 한 명언이다. 그는 간부직을 채용할 때도 실패가 없다는 친구는 아예 상대조차 하지 않았다.

그러나 이런 이야길 들으면서도 솔직해진다는 건 쉬운 일이 아니다. 특히 체면을 앞세우는 사람에겐 더욱 어려운 일이다. 그렇긴 해도 솔직해야 한다. 과거는 흘러간 것이지 지금의 나는 아니다. 과거의 실수가 지금의 나는 아니다. 털어놓아보라. 그렇게 마음 가벼울 수가 없다. 사람들은 그런 당신에게 친근감을 가질 것이다.

교회에 가면 간증을 한다. 전과자도 있고 더없는 바닥인생을 막 살아온 사람도 있다. 그러나 하느님 앞에 솔직히 고백하면 모든 게 용서된다. 우린 그에게 존경심을 갖는다. 그의 솔직함으로 인해 인간적 실수들이 오히려 호감으로 바뀌게 된다.

마음의 허식을 벗어야 한다. 그렇지 않고는 매사에 주저된다. 누굴 만나도 떳떳하질 못하다. 움츠러진 어깨가 펴지질 않는 것이다. 허식을 벗어야 참된 내가 된다. 개성적인 인간이 되는 길은 솔직하게 되는 게 먼저다.

현대사회는 바쁘다. 당신의 실수담을 오래 간직하고 기억해 줄 친절한 사람은 없다. 짧은 시간에 많은 사람을 만나야 하는 게 현대사회의 인간관계다. 숨긴다는 것도 쉬운 일이 아니다. 솔직해질 수밖에 없다. 그래야 사람을 만날 배짱이 우선 생길 게 아닌가.

경기대 경영학과 오연석 교수의 이야기다. 해마다 특정 직장에 적당한 졸업생을 골라 취업면접을 보낸다. 한데 이상한 일이 생겼다. 외국 자동차 회사에 보낸 학생 중 스펙도, 성적도 가장 시원찮은 학생이 합격한 것이다. 사연이 걸작이다. 왜 너는 성적도 바닥이고 스펙도 형편없냐는 질문에 일찍이 아버지를 여의고 아르바이트로 학비를 벌어야 했기 때문에 그 흔한 외국연수도 못 갔고 성적도 나쁠 수밖에 없었다고 솔직히 털어놓았다. 그러느라 다른 학생들 면접은 10분에 끝났는데 30분이 걸렸다. '이 학생이다' 면접관들은 하나같이 외친 것이다.

'초지일관'은 바보의 철학

사육신 이야길 읽고 있노라면 그 강한 일편단심에 고개가 숙여진다.

우리 역사엔 이런 충신들의 이야기가 많다. 목숨을 바쳐 절개를 지킨 그 충절은 요즈음 우리네는 상상도 할 수 없는 일이다. 임금님을 섬기되 일편단심이요, 서방님을 위해 절개를 지켜야 했다. 뿐만 아니라 매사에 처음 뜻을 굽혀선 안되는 걸로 가르쳐왔다. 우물도 한곳을 파야 무언가를 이룰 수 있다.

예로부터 마음을 바꾸는 변절자를 인간 이하로 취급해왔다. 장부일언이 중천금이라고도 했다. 한번 뱉은 말은 끝까지 지켜야 한다. 중간에 뜻을 바꾼다는 건 장부의 체면에 용납될 수 없는 일이었다. 이러한 정신은 높이 살만한 일이다. 하지만 시대나 상황에 따라 변할 수 있는 융통성도 있어야 할 것이다. 잘못돼가는 줄 번연히 알면서도 처음 말한 체면 때문에 틀린 걸 계속 고집한다는 건 문제다.

현대사회는 변화를 그 생명력으로 하고 있다. 하루가 다르게 새로운 기계가 나오고, 또 거기에 따라 사람의 의식구조에도 변화가 온다. 구태의연한 그대로를 고집하다간 오히려 정체상태에 빠진다.

아이젠하워는 별명이 많기로도 유명하다. 아이크란 애칭

도 있지만 명예롭지 못한 게 더 많다. 변덕쟁이, 갈대, 해면덩이, 타협꾼, 멍군장군 등이 대표적인 것들이다. 그는 너무 단순하고 또 열심이어서 요령을 부릴 줄 몰랐다. 티 없이 급한 성질 때문에 숨기는 것도 없었다. 눈치도 없이 처음부터 자기 속마음을 다 털어놓아버린다. 회의가 진행되는 동안 자기 의견이 틀렸다 싶으면 주저 없이 처음 발언을 취소한다. 남의 말을 잘 듣는 편이었다. 남이 옳다고 생각하면 자기 의견은 언제든지 철회했다. 그의 이런 태도를 줏대가 없느니들 하고 꼬집은 것이다.

그의 오랜 친구인 그룬더 장군의 불평도 예외는 아니다. 장기 실력으로는 아이크가 한 수 아래라 내기가 아니면 그룬더 장군이 상대를 안했다. 아이크도 할 수 없이 내기를 하자고 불러놓고 막상 가면 그냥 두는 거라고 딴전을 부리곤 했다.

아이크 자신도 이런 성격상 약점을 시인하고 있었다. 하지만 그건 약점이 아니라 그의 강점이기도 했다. 2차대전 당시 열두 나라 군대를 지휘하는 막중한 자리에서 그에게 이런 융통성이 없었더라면 과연 통솔이 되었을까 하는 의문이 간다. 어느 작전에서고 제 나라 이익과 직결되는 문제라 항상 의견이 엇갈렸다. 아이크의 유연성 아니고는 이를 중재할 수 없었을 것이라는 게 후세 사가史家의 평이다.

남의 사정을 잘 알아주고, 또 자기 의견도 잘 바꿀 수 있기 때문에 각 나라 사령관은 그를 인간적으로 좋아했다는 것이다.

그러나 아이크도 항상 무른 건 아니었다. 노르망디 상륙작전에선 영국의 맹렬한 반대에 부딪쳤다. 심지어 처칠은 수상직을 내걸고 반대했다. 하지만 아이크는 자기의 처음 계획에서 한치의 양보도 하지 않았다. 작전은 성공으로 끝났고 이게 2차대전에서 연합군이 승리하는 결정적인 계기가 되었다. 사실 아이크는 외견상 약했다. 하지만 그게 바로 그의 강점인 걸 간과해선 안된다.

사람들은 참 별 것도 아닌 걸 고집한다. 분명히 자기 생각이 틀린 줄 알면서도 체면 때문에 바꿀 수가 없다. 그래서 싸움이 시작된다. 궁지에 몰리면 궤변밖에 나올 게 없다. 틀린 걸 억지를 쓰자니 논리적인 이야기 전개도 물론 되지 않는다. 누가 들어도 이미 승부는 난 건데 혼자 고집을 부린다. 그럴수록 창피는 더 당하는 건데 말이다.

끝까지 버티는 게 배짱인 줄 알지만, 이건 헛배짱이다. 틀린 줄 알면서 의견을 못 바꾸는 건 체면과잉증이요, 열등감의 소치다.

'남자가 왜 이랬다 저랬다 그래'라고 빈정댈 것 같다. 주관이 없다고 무시할지도 모른다. 변덕쟁이라고 비웃을지 모른다 – 이런 생각들이 떠오르면 도저히 처음 생각을 바꿀 수 없게 된다.

하지만 이런 함정에 빠져선 안된다. 틀렸다고 판단된 순간 서슴없이 바꿀 수 있는 거야말로 진정한 용기다. '아! 그랬구나' 하고 내 생각을 거두어들여라. 그리고 상대의 이야기에 귀를 기울여라. 사람들은 당신의 그런 진지한 자세를 존경하고 좋아할 것이다. 누구나 이런 사람과 이야기하길 좋아한다. 그래야 말할 재미가 있다.

틀린 생각은 물론이고 그렇지 않은 것도 내가 싫으면 바꿔야 한다. 장미가 싫으면 나리, 사과가 싫으면 배로 바꿔도 된다. 한번 말했더라도 싫다면 생각을 바꿀 수 있는 게 인간의 권리다. 취향이나 취미도 그렇지만 생각도 때와 장소에 따라 달라지게 마련이다. 백화점에서 물건을 사도 마음에 안 들면 몇 번이고 바꿀 수 있다. 포장이 다 끝나도 늦진 않다. 집에 돌아와서도 무를 수 있는 게 권리다. 체면도 나설 데가 따로 있지 왜 여기에 작용할까. 사람들은 그런 당신을 줏대 없다고 흉볼는지 모른다. 하지만 그건 천만의 말씀, 주관이 없어서가 아니라 분명하기 때문에 바꾸는 것이다. 그게 배짱이다.

인생대사는 물론이고 시시한 내기를 하더라도 승산이 없으면 바꾸는 거다. 초지일관이라 우겨대다가 승산 없는 싸움에 지느니 아예 취소하는 것도 한 방법이다.

크고 작은 회의장에서도 이 체면이란 거추장스런 것 때문에 회의가 진행되질 않는다. 한마디 질세라 또 하고, 또 받고 하는 통에 장시간을 끌지만 결론도 없다. 생산적인 토론보다 감정의 폭발로 악화되기도 한다. 쓸데없는 고집이 만든 부작용이다. 자기 의견보다 나은 게 나오면 내 것은 취소하고 그 의견에 따르겠다는 걸 말해보자. 우레와 같은 박수를 받을 것이다. 체면을 생각한다면 누구 체면이 더 설 것인가도 비교해보라. 고집불통으로 뭇사람의 비웃음을 사느니보다 말이다. 따르겠다고 해놓고도 나중에 싫으면 안하면 그뿐이다. 모순덩어리라고 욕하겠지만 인간은 어차피 모순의 존재다. 옛날에 한 약속에 지나치게 연연하다 보면 자기를 위축시키는 결과밖에 안된다.

언행일치란 소인이나 하는 짓이다. 거물급은 식언을 잘한다. 자기모순에 마음을 속박시켜서는 발전이 없다. 스스로 모순된 인간임을 자각함으로써만 자발과 창의가 우러나게 된다.

배짱은 허세가 아니다.

체면이 빚은 부작용을 여러 각도에서 분석해봤다. 이제 그 체면의 노예가 되어 실패한 이야길 하고자 한다.

벌써 오래 전 일이다. 홍수환 선수가 이룩한 4전5기의 신화는 아직도 흐뭇한 기억으로 생생히 남아 있다. 카라스키야의 카운터펀치를 맞고 네 번이나 다운된 홍 선수가 어떻게 이길 수 있었을까. 더구나 통쾌한 KO로 말이다. 역시 그의 저력이나 실력을 높이 평가하는 수밖에 없다고들 한다.

하지만 내 분석은 좀 다르다. 홍 선수가 강한 건 사실이지만 그보다 카라스키야의 헛된 자존심에 중요한 패인이 있었다. 그는 전승 KO가도를 화려하게 달려왔다. 홍 선수와의 시합에서도 그는 기대에 어긋나지 않게 네 번이나 다운을 빼앗으면서 여유 있게 게임을 압도해나갔다. 사실 게임은 끝난 거나 마찬가지 상황이었다. 장내는 파나마 복싱 팬들의 환호소리로 뒤덮였다. 그러나 3회전 공이 울리자 홍 선수의 주먹이 전광석화처럼 번뜩이기 시작했다. 카라스키야는 예상 못했던 기습에 코너에서 빠져나오지 못한 채 홍 선수의 기관총 펀치를 얻어맞곤 순식간에 그로기 상태로 빠졌다.

그는 이런 위기에서 필사적으로 버텨나갔다. 다운을 당할 수는 없었기 때문이다. KO왕의 자존심, 더구나 홈링에서 말이다. 이게 그의 결정적 실수요, 약점이었다. 억지로 버티었기 때문에 급기야는 홍 선수의 마지막 결정타를 얻어맞아야 했고, 다시 일어날 수도 없는 치욕의 패배를 당하고 만 것이다.

그가 평범한 복서였던들, 그리고 그게 홈링이 아니었던들 그는 무릎을 꿇을 수 있었을 것이다. 그리곤 잠시 회복할 여유를 얻을 수 있었을 것이다. 그가 결정타를 얻어맞기 전에 다운만 당했더라도 홍 선수의 화려한 4전5기의 신화는 이루어지지 않았을는지 모른다.

전문가의 분석은 다르겠지만, 나의 관전 분석은 이렇다. 홍 선수를 과소평가하려는 의도가 아니다. 오히려 높이 사고 싶은 것은 그는 다운을 당할 줄 아는 유연성이 있었다는 점이다. 그는 주먹도 세지만 머리를 쓸 줄 아는 영리한 복서였다. 명장은 후퇴도 잘 할 줄 알아야 하는 법이다. 언제나 강한 것만이 승리의 길은 아니기 때문이다. '질 수 있는 배짱'이 있어야 이길 수도 있다.

링에서뿐만 아니다. 우리 생활주변에서도 마찬가지다. 자기 애인을 희롱하는 깡패집단에게 덤벼들었다가 목숨을 잃은 청년이 있었다. 무모하게 덤빈 그 청년의 어이없는 배짱이 슬프다. 혀를 깨물고서라도 참을 때는 참아야 한다. 남자의 자존심이 이 이상 더 상할 수 있으랴. 하지만 개죽음을 당하느니 참을 수 있는 배짱도 있어야 하지 않았을까? 이게 만용이 아닌 진정한 용기다.

진정한 용기란 일시적인 감정에 따르거나 주위의 인기에 영합하는 그런 건 아니다. 개인이나 게임에서뿐 아니라 국사를 논하는 큰일에 있어서는 더욱 그렇다. 병자호란 당시 남한산성의 비극이 우리에게 주는 교훈을 되새겨보자. 항복하지 않으면 당장에 서울 장안을 불바다로 만들겠다는 청나라 군사의 최후 통첩이 날아들었다.

사태는 긴박하게 되었다. 더 이상 시간을 끌 여유도 없었다. 항복 이외 다른 묘안이 없었다. 어전회의에선 눈물을 머금고 항복하자는 쪽으로 의견이 모아졌다. 항복문서에 조인해야 할 치욕의 순간이었다. 그때였다. 김상헌은 의분을 참지 못해 끝내 항서를 찢고야 말았다. 상한 자존심이 살아난 듯 문무백관은 쾌재를 불렀다. 마치 승리나 한 것처럼.

하지만 그런 흥분 속을 뚫고 나온 최명길 판서의 거동을 보라. 그는 찢어진 항서를 주워들고 그래도 항복해야 한다고 간했던 것이다. 사람들은 그에게 배신감을 가졌을 것이다.

역적으로 몰 수도 있다. 하지만 난 두 사람 모두 충신이라 생각하는 데 주저하지 않는다. 다만 항서를 찢어 박수를 받는 일보다 비웃음을 받으면서도 항복하자는 편이 더 하기 힘든 차이는 있다. 강화파를 사대주의로 몰 수도 있다. 그러나 커다란 대륙 끝에 붙은 손바닥만한 한반도에서 살아 온 약한 우리로서 강대국과 일전을 불사하는 배짱대로 살았더라면 과연 어떻게 되었을까.

혀를 깨물고서라도 화평정책을 쓰지 않으면 안되었던 사대주의는 우리 역사를 지켜준 방패 구실을 해왔다는 걸 부인할 순 없다. 역사가의 해석이야 또 다르겠지만, 정신의학도의 입장에선 사대주의를 할 수 있었던 조상의 슬기, 이게 진정한 배짱이라고 보는 것이다. 지극히 나약하고 겁쟁이 같은 주장이 된 것 같지만 배짱이란 자기 실력에 맞게 부릴 때 비로소 권위가 서는 법이다. 배짱은 허세와는 다르기 때문이다.

선수가 관중을 의식하기 시작하면 그는 패배의 함정을 스스로 파게 된다. 얼른 보기에 플레이가 화려하게 보일는지 모른다. 하지만 승산은 희박하다. 실력도 없는 주제에 관중을 의식하고 멋만 부리면 공이 제대로 맞을 턱이 없다. 쇼맨십을 부린다고 까불어대다가 기습공격을 받곤 KO 당하는 복서도 같은 운명이다.

배짱은 허세도 아니고 그렇다고 자만심은 더욱 아니다. 체면의 노예가 되어 자신 없는 싸움에 응하는 건 배짱이 아니다. 언제나 강한 것만이 배짱이란 환상에서 하루 빨리 벗어나 한발 한발 자신의 실력을 다져나가는 슬기가 중요하다.

배짱 있는 삶을 위한 Tip

체면 때문에 모른다는 말을 못하는 사람들에게

모른단 소리 하는 데 무슨 거창한 배짱이 필요한 것도 아니다. 그냥 모른다고 하라. 한번 해보면 아주 편하다. 밑천이 드러날까 아슬아슬해하기보다 모른단 소리 한마디하고 나면 그렇게 여유만만해질 수가 없다. 마음이 푸근해진다. 왜 진작 이 소릴 못했을까 하고 후회가 될 정도다. 누가 바보 취급하지도 않는다. 아니 사리가 분명한 사람으로 보여 존경하게 된다. 한 가질 모른다고 다 모른다는 뜻은 아니기 때문이다. 정보홍수 시대를 살아가는 현대인에게 백과사전이란 별명은 이미 자랑거리가 아니다. 오히려 비웃음의 대상이 되기 쉽다.

아는 것과 모르는 걸 분명히 해야 할 시대에 살고 있다는 걸 잊어선 안된다.

오랜만에 만난 동창생 이름쯤은 기억이 안 날 수도 있다. 이름도 근황도 모르면서 적당히 아는 척하고 대화를 끌어가려니 어색하기 그지없다. 탄로가 날까 진땀이 난다. 빨리 자리를 뜨고 싶다. 반갑기는커녕 부담스럽다. 하지만 동창생도 친소가 있는 법, 격조했던 사이라면 잊을 수도 있다. 그럴 땐 나부터 소개하라. 어디서 무얼 하는 누구라고 말이다. 그러면 상대도 자기소개를 할 것이다. 얼마나 자연스런 재회가 될 것인가.

초식동물과 육식동물 • 연쇄반응의 원리 • 바닥인생을 산다 • 이혼 공포증 • 쉬는 시간을

이용하라 • 한국인의 이민 증후군 • 약점을 강점으로

Chapter

02

추진력
몸은 바로 마음이다

이혼할 자신도 있어야 한다.

그래야 결혼생활도 자신 있게 할 수 있다.

이혼할 자신이 없는 사람은 비굴해질 수밖에 없다.

초식동물과 육식동물

한 나라 국화를 보면 그 민족성이나 기질을 짐작할 수 있다. 무궁화를 지켜보노라면 우리의 끈질긴 민족성이 그대로 드러난다. 수많은 외침과 정변, 그 가난 속에서 5천년의 역사를 이어올 수 있었다는 건 결코 쉬운 일이 아니다. 무궁화는 긴 여름 줄곧 피고지고 그리고 또 핀다. 화사하지도 않고 언제 피는지, 지는지도 모른다. 그래서 난 꽃으로서 무궁화를 별로 좋아하지 않는다. 국화니까 아낄 따름이다. 부지런하고 끈기야 있지만 화끈한 데가 없다. 무궁화처럼 우리는 박력이 없다.

왜 그럴까? 우선 우리는 산을 보되 아름다운 능선이며 기암절벽에 취했다. 그 속에 묻혀 나물 먹고 물마시고 풍류를 읊었다. 강을 보되 님과의 이별에 눈물지었다. 서양인은 반대다. 산

속에 묻힌 광물질을 찾아 개발하려는 의지를 불태웠다. 물을 보면 전기를 만들고 운하를 개발했다. 우리는 자연을 그대로 받아들이지만 서양인은 이에 정면 도전했다. 소극성과 적극성의 차이는 여기서 생긴다.

채식동물은 하루 종일 부지런히 뜯어 먹어야 한다. 그러나 사자는 사력을 다해 싸운 사냥으로 포식하고 나면 느긋하게 낮잠도 자는 여유가 있다. 이게 바로 우리와 서양의 차이이다.

지금도 농촌에선 하루 종일 먹는다. 그리고 일한다. 농사일이란 게 박력이 필요한 것도 아니다. 쉬는지 일하는지의 구별도 분명치가 않은 일들이다.

이러한 의식은 현대사회의 우리 직장에서도 마찬가지다. 일하면서 잡담도 하고 커피도 마신다. 서양에선 어림도 없는 일이다. 커피 브레이크가 따로 있다. 할 때는 박력 있게 한다. 그들 조상들이 사냥할 땐 혼신의 힘을 다했듯. 그리고 쉴 때는 느긋하고 여유가 있다. 일과 휴식의 구별이 분명하지만 우리는 이게 안된다. 그 대신 연장근무쯤은 예사로 한다. 세계에서 제일 근면한 국민으로 통계는 지적하고 있다.

스케이팅을 가르쳐보면 스스로 해보겠다는 녀석은 우선 몸이 가볍다. 기대려 하지 않기 때문이다. 가다가 넘어지는 한이 있더라도 일단 출발한다. 힘껏 얼음을 차고 앞으로 나간다. 하지만 의타심이 많은 녀석은 몸이 무겁다. 줄곧 기대려 하기 때문이다. 비스듬히 몸을 뉘어 계속 받쳐주길 기다리니 몸만 무거운 게 아니라 추진력도 없다. 스케이팅은 속력이 있어야 넘어지지 않고 균형이 잡히게 돼있다. 자전거를 처음 배워본 사람이면 이 원리를 쉽게 터득할 수 있다. 한두 번 넘어질 각오가 돼있지 않는 한 스케이트도 자전거도 배우긴 힘들다.

우리는 대체로 의타심이 많은 편이어서 누가 밀어주길 기다린다. 그러자니 발걸음이 무거울 수밖에 없다. 누군가가 밀어주길 기다리는 사람은 혼자 가질 못한다. 막상 시작은 해놓고도 계속 뒤돌아보는 통에 추진력이 생길 까닭이 없다.

끝내 아무도 도와주지 않는다면 그 자리에 넘어진다. 누가 일으켜주겠지 하는 기대에서다. 믿을 곳이 없는 사람은 넘어지지도 않는다. 우리의 밀접한 인간관계가 곧 독립심을 저해하고 자립의 의지를 약화시켜버렸다. 추진력이 생길 수도 없고 박력도 적극성도 찾아볼 수 없다.

연쇄반응의 원리

'뛰면서 생각하라.'

경영 일선에서 자주 듣는 말이다. 앉아 구상만 말고 뛰면서 구상하라는 뜻이다. 적극성을 강조하기 위함이다. 사실 현대기업은 정적이고 지적인 사고형의 사람보다 좌충우돌의 행동파를 좋아한다.

라이트 형제가 비행기를 만든다고 법석을 떨고 있을 때 주위에선 그들을 미쳤다고 상대하지 않았다. 하긴 자신들도 장난삼아 해본 것이지 정말 이루어질 것이라는 생각은 없었다고 한다. 그러나 몇 번의 실패를 거쳐 개량해나가는 과정에서 처음엔 생각도 못했던 새로운 아이디어들이 생겨나 그들의 실험은 착착 성공의 단계를 밟아갈 수 있게 되었다는 술회다.

물론 준비라야 처음엔 정말 엉성한 것들뿐이었다. 콜럼버스가 대륙 탐험을 준비하고 있을 때도 사람들은 모두 그를 비웃기만 했다. 그러나 끝내 그는 닻을 올렸다. 항해 도중 상상도 못한 어려움이 생겼다. 하지만 그럴 적마다 문제해결을 위한 새로운 아이디어도 함께 떠올라 드디어 신대륙을 발견하기에 이른 것이다.

은퇴 후에도 활발히 정치활동을 펼친 카터의 대통령 출마도 우습게 시작됐다. 조지아 주 지사 임기가 끝날 즈음 노모가 "이젠 무얼 할 것인가"하고 물었을 때, "대통령이나 돼볼까 한다"고 대답했다. 그도 웃고 가족도 웃었다. 사실 그는 그때까지만 해도 출마를 위한 치밀한 계획이나 조직도 없는 한낱 지방장관에 불과했다.

그의 인물평은 정말 걸작이다. 그가 결심을 굳힌 후 예선전,

지명전, 본선거 등을 거치는 동안 차츰 시골티를 벗고 큰 재목으로 자라갔다는 것이다.

어디 이런 역사적 인물뿐이랴. 남들이 웃던 일이 훗날 큰 성공을 거둔 예는 우리 주위에도 많다.

면밀한 사전계획이나 준비도 별로 없이 출발했다간 그만큼 실패율이 높지 않느냐는 반론도 물론 성립된다. 그런데 참 신기한 건 우리의 대뇌작용이다. 한 가지 일을 시작하면 거기에 연관된 아이디어들이 줄줄이 따라 일어나는 연쇄작용이 있다는 점이다. 왜냐하면 어떤 기억도 한 가지만 독립해서 되는 게 아니기 때문이다.

아이디어만 있으면 움직여야 한다. 움츠러들어선 흐름이 생기지 않는다. 과감히 움직이면 물결이 일고 주위에 흐름이 생기는 법이다.

사람은 새로운 환경에 처하면 거기에 맞는 새로운 면이 개발되는 법이다. 그전엔 전혀 찾아볼 수 없는 새로운 면이 그에게 생기는 것이다.

얌전하기만 하던 주부가 남편을 잃은 뒤 억척스런 보험판매사원이 될 수 있는 것도 마찬가지 원리다. 어렵다고 생각한 연설도 일단 시작하고 나면 진행되는 동안 전혀 생각도 못했던 새로운 토픽이나 실례들이 불쑥 떠올라 흡족하게 연설을 끝낼 수 있게 된다. 즉흥연설이 성공적으로 끝날 수 있는 것도 이런 한 대뇌의 연쇄작용 때문이다.

'홍당무'를 쓴 프랑스의 작가 르나르는 재능이란 질보다 양이라고 했다. 많이 쓰는 게 재능이지, 생각만 하고 쓰지 않는다면 재능이 될 수 없다고 한 그의 주장은 인상적이다. 작가도 쓰기 시작해야 한다. 자료준비가 덜 된 상태라도 써가는 동안 막혔던 줄거리가 슬슬 풀려나가게 되는 것이다.

이게 잠재의식의 연쇄반응이다. 이건 마치 고구마 줄기와 같아서 잡아당기면 연쇄적으로 붙어 일어나게 돼있는 것이다. 잠재의식 속의 무수한 아이디어들은 그게 어떤 형태로든 표현될 때, 글이든 말이든, 비로소 그와 연관된 아이디어들이 차례로 떠오르게 된다.

다음 잠재의식 속의 무수한 가능성이 개발, 활성화되려면 새로운 환경에서 새로운 자극을 줘야 한다는 사실이다. 같은 환경에서 맴돌다 보면 매너리즘에 빠지는 이유도 이 때문이다. 환경이 사람을 만든다는 것도 바로 이런 기능에 연유한다.

유럽을 여행하다 보면 사원이나 교회의 장엄한 건축이며 벽화, 그리고 울창한 숲속의 정적이 조화를 이루고 있음을 볼 수 있다. 그 속을 거니노라면 문득 종교에 귀의하고픈 충동을 느낀다. 서구의 종교, 철학, 사상이 이런 환경에서 양생되었다는 건 우연이 아니다.

만일 톨스토이가 눈 속이 아닌 야자수 그늘 아래 태어났더라면 그의 위대한 문학은 창출되지 못했을는지도 모른다. 러시아의 겨울은 길고 밤은 깊다. 광활한 대지에 흰 눈을 바라보며 난롯가에 앉은 모습을 상상해보라. 거기서만이 그런 깊은 철학이나 인간적 감동이 우러나올 수 있을 게다.

한 개인의 재능이 다 개발될 순 없다. 무한한 가능성이 잠재해 있기 때문이다. 따라서 어떤 재능이 있는지는 해보지 않고는 모른다. 뇌 속에 잠자는 가능성을 발견하는 일은 해봐야만 가능하다. 아이디어가 떠오르면 실천에 옮겨야 한다. '그런 전례가 없는데!', '미쳤다고 하면?', '괜스레 바보짓 말자'고 그만둬버리면 발전은 거기가 한계다.

새로운 일을 하기 위해 새로운 환경에 자기를 노출시키면 또 하나의 새로운 가능성이 연쇄적으로 개발된다는 사실을 명심할 필요가 있다.

인생도 살아보지 않고는 모른다.

바닥인생을 산다

언제까지나 이대로 궁상스럽게 살려면 그런 대로 좋다. 하지만 있는 능력을 사장한다는 건 개인이나 국가를 위해 불행이 아닐 수 없다. 해보는 거다. 떨어져도 아예 바닥까지 떨어질 각오로 해보는 거다. 더 이상 떨어질 게 없으면 걱정도 불안도 없다. 오히려 편하다. 작은 줄에 매달려 벼랑에서 바둥거릴 때가 힘들다. 더 떨어지면 어쩌나 싶은 조바심에서 안달이 난다. 하지만 바닥에 아주 뚝 떨어져보라. 그렇게 편할 수가 없다.

비오는 날도 옷이 조금 젖었을 때가 걱정이다. 행여 빗방울이라도 튈까봐 마른 길을 골라 가고 걸음걸이도 조심스럽다. 그러다가도 세찬 비에 아랫도리가 젖고 차츰 온몸이 다 젖어보라. 그땐 아주 마음이 편하다. 조심할 것도 없다. 다 젖었으니 우산도 필요 없다. 마음 놓고 갈 길을 가게 될 것이다. 소나기가 퍼붓는 한길을 우산도 받지 않고 당당히 걷는 개구쟁이를 보라.

비를 피해 처마 끝에 마음 죄며 서있는 사람에겐 좋은 교훈이 될 것이다. 젖을 바엔 푹 젖을 각오로 걷는 거다. 벌벌 떨기보다 오히려 이런 자신 있는 태도를 사람들은 좋아한다.

뛰어보는 거다. 뛰다가 떨어져 바닥에 나뒹굴어도 한번 뛰어보는 거다. 바닥까지 떨어져 더 갈 데가 없으면 그땐 올라가겠지. 그렇게 철저히 떨어질 생각으로 해야 한다. 넝마주의 배짱으로 살아보라. 체면이 무서운가, 세금이 무서운가, 천지에 겁날 게 없다. 겁도 있는 사람이 많다. 하찮은 거라도 갖는다는 게 얼마나 힘든 일이냐 말이다.

중국의 거인 모택동의 어록에 나오는 말이다. 큰일을 하려면 세 가지가 없어야 한다. 첫째 돈이 없어야 한다. 몇 푼 있는 걸 그나마 날릴까봐 겁이 나서 딴 일을 못한다. 둘째 이름이 없어야 한다. 그것도 명성이라고 행여 이름에 오점이라도 남기랴, 안전제일. 새로운 일을 못한다. 셋째 나이가 없어야 한다. 젊음 앞에는 어떤 실패도 용납이 된다. 일어나 또 뛰면 된다. 근사한 이야기가 아닐 수 없다.

법정스님은 무소유란 책에서 자신의 일화를 이렇게 적고 있다.

큰 절에 손님이 와서 재미있는 이야기를 나누고 있는데 갑자기 소나기가 쏟아졌다. 아뿔싸, 난 화분을 치워야 하는데 스님은 허둥지둥 암자로 돌아왔다. 후유! 난을 들여 놓고 나니 안심이다. 한데 이게 무슨 꼴인가. 흠뻑 젖은 자신의 몰골이 우습다. 이야말로 '비 맞은 중'이 된 것이다. 이 하찮은 난 때문에! 허둥대고 달려온 자신이 부끄럽기도 했다. 맛있는 떡도 못 먹고, 이게 무슨 꼴이냐? 그는 미련 없이 그 귀한 난을 다른 사람에게 줘 버렸다. 그러고 나니 세상이 이렇게 홀가분할 수가 없었다. 갖는다는 건 참으로 치사하고 힘든 일이구나. 맨 손이 편하다. 그런 자세로 살아야 한다.

해보는 거다. 비록 그게 실패로 끝난다 해도 내 길은 내가 걸었다는 자부심만은 남을 것이다. 내가 선택한 인생을 내가 살았으니 비록 바닥에 떨어져도 나란 존재가 죽진 않을 것이다.

젊을 때는 일부러도 떨어져 봐야 한다. 실패해보지 않고는 성공도 못한다. 실패가 뭔지 모르는 사람은 성공이 뭔지도 모르기 때문이다.

바닥에 앉은 인생, 거기서 생활철학을 터득할 수 있다.

이혼 공포증

링컨은 대통령으로선 화려한 업적을 남겼다. 노예해방 같은 큰일도 그는 박력 있게 밀고 나갔다. 하지만 그의 사생활은 지극히 미지근한 사람이었다.

우선 결혼식장에 나타나지 않은 것부터 그의 이런 성품을 잘 말해주고 있다. 싫으면 아예 말 것이지 결혼 날에 와서야 달아나버린 것이다. 달아날 정도의 행동력은 있었던 게 다행이다. 그러나 그리 길지 못했다. 2년을 질질 끌어 결혼을 하고 만다. 이건 바로 그의 미지근한 성격 탓이었다. 차마 딱 끊을 수 없는 우유부단함 때문이었다.

그렇게 된 결혼이 행복할 순 없었다. 집에 들어가기 싫어 밤늦게까지 친구들과 어울렸다. 집이 싫으면 술이나 도박에 빠지는 사람도 있지만 링컨은 오히려 그런 불행을 역이용한 것이다.

거기에 그의 위대성이 있다. 밤늦게까지 폭넓은 교우를 하게 된 것이 곧 그를 대통령으로 만든 원동력이 된 것이다. 인간적 불행을 사회적 성공으로 승화시킨 것이다.

이혼에 합의하고도 막상 실천에 못 옮기는 부부도 많다. 이유는 많다. 하지만 이혼 밖에 다른 해결방법이 없는 경우도 적지 않다. 둘은 물론이고 애들이나 직장, 사회를 위해서도 헤어지는 게 상책인 경우엔 더 주저치 말아야 한다. 서양에선 싫다면 그만둔다.

내가 좋아도 상대방이 싫다면 놓아주는 게 서양의 윤리다. 애정이란 일방통행이 아니기 때문이다. 결혼과 이혼을 감정우위로 하는 이러한 서양인의 의식구조가 많은 사회적 부작용을 몰고 온 건 사실이다. 하지만 전통의식에 집착한 나머지 헤어져야 할 사람이 일생을 그렇게 어물쩍 산다는 것도 문제가 아닐 수 없다.

결혼이란 행복해야 한다는 대전제를 존중하고 싶은 것이다. 이혼이란 불행의 시작이 아니고, 행복에로의 새로운 출발이다. 흔히들 여자는 해방을 위해 남자는 재혼을 위해 이혼을 한다지만 이것도 옛말이다. 이혼은 이제 인간으로서 가져야 할 권리다. 이게 결코 멍에가 될 순 없다.

이혼할 자신도 있어야 한다. 그래야 결혼생활도 자신 있게 할 수 있다. 이혼할 자신이 없는 사람은 비굴해질 수밖에 없다. 자학과 타학의 연속이다.

결혼이 생활의 수단이고 존경의 상징이던 시대는 이제 서서히 지나고 있다. 결혼도 이혼도 결정적 시기가 오면 과감히 해야 한다. 기회란 언제든지 있는 건 아니다.

쉬는 시간을 이용하라

축구는 팀워크도 중요하지만 섬세한 개인기가 절대적이다. 개인기 향상은 공만 차는 단순한 반복만으로는 되지 않는다. 중요한 건 '혼자, 조용히, 생각하며'하는 연습이어야 한다. 나쁜 버릇이나 잘못 익힌 기술은 버리고 새로운 기술을 터득하는 데는 '혼자' 한다는 게 절대적 요건이다.

나쁜 버릇을 고치려면 시합이나 혹은 단체연습 기간에는 되지 않는다. 축구나 농구선수가 공을 잡으면 습관적으로 한두 번 드리블하는 통에 공격 리듬이 늦어지는 걸 목격할 수 있다.

대표선수 가운데도 볼 수 있는 이런 버릇을 고치기 위해선 역시 혼자 연구하는 기회를 가져야 한다. 혼자 하는 연습이라야 우선 조용히 눈을 감고 '최선의 동작'을 설정할 수 있는 여유가 생긴다.

그리곤 계속 이를 상상하며 중추에 그 영상을 기억시켜야 한다. 이 과정이 반복되지 않는 한 버릇은 고쳐질 수 없다.

사실 기술향상은 연습하는 동안이 아니고 쉬는 동안에 이루어진다. 연습 후 잔디에 누워 쉬면서 잘 안되었던 점을 고쳐 생각하고 최선의 동작을 상상할 때 '아! 이거구나'하는 생각이 머리를 스쳐간다.

이걸 실천에 옮길 때 비로소 자연스런 최선의 동작이 이루어지게 된다. 이런 순간을 잡기 위해선 혼자 해야지 코치나 동료라도 옆에 있으면 중추는 벌써 이들을 의식한 나머지 자연스런 행동이 연출되지 않는다.

기계적 반복만이 훈련효과를 최대로 할 수 있다면 아마 농구선수들은 모두 공을 못 넣는 선수가 되었을 게 틀림없다. 처음 연습할 땐 들어가는 공보다 안 들어가는 게 더 많기 때문이다. 하지만 득점왕은 예외 없이 혼자 연습하는 선수이다. 쉬는 동안에, 넣은 기억을 중추에 강화시키고 안 들어간 공은 원인분석을 하는 정적인 순간을 많이 갖는 선수이다.

이런 현상은 운동분야뿐 아니라 새로운 걸 창조해야 하는 어떤 인간행위에서도 마찬가지로 적용된다.

발명왕 에디슨은 낮잠을 자고 일어나면 문제가 다 해결돼 있었고, 다윈은 드라이브, 러셀은 여행 중에, 그리고 유명한 벤젠환環 구조는 케쿨레가 자면서 얻은 것이다.

무슨 일을 골똘히 생각하면 나중엔 생각이 머리를 가득 채워 더 이상의 진전이 안된다. 이때 필요한 게 휴식이다. 낮잠이라도 좋고 멍하니 의자에 넋을 놓고 있어도 좋다.

사람은 의식이 약간 혼탁한 상태에서 가장 위대한 아이디어가 떠오르게 마련이다. 한잔 술에 취해 흥얼거리다 명곡을 작곡하고, 담배 한 대 입에 물고 졸 듯 의자에 앉아 있는 동안 불후의 명작이 탄생한다. 의식적인 비판이나 통제, 감독의 기능이 약화되어야만 비로소 새로운 아이디어들이 은연중에 떠오를 수 있기 때문이다. 정신이 맑은 상태에선 행여 비판이라도 받을까 겁을 집어먹곤 좀 엉뚱한 아이디어들이 감히 떠오를 생각을 못하고 위축이 된다.

연습 후 지친 몸을 뉘어 마음대로 하는 상상이 때론 기발한 아이디어를 낳게 한다.

쉴 수 있는 여유, 이건 시합 때도 마찬가지다. 복싱에서도 시작종이 울리기도 전에 먼저 일어서는 선수가 있다. 테니스도 코트를 바꾸면서 휴식하는 동안 꼭 먼저 일어서는 선수가 있다. 신기한 일은 어느 쪽이든 열세에 있는 선수가 먼저 일어난다는 사실이다. 더 앉아 쉬기엔 열세라는 부정적 생각이 떠오르기 때문이다.

이쯤 되면 승부는 끝난 거다. 시합 후 지는 줄도 모르고 끝나 버렸다고 투덜댄다. 그만큼 열세라는 사실을 부인하고 있었고 또 게임 진행에 대한 연구, 분석을 할 수 있는 여유가 없었다는 증거다. 빨리 끝났으면 하는 생각이 그의 잠재의식에 가득 찼으니 만회할 길이 없다. 혼자 연습하고 쉬는 동안 연구할 수 있는 여유, 이게 선수에게 필요한 배짱이다.

한국인의 이민 증후군

캘리포니아주립대에서 있었던 세미나에서였다. 한국사람의 '향수병'이 주제였다. 세계 각국 사람이 모여 사는 LA에서도 한국사람들의 향수병은 유별나다는 것이다.

그곳 한국 정신과의사들의 주장에 따르면 우리만큼 두고 온 고향에 미련이 많은 민족은 드물다는 것이다. 이러한 강한 귀소의식이 그곳 생활에 적응하는 데 정신적 장애요소가 되고 있다는 결론이었다.

이게 곧 이민 증후군을 일으키는 발병요인으로 지적됐다. 이것은 이민간 사람에게서 흔히 볼 수 있는 증상으로써 '몸은 와도 마음이 아직 오지 않은' 일종의 분열상태다. 이민 와서 처음 얼마간의 흥분이 가라앉으면 모든 게 낯선 이국땅에서 불현듯 고국에의 그리움이 밀려든다. 서러워 울기도 하고 괜히 왔다고 후회도 한다.

이런 심경에서는 이민생활에 정착이 되지 않는다. 보통 6개월에서 1년쯤 지나면 '몸도 마음도 함께' 오면서 차츰 진정이 된다. 이게 너무 장기간 계속될 때는 전문가의 치료가 필요하다.

이와 비슷한 증상은 시골에서 도시로 이사 온 사람에게서도 똑같이 볼 수 있다. 금의환향의 꿈을 안고 차가운 도시생활의 설움을 겪어야 하는 외로움이 소위 '상경 증후군'을 만들고 있다. 시집 온 새색시의 마음이 항상 친정에 가 있는 것도 같은 이치다.

여하튼 이 병의 치료는 딱 한 가지, 몸이 왔으면 마음도 함께 따라와야 한다. 일단 온 이상 모든 걸 잊고 새로운 생활에 전념해야 한다.

물론 이런 인생의 큰 전환점에서야 자기 결심에 대한 회의가 생길 수도 있다. 그런데 일상생활의 작은 일에까지 결정을 하고 실행을 하면서도 후회하는 사람이 있다. 버스표를 끊어놓고도 기차로 갈 걸 하고 후회한다. 비라도 오면 길이 미끄러울 텐데, 과속하면 어쩌나 별 걱정 다 난다. 후회가 될수록 걱정은 더 생기게 마련이다.

그렇게 걱정이 많으면 아직도 늦진 않다. 버스 타기 전까진 아직 의사를 바꿀 수 있다. 표를 물리고 기차역으로 가야 하는 거다. 그런데 문제는 이미 버스를 타고 출발한 연후에도 계속 기차 생각을 하는 경우다. 이건 병이다. 커브를 돌 적마다 사고가 아닌가 가슴이 철렁한다. 불안해 앉아 있을 수 없다.

심한 경우엔 목적지도 못 가고 중도에서 내려야 한다.

이 정도면 중증 환자다.

이래선 무슨 일이고 되지 않는다. 추진력의 결정적 방해인자는 후회라는 마물이다. 버스를 탄 이상 맡기고 자는 거다. 사고를 당해도 자는 사람은 덜 다치게 돼있다. 긴장이 돼있을수록 골절이 더 잘 일어나기 때문이다.

모임에 연설을 하기로 수락한 이상 해야 한다. 이제 와서 하느냐 마느냐를 생각할 때가 아니다. 결정은 이미 끝났다. 남은 건 실행뿐이다. 걱정은 승낙하기 전단계의 일이지 이제 와서 후회해야 일만 더 복잡하게 만든다. 이렇게 되면 걱정의 순서가 뒤바뀐 것이다. 이것도 소심증의 발로다. 거절을 못해 승낙해놓고는 돌아서 후회를 한다.

이제 남은 걱정은 어떻게 하면 잘할 수 있을까 하는 것이어야 한다. 할까 말까의 걱정은 이미 끝났다. 그런데도 지금 와서 안하려는 구실을 찾자니 마음이 더 초조해질 수밖에 없다. 그럴수록 더 불안하다.

많은 사람들의 불안, 걱정은 어차피 하기로 결정한 일을 피해보려는 마음의 균열에서 시작된다. 정 싫으면 지금이라도 그만 두는 거다. 그것도 배짱이다. 그럴 배짱도 없다면 해야 한다. 어차피 해야 할 일이라면 안할 생각은 말아야 한다. 해도, 안해도 싫고 귀찮은 건 이제 와서야 어차피 마찬가지다.

그럴 바엔 하고 귀찮은 게 모두를 위해 낫다는 결론이다. 싫은 약속은 아예 말든지 한 이상 달아날 생각은 말아야 한다. 엉거주춤한 상태니까 마음의 마찰이 오고 갈등이 생긴다. 하면서도 하는 것도 아닌 이런 갈등상태에서야 걱정만 쌓이고 일만 밀린다. 몸과 마음이 합일되지 않으면 마찰이 생긴다. 기왕 회의장까지 왔을 바엔 우거지상일랑 씻어버리고 반가이 사람들과 악수도 나누고 어울려야 한다. 결정한 이상 자기 결정을 존중하고 모든 걸 거기에 맡겨야 한다.

박력이 있는 사람은 결심이 선 이상 옆을 돌아보지 않는다. 어떤 미련이나 후회도 있을 수 없다. 그게 비록 불행을 몰고 오는 한이 있더라도 자기가 한 결심인 이상 감수할 수 있는 자부도 생긴다. 그래야 전력투구할 수 있는 마음의 자세가 된다.

약점을 강점으로

인생이 장애물 경주라면 이를 극복하고 뛰어넘는 용기와 추진력은 가상한 행위이다. 그러나 그보다 더 현명한 일은 그 장애물을 역이용하는 슬기다. 발길에 채어 넘어진 돌을 디딤돌로 쓰는 그런 여유 말이다. 여기엔 물론 장애물을 예리하게 분석할 수 있는 지적 능력도 중요하지만 그보다는 마음의 여유다.

장애에 부딪쳐도 당황하지 않고 이에 냉철히 대처할 수 있는 마음의 여유가 필요하다. 이게 곧 현명한 사람이 발휘하는 추진력이다. 화가 절로 복이 되진 않는다. 그렇게 할 수 있는 여유가 있어야 한다.

소크라테스가 유명하게 된 건 악처를 얻었기 때문이라고 말하는 사람들이 있다. 그 자신도 그걸 시인했던 것 같다. 딱하게 여긴 친구들이 악처를 규탄하자 그는 "좋은 마누라를 얻으면 행복한 사람이 되지만 악처를 얻으면 철학자가 되지"하고 태연히 말하면서 웃었다는 것이다.

사실 그는 마누라가 긁는 바가지를 그의 철학적 사색을 깊게 하는 자극제로 활용했다.

어느 날 친구와 담소를 하고 있는데 마누라가 나타나 또 바가지를 긁기 시작했다. 하지만 그는 태연히 대화를 계속했다. 드디어 물벼락이 날아왔다. 보다 못한 친구가 "여보게, 어떻게 좀 해야지. 이건 너무 심하잖아?"라고 화를 냈다. 여전히 앉은 채 그는 "뇌성이 치면 소나기가 쏟아지는 법"이라고 담담히 응수했다. 그는 이어 "거친 말을 길들여야 준마가 되고 그럴 수 있어야 훌륭한 기사가 되는 걸세. 내 마누라한테 참을 수 있으면 세상에 어려운 사람이 없게 되네"라고 말했다.

이런 여유는 보통사람의 경지에선 생각도 할 수 없는 일이다. 하지만 화를 복으로 만들고, 또 약점을 강점으로 이용할 수 있는 슬기야말로 진정한 배짱이 아닐까!

역사 이래 여자는 약하다. 그러나 약하기 때문에 강할 수 있었다. 또 보호를 받아왔고 전쟁이 휩쓸고 간 폐허에도 남은 건 여자였다. 천하 용장도 여자의 눈물 앞엔 항복했다.

약하다고 배짱이 없는 건 아니다. 약점을 보완하려는 끊임없는 노력으로 강해질 수도 있다.

철혈재상으로 알려진 비스마르크는 강심장으로 유명하다. 그러나 그의 소년시절은 겁 많은 울보였다. 자기보다 형편없이 작은 꼬마로부터 멸시를 받아도 싸울 용기가 없었다. 밀려 넘어져도 울기만 했지 대들진 못했다. 그는 이렇게 약했기 때문에 이를 극복하려는 끝없는 노력으로 세기의 강심장이 된 것이다.

이런 슬기와 끈기는 우리 일상생활의 작은 일에도 필요하다. 내가 미국에 있을 때 내 연구실의 피터는 뉴욕 교외에 살면서 기차통학을 하고 있었다. 아침마다 만원열차에 시달려올 적마다 짜증스러워 견딜 수 없어 했다. 소리를 쳐야 별 수도 없고 진정을 해봐야 마이동풍이다. 점점 화만 치밀었다.

견디다 못한 그는 생각을 바꿔서 바로 그 철도회사의 주식을 사기로 결심했다. 주주가 된 다음날부터 만원이 될수록 기분이 좋았다. 더 태워라, 터지도록 태우라고 마음속으로 소리쳤다.

주인이 되고 보니 만원열차가 그렇게 기분 좋을 수 없었다. 땀을 뻘뻘 흘리며 출근한 후 좋아라 하고 두 주먹을 흔들며 껑충거리던 그의 모습이 지금도 눈에 선하다.

난 이 이야길 불면증에 시달리는 후배에게 들려준 적이 있다. 그는 이웃에서 들리는 건설현장의 소음 때문에 도저히 잠을 이룰 수 없다고 했다. 그는 그길로 달려가 바로 그 건설회사 주식을 샀다. 그로부턴 그 소음이 자장가처럼 부드럽게 들린 건 물론이다.

난처한 일이 생겼을 땐 정면도전을 하는 것도 배짱이지만 그걸 역이용할 수 있는 슬기는 더 멋진 배짱이다.

꾸중만 해도 그렇다. 꾸중을 들었을 때 대드는 정면도전형이 있다. 이런 반항이 통할 수만 있다면야 이것도 배짱이긴 하지만 통하지 않을 일이라면 이건 오기이지 배짱은 아니다. 또 어떤 사람은 변명부터 늘어놓는다. 거의 습관적이다. 이쯤 되면 상사에게 좋은 인상을 주긴 글렀다. 이보다 더 서글픈 친구는 '아! 역시 난 형편없어'라는 낙담형이다.

작은 꾸중에 마치 자기의 전 인생에 사형선고나 받은 것처럼 실망한다면 발전은커녕 후퇴밖에 더 없다. 그런가 하면 꾸중이 계기가 되어 상사로부터 인정을 받을 수 있게 하는 기회로 만드는 사람도 있다.

"미처 주의를 못했습니다. 날카롭게 지적해주셔서 감사합니다. 이런 일이 없도록 노력하겠습니다"하고 솔직히 잘못을 시인한 다음, 배전의 노력을 기울인다면 이 친구야말로 상사로부터 두터운 신임을 받을 수 있을 게 틀림없다.

이런 사원일수록 꾸중을 영광으로 생각한다. 그만큼 자기에게 관심이 있고, 또 자기를 아끼기 때문에 하는 격려의 뜻으로 받아들인다. '꾸중을 해주셔서 감사합니다'라고 생각할 수 있는 마음, 이게 진정한 배짱이다. 이런 사원은 휴가결재를 받지 못해도 기분이 좋다. 그만큼 자기가 이 회사에 필요한 존재라는 긍지가 생기기 때문이다. 잘 다녀오라고 했다면 오히려 서운했을 게 틀림없다. 이건 회사를 위해서가 아니라 자기 자신을 위한 것이다.

화를 복으로 만들 수 있는 여유야말로 배짱 중 배짱이다.

현대는 실력사회다. 무슨 일을 하던 남보다 앞서는 실력이 있어야 하지만 그보다 더 중요한 일은 있는 실력을 한껏 발휘하는 일이다. 상대에게 위축되거나 혹은 다른 심리적 제동 때문에 있는 실력을 다 하지 못하고 게임에 진다면 이보다 서글픈 일이 또 있을까.

누구에게든 무한한 가능성과 능력은 잠재돼 있다. 이를 어떻게 개발, 발휘하느냐는 게 당신이 찾아야 할 배짱이라는 열쇠다. 이것이 곧 당신의 갈 길을 열어주는 길잡이가 될 것이고 또 뒤에서 밀어주는 후원자가 돼줄 것이다.

●

배짱 있는 삶을 위한 Tip

●

추진력이 부족해 망설이기만 하는 사람들에게

'학교'라는 생각을 하면 순간적으로 연상되는 일이 있을 것이다. 운동장, 교문, 안경 낀 교장선생님, 짓궂은 동창들이 연상될 것이다. 왜냐하면 학교라는 기억은 이 모든 것들과 함께 기억되기 때문이다. 이것이 곧 기억의 연상 단위다. 이 중추신경의 원리를 잘 이용할 수 있어야 추진력에 가속을 붙일 수 있다. 그 원칙을 몇 가지 소개한다.

1. 무슨 일이든 시작을 해놓고 볼 일이다.

일단 움직이기 시작하면 대뇌에 잠자던 의식들에도 파동이 전달되어 일이 진행되는 동안 처음엔 생각도 못한 아이디어들이 떠오른다.

2. 관습적인 생각은 버리는 게 좋다.

타성에 젖은 기계적인 생각으로는 똑같은 것밖에 떠오르지 않는다. 물은 컵으로 마신다는 습관적인 생각으로는 새로운 아이디어가 떠오를 수 없다. 개미 쳇바퀴 돌 듯 밤낮 뛰어야 그 자리를 맴돈다. 물은 손으로 마실 수도 있고, 또 입으로 바로 마실 수도 있어야 한다. 일도 다른 각도에서 봐야 새로운 게 보인다. 어린이는 흙탕물에도 개의치 않고 뛰어든다. 어린이의 눈엔 맑게만 보이기 때문이다. 젊은 여자는 위생적인 수돗물이 좋다고 하고 노인네는 생수가 몸에 좋다고 한다. 물도 보는 사람의 눈에 따라 달라지게 돼있다.

3. 자기 최면을 걸어야 한다.

“이 일을 시작하길 잘했다. 현명한 결정을 했다. 정말 다행이다. 덕분에 술도 한잔 공짜로 마시게 되었고, 난 역시 똑똑한 놈이다.” 이런 최면이 곧 자기를 밀어주는 힘이 된다. 자기 자랑하는 사람을 모두들 흉본다. 그런 줄 알면서도 나도 모르게 자기 자랑하게 되는 건 꼭 남을 위해서가 아니라 사실은 자기 최면술이다. 하고 있는 일에 회의가 생길 때 이런 자기자랑이 확신을 줄 수 있다.

4. 장애물을 역이용할 수 있는 슬기가 있어야 한다.

잘 가다가도 장애물이 가로막으면 추진력은커녕 그만 좌초하고 마는 게 보통사람이다. 하지만 이를 역이용할 수 있는 슬기만 있다면, 장애물이 오히려 가속제가 될 수도 있다. 서울에선 물 한잔에도 돈을 줘야 한다고 투덜대지 말고 서울에선 물도 돈이 되더라고 생각하라. 이게 박력이다. 박력이란 힘으로 우지끈 밀고 나가는 것만은 아니다.

5. 어렵다는 생각을 버려라.

추진력의 결정적 방해요소는 회의다. 과연 될까 하는 회의가 드는 이상 그 일은 되지 않는다. 마이너스 모드가 중추에 덮이면 모든 게 부정적인 쪽으로 바뀌기 때문이다. 안될 때 손을 들더라도 그때까진 되는 쪽으로 생각해야 한다. 그게 바로 추진력의 원천이다.

땅에의 애착 • 결단의 용기 • 미련이 부른 비극 • 시작이 반 • 작은 모험 • 완벽주의 • 체계성이 없다

Chapter

03

결단력
뛰고 나서 생각하라

우물쭈물하다 보면
짝사랑하던 애인은 다른 데로 시집가고,
그 사업은 벌써 다른 사람이 손을 대기 시작한다.

CHAPTER • 03

결단력 / 뛰고 나서 생각하라

땅에의 애착

결단을 내리기까진 물론 정확한 상황분석이 중요한 것도 사실이지만, 그보다 모험을 감수할 용기가 필요하다. 그리고 결정에 뒤따를 상황변화에 대한 적응에도 자신이 있어야 한다.

결단을 내린다는 건 항상 새로운 변화에의 추구를 전제로 하기 때문이다. 그리고 어떤 계획도 100% 성공한다는 보장이 없기 때문이다. 실패할 가능성도 있다. 이걸 감수할 용기가 있어야 결단이 설 수 있다.

모험의 감수, 변화에의 적응에 자신이 없으면 어떤 결단도 내릴 순 없다. 불편해도 그대로 살 수밖에 없다. 영영 낙후되더라도 도리가 없다. 결단이 서기까지의 과정을 이렇게 볼 때, 우리 한국사람에게 과연 그런 과단성이 있을까 하는 데는 많은 회의가 든다. 그 원인을 몇 가지 측면에서 분석해본다.

우리 민족의 뿌리는 알타이산에서 시작, 시베리아, 몽골, 요동벌판을 거쳐 달려온 기마 유목민족이었다. 야성적이며 도전적인 기질은 지금도 우리 피 속에 맥맥이 흐르고 있다.

그러나 1만년쯤부터 한반도에 정착, 농경민족이 되면서 기질이 많이 달라졌다. 거친 기마 유목민족 기질이 유순한 정착 농경민의 기질을 체득하게 된 것이다.

한자리에 정착해서 농사를 짓고 살면서 비록 그게 박토라도, 비좁은 초가삼간이라 하더라도 천혜로 알고 그런대로 살아왔다. 그래서 우리에겐 불편해도 그대로 참고 견디는 인내심이나 집착은 강해도 그 불편을 타개해나가려는 개혁에의 의지는 박약하다.

최근엔 그간 억눌려온 기마 유목민족 기질이 되살아나기 시작, 경이적인 산업화에 성공하고 있지만 우리에게는 지금도 땅에 대한 애착, 안전에의 희구가 강하게 남아있다. 거기에 유교적, 이성적 순화가 접목되면서 도전적인 변화보다 현재에 안주하려는 경향이 강해졌다.

매사에 적극적이라기보다는 소극적일 수밖에 없었다.

서양의 유목민처럼 물 따라, 풀 따라 옮겨 다녀야 하던 떠돌이와는 달랐다. 철마다 어느 쪽으로 옮겨야 할까를 결정해야 할 그런 큰일이란 없었다. 유목민들에겐 그야말로 운명을 건 사생결단이 필요했지만 우리는 그렇지 않았다. 산을 넘고, 신대륙을 찾아 바다를 건너는 그런 기상이 움틀 여지가 없었다.

새로운 곳을 찾아가는 개척정신이란 상상도 할 수 없는 일이었다. 그저 한자리만을 지켜왔다. 변화란 게 없었다. 봄에 씨뿌리고 가을에 추수해서 천년을 지켜온 조상의 자취를 답습하는 게 전부였다.

최근 들어 도시로의 이주가 많아지고 해외 이민도 많아졌다. 그러나 우리의 잠재의식은 언제나 갈등으로 남아 있다. 향수병이 심한 것도 그렇고 언젠가는 고향땅에 돌아가겠다는 귀소의식도 우리만큼 강한 민족이 없다.

우린 변화를 싫어한다. 수천 년을 한자리에서 살아온 우리로선 당연한 심리다. 작은 변화도 두려워하는 나머지 모험이란 건 생각도 할 수 없다. 새로운 아이디어란 게 떠오를 수 없게 돼있다.

역사적으로 우리의 독창성이 세계에 알려진 것으로는 그저 손에 꼽을 정도의 몇 가지뿐이다. 옛것을 답습하는 반복 강박증의 테두리를 벗어나지 못하고 있다. 안전제일주의다. 지금보다 나을 거라는 상당한 전망이 보이는 일이라도 만에 하나 실패할 가능성 때문에 그만 주저앉고 만다.

빈틈없이 완벽한 일이어야 한다. 따라서 새로운 일을 대할 땐 되는 쪽보다 안되는 쪽부터 먼저 생각한다. 실패라도 하는 날이면 체면도 문제려니와 그 후에 올 엄청난 변화에의 적응도 끔찍스럽게 느껴진다. 그래서 우리는 작은 실패도 지나치게 두려워하는 실패 공포증으로 돼버린 것이다.

지금도 시골에선 논 팔아 장사를 하겠다는 아들과 안된다는 아버지 사이의 알력을 흔히 볼 수 있다. 땅이나 파먹고 살지 무슨 외도냐고 아버지는 펄펄 뛴다.

예로부터 돈은 땅에 묻으랬지 않았나 말이다 – 이후론 배도 말고 말도 말고 밭갈기만 하리다 – 논을 팔면 후회할 일이 온다는 걸 항상 경고했다. 땅덩이가 좁아서도 그렇겠지만 우리 조상만큼 땅 한 조각에 애착이 많은 민족이 이 지구상에 또 있을까. 죽음으로 땅을 지켜왔다. 그건 곧 생명이요, 역사요, 나의 모든 것이다. 그 속에서 태어나 거기서 살다 또 거기로 돌아가는 사람들에게 변화란 엄청난 스트레스가 아닐 수 없다.

새로운 일을 결심해야 할 필요가 없었다. 그건 오히려 가문을 배신하는 반역아였다. 집에서 시키는 대로 잠자코 따라 해야지, 자기 나름의 생각을 멋대로 할 수가 없게 돼있었다.

부모에의 의존성이 강한 우리로선 나 단독으로 뭔가를 결정할 수 없었다. 따라서 우린 어릴 적부터 의사결정을 스스로 할 수 있는 훈련이 돼있지 못하다. 상황판단이며 분석, 성패 가능성에의 진단, 그리고 폭넓은 의견교환으로 다수 의견에 따르는 그런 민주적 훈련이 거의 돼있지 않은 상태다. 우리 민주주의가 정착되기 힘든 또 하나의 요인이 바로 여기 있다.

작은 결정이라도 집에선 가장이, 고을 일은 원님이 결정한다. 의견을 제시하는 훈련이 돼있질 않다. 잘못하다간 말대꾸하는 걸로 낙인이 찍혀 호통이 떨어진다.

요즈음 우리나라 기업체의 사원 교육훈련 과정에 필수적으로 있는 과목이 의사결정의 훈련이다. 지극히 한국적인 이야기다.

결단의 용기

자동차를 운전해본 사람이면 추월이라는 결단도 쉽지 않다는 걸 느낄 것이다. 이대로 가다간 약속시간에 닿을 수 없겠다는 판단이 서면 우선 서행하는 앞차를 추월해야 할 필요가 있다. 물론 여기엔 위험이 따른다. 노면의 폭, 반대편의 차, 앞차 운전수의 순간적 심리상태까지 자세한 상황분석이 되어야 한다. 그리고 그 위험이 최소한으로 되었다고 판단되는 순간 결단을 내려야 한다. 작은 위험은 각오해야 한다. 자기 위치를 잘 보고 어느 시점에서 가속을 해서 어디쯤에서 끝날 수 있는가를 결정하면 이제 남은 건 가속이다. 차선을 바꾸면서 밟아야 한다. 위험의 시작이다. 중추신경이 순간 긴장된다. 가슴도 두근거린다. 아찔한 기분이 든다. 이러한 생리적 현상도 필수적으로 온다는 걸 알고 있어야 한다. 초심자들은 이런 생리현상을 불안으로 착각하여 불안 발작상태로 빠질 위험도 있기 때문이다.

일단 가속이 되면 이젠 되돌아갈 수 없는 시점이 온다. 이젠 중지할 수도 없다. 그랬다간 더 위험하기 때문이다. 우물쭈물했다간 맞은편 차와 정면충돌할 위험도 있다. 모험을 중지할 수 있는 순간과 그럴 수 없는 순간은 그야말로 순간이다. 이 순간을 넘어서면 이젠 전진 가속뿐이다. 브레이크를 밟으면 오히려 더 위험하다.

이게 결단의 순간이다. 안전하게 뒤를 따라가기보다 추월하는 데는 항상 위험이 따른다. 그걸 감수할 수 있는 용기가 있어야 추월이 가능하다. 이 정도의 모험을 걸지 않고는 결단이 서진 않는다. 약속 시간에 늦을 수밖에 없다.

어디 운전만이랴. 사회생활을 하다 보면 어느 시점에 이르면 뭔가를 결심해야 할 일이 생긴다. 취직, 이직, 애정문제, 이사 등 작고 큰일들이 우리의 결단을 기다리고 있다. 우물쭈물하다 보면 짝사랑하던 애인은 다른 데로 시집가고, 그 사업은 벌써 다른 사람이 손을 대기 시작한다. 기회를 놓치면 우리에게 남는 건 후회와 낙후뿐이다. 하루 이틀 미루다 보면 그만큼 뒤떨어진다. 이게 결단을 못하는 사람의 비극이요, 병리다.

미련이 부른 비극

대형사고가 날 적마다 느끼는 일이 한두 가지가 아니다.

우선 보는 사람의 반응이다. '그만하기 다행이다'는 말이 그렇다. 그런 엄청난 참사를 두고 다행이라니 도대체 이해가 안 된다. 눈이 빠져도 다행이란 소리가 있긴 하지만 어쩐지 우리의 슬픈 내력이 보이는 것 같아 측은한 마음 금할 길 없다. 서양사람이 들으면 뺨맞을 일이다. 그러나 우린 그런 말로 위로하고 또 위로를 받는다. 불행이 그 이상 크지 않은 것만으로 다행히 여긴다.

이거야말로 불행이 몸에 찌든 자학에서 오는 자위다. 현재의 불행을 있는 그대로 받아들이고 그나마도 고맙게 생각하는 슬픈 이야기다. 현재의 불행을 타개하는 새로운 변화에의 시도란 감히 상상도 할 수 없는, 나약한 사람만이 할 수 있는 특유의 자학이다. 그만하기 다행이라니, 그 불행이 남의 일이어서 그런 건 아니다. 진심으로 그게 내 일인 양 생각하고 또 그만하기 다행이라고 여기는 것이다.

다음으로 사고의 원인을 들으면, 아연실색한다. 사고가 우연이 아니고 어떤 의미에선 당연히 나게끔 돼있었다는 사실이다. 사고가 날 줄 번연히 알면서 미련을 떨고 그냥 둔 것이다. 방치한 거야 아니겠지만 그래도 지금껏 괜찮았는데 무슨 일이 나랴 싶은 미련이다. 설마가 사람을 죽이는 것이다. 지각 있는 사람이 들으면 분노를 금할 수 없는 일이다. 어쩌면 그런 위험을 뻔히 보고도 그냥 있을 수 있었을까 하는 생각이다.

대형사고가 날 적마다 당국이 욕을 먹는다. 백번 규탄을 받아 마땅한 일이다. 하지만 그보다 더 답답한 일은 그런 위험을 예견하면서도 피하질 않고 미련을 떤 피해자 자신들이다. 정원의 몇 배가 넘게 태우는 뱃사공도 문제고 이를 그대로 방관한 감독관리도 문제다. 하지만 보다 더 큰 문제는 그런 배를 탄 피해자의 미련함이다. 그것도 기를 쓰고 밀치며 탔던 그 미련함에는 무어라 할 말이 없다.

어릴 적 할아버지한테 들은 이야기 한토막이 생각난다.

한양에서 벼슬아치로 지내던 사람이 고향엘 다녀가느라 한강을 건넜다. 배에서 내리는데 친구 아들이 그 배를 타고 상경한다며 인사를 했다. 아버지 약을 지으러 간다는 사연이었다. 꽤 붐비는 도선장이라 잠시 쉬는데, 아뿔싸 그 친구 아들이 탄 배가 그만 강 한복판에서 침몰하는 게 아닌가. 배도 사람도 그대로 가라앉아버린 것이다.

이 일을 어찌 하면 좋담. 그는 친구 집엘 바삐 찾아갔으나 차마 말이 나오지 않았다. 그 속을 모르는 주인영감은 오랜만에 만난 친구가 반갑기만 한 모양이었다. 사실 이 친구는 벼슬자리가 역겹다고 모든 걸 청산하고 낙향한 선비였다. 그들은 한

양 이야기로 한낮을 보냈다. 하지만 손님은 조바심이 나서 견딜 수가 없었다. 초조한 빛이 역력해지자 주인영감이 묻는다.

"여보게, 자네 무슨 걱정이 있나, 안색이 좋지 않네 그려."

"그래? 사실은 말일세, 자네 아들이 탄 배가…."

그는 떠듬거리며 낮에 있었던 이야길 끄집어냈다.

"이 사람아, 할 말이 없네. 그 뱃사공 녀석이 미련하게 너무 많이 태웠으니 그 배가 무사할 리가 있나? 그놈을 당장…."

"많이 태웠다고? 아, 그럼 내 자식은 괜찮을 걸세."

주인영감은 태연했다.

"아니 괜찮다니? 한 사람도 나오질 못했어. 내 눈으로 똑똑히 봤다니까!"

이거야말로 답답한 노릇이다. 외아들이 죽었다는데도 괜찮다니 말이다.

"걱정 말게, 내 아들놈은 그렇게 사람이 많이 탄 배를 탈 만큼 미련한 녀석이 아닐세."

그는 역시 태연했다. 위로하는 측은 오히려 주인영감이었다. 이쯤 되니 난처하게 된 건 손님이었다. 좋은 일도 아닌데 더 이상 우길 수도 없고, 막 자리를 뜨려는데 밖에서 인기척이 난다.

"아버님, 다녀왔습니다."

이게 누군가. 분명히 물에 빠진 그 아들이 이렇게 멀쩡하게 돌아온 게 아닌가. 옷도 젖질 않고 돌아오다니 정말 믿기지 않는 일이었다.

"이 사람아, 자넨 아까 물에 빠진 그 배를 타지 않았던가?"

"네, 탔습니다. 하오나 뱃사공이 자꾸 사람을 태우기에 저는 다음 배로 다녀올 양으로 내렸습니다. 그래서 이렇게 늦어 죄송할 따름입니다."

주인영감은 두 사람의 대화를 조용히 듣기만 할 뿐 아무 말이 없었다.

역시 태연했다.

미련이 지나치면 화를 자초하는 건 물론이고 자칫 생명이 위험할 수도 있다. 그런데도 우리는 미련한 데 대해 상당히 긍정적인 가치관을 부여하고 있다. 워낙 조급한 백성이어서 좀 곰같이 미련한 사람을 좋게 보는지도 모른다. 여하튼 '곰 같은 녀석'이라면 칭찬에 속한다. 참을성이 많고 줏대가 있다는 의미로 통한다. 하지만 사실은 그와는 반대다.

소신이 있어서가 아니라 변화에 대한 자신이 없으니까 미련을 떨고 있는 것이다.

바위 밑에 집을 짓고 사는 사람, 물가나 언덕배기 등 우리가 보기에도 아슬아슬한 곳에서 어쩌면 그렇게 태연히 살 수 있는지 모를 일이다. 언제 닥칠지도 모르는 위험을 그대로 안고 산다는 건 보통 강심장이 아니다. 그러나 사실은 강해서가 아니라 약하기 때문에 옮기질 못한다. 변화에 대한 자신이 없기 때문이다.

불편해도 이대로가 좋다. 죽느니 앓는 편이 낫다. 옮겼다간 이보다 더 큰일을 당할지 모르기 때문이다. 여우를 피하면 범을 만난다고 했다. 이런 사람들과 이야기하노라면 정말이지 답답해서 견딜 수가 없다.

그대로가 좋다면 그런 대로 사는 수밖에 없다. 앉은 자리가 꽃자리다. 불편해도 그대로 살려면 그런 대로 좋다. 대신 그 이상의 발전을 기대하진 말아야 한다. 요행도 없다. 요행이란 것도 노력의 대가로 찾아오는 것이다. 그대로 눌러 살다간 애들 공부는커녕 자칫 생명의 위험을 자초할 수도 있다. 현상유지가 아니라 오히려 후퇴한다. 기회를 보아 결단을 내려야 한다. 기왕이면 되는 방향으로 생각해야 한다. 기회란 그렇게 많은 건 아니다. 잘 판단해서 한번쯤 모험을 할 필요가 있다.

좋은 것이든 나쁜 것이든 변한다는 건 인생의 양념이 될 수도 있다.

여행을 하는 것도 그런 기분에서 한다. 전혀 낯선 곳에서의 여러 가지 변화가 권태로운 생활에 활력을 준다. 인생살이 자체가 하나의 여정이다. 낯익은 길만이 길은 아니다. 길은 많다. 그렇게 두려워할 건 없다. 어느 길이든 들어서기만 하면 또 가게 돼있다. 그게 인생이란 길이다.

시작이 반

내 진료실에는 운동부족에서 오는 증상을 지닌 사람들이 많이 찾아온다. 불면증, 비만증, 소화불량증은 물론이고 술, 담배 못 끊는 사람에 이르기까지.

나는 운동을 권한다. 모두들 쉽게 수긍은 하면서도 선뜻 시작을 못하는 것 같다. 구실이야 여러 가지다. 시간이 없다는 사람이 제일 많다. 어차피 해봐야 안되겠지 하면서 포기하는 단념형, 하긴 해야 할 텐데 하고 벼르기만 하는 사람, 시작만 하면 될 거야 등등 사람마다 할 말은 있다.

하지만 이건 모두 자기기만이요, 변명이다. 아이 볼 사람이 없느니, 시설이 없느니, 돈이 없느니 등 자기는 도저히 할 수 없다는 구실을 대기에만 바쁘다. 이건 모두 미련증 환자다. 이대로 미련을 떨다간 생명을 잃을 수도 있다.

의사가 아니라도 알 수 있다. 결정적 조치를 취하지 않는 이상 무슨 변고가 나리라는 것은 상식에 속하는 일이다. 그런데도 주저하고 있다. 심한 경우 그런 처방이라도 내릴까 무서워 병원에 못 간다는 사람도 있다.

술이라도 끊으라면 어쩌나 싶은 두려움에서다. '운동을 하시오'하는 날이면 큰일이다. 물론 해야 되는 줄은 알고 있다. 하지만 일찍 일어날 수가 없는 걸 어떡하나. 소질도 없는데 무슨 운동이냐 – 참 구실도 많다.

"달리기라도 하시죠. 그건 소질도 취미도 필요 없는 운동이니까요."

"인내심이 없습니다. 싫어도 참고 뛰어야 하는데 그게 안되는걸요. 그게 제 성격의 단점입니다."

환자는 애원을 한다.

"인내심이 없다니요? 혈압이 오르고, 뚱뚱해도 참고 견디는 그 인내심은 대단한데요."

환자는 웃는다.

환자들이 병원을 찾는다는 건 무언가 변화를 강구할 필요가 있기 때문이다. 또 그럴 필요성도 충분히 알고 찾아온다. 그런데도 이상한 일은 이대로 있을 수 없을까 하고 통사정을 한다. 담배를 끊으라면 사색이 된다.

담배를 이대로 피우면서 어떻게 되는 방법이 없을까 하는 게 환자의 주문이다. 이건 정말 어려운 주문이다.

누구나 자기의 습관을 깬다는 건 쉬운 일이 아니다. 개인의 하찮은 버릇도 그렇거늘 하물며 인생의 중대한 변화를 가져오는 일에 선뜻 결심이 서기란 쉬운 일은 아니다. 많은 사람들이 자기는 결단력이 없다고 믿고 있다. 따라서 아예 할 생각을 않는다. 하지만 사실은 그렇지가 않다. 결단을 않겠다는 결심은 대단한데 뭘!

따지고 보면 누구에게나 결단력은 있다. 하루생활의 전부가 내 결정에 의해 진행돼 간다. 책 읽는 것, 식사, 가게 문 닫고 열고 등 어느 것 하나 의사결정을 거치지 않는 일이 없다. 결단력이 없는 게 아니다. 다만 이걸 너무 거창하게 생각하는 데 문제가 있다.

술로 인생을 망친 사람에게 왜 그렇게 마셔야 했던가를 물어보라. 소설을 써도 몇 권은 됨직한 슬픈 이야기를 들려줄 것이다. 계모 밑에서 자란 설움, 아버지가 가산을 탕진하고… 마누라의 바가지… 그의 이야기를 듣고 있노라면 이 사람에게 술마저 없었더라면 하는 생각이 어느 샌가 들고 말 것이다.

결단력이 없어 금주를 못하는 것도 아니다. 이들은 자기가 남에게 왜 마시지 않으면 안되었던가를 설득시키는 일에만은 가히 천재적이다. 그런 설득력으로 세일즈를 했더라면 대성했을 게 틀림없을 텐데, 정말 안타깝다.

술꾼만이 아니다. 이 핑계 저 구실로 못한다는 이유만 생각하지, '아, 이렇게 하면 되겠다'는 방향으로 생각하지 않는 데 문제가 있다. 겨울이나 나고 봄부터 시작하겠다지만 그것도 변명이다.

체중을 줄이려면 겨울이기 때문에 당장 시작해야 하는 거다. 방 안에 있는 시간이 많을수록 술, 담배는 물론 먹을 기회가 많아지기 때문이다. 금주 · 금연이란 구호를 써 붙이고 무슨 거창한 날을 받아야 할 일도 아니다. 결심이 서면 오늘 당장 시작해야 한다. 뭘 별러?

'오늘부터 금주다.', '오늘 저녁엔 운동하러 간다.'

간단하다. 이게 전부다. 그리고는 술친구를 뒤로 하고 운동장으로 향하는 것이다. 이 간단한 일이 왜 안된단 말인가.

작은 모험

결단을 내린다는 건 모험을 하겠다는 뜻이다. 나타날 결과는 항상 예측을 불허하기 때문이다. 전혀 엉뚱한 예상 밖의 결과가 올 수도 있다. 미지수가 클수록 모험도 커진다. 이 모험을 감수하는 데는 용기가 필요하다.

우리는 이게 체질적으로 부족하다. 하지만 무슨 일에든 모험은 따르게 마련이다. 적극적인 인생을 살려면 모험 없인 발전이란 있을 수 없다.

사람에 따라선 자기 인생 전부를 모험으로 채운다. 이것 없이는 인생을 살 재미가 없다고 한다. 돛단배로 대양을 건너기도 하고, 자동차 경주에 생명을 건다. 공중곡예도 그렇고 고공낙하도 모험을 건 인생들이다. 그래야만 살아있다는 생동감을 느낄 수 있다는 사람들이다.

내가 말하려는 모험은 이처럼 거창한 게 물론 아니다. 아주 작은 규모의 모험을 말하려는 것이다. 최악의 경우 밑져야 본전이 되는 그런 자질구레한 일들 말이다. 그마저 못한다면 당신 인생은 위축일로로 빠져들 수밖에 없다.

작은 모험, 이건 현대사회를 살아가는 데 필수요건이다. 마음이 끌리면 모험을 거는 것이다.

유명한 미국의 마샬 장군의 청년시절은 수줍기로도 유명했다.

어느 날 파티에서 알게 된 멋진 아가씨를 집에 데려다주는 영광을 얻게 되었다. 한데 가슴만 두근거릴 뿐 한마디 말도 나오지 않았다. 차를 몰고 그냥 시내를 빙빙 돌기만 했다.

드디어 아가씨가 입을 열었다.

"이 도시엔 처음 오신 분이군요. 길을 잘 모르는 걸 보니까."

정곡을 찔린 것이다. 숨이 막힐 것 같다.

그러나 용기를 내어 응수했다.

"천만의 말씀. 나야말로 길을 잘 알고 있습니다. 그러기에 아가씨 집 앞은 용케도 피해가지 않습니까?"

그는 회고록에 어디서 그런 여유 있는 대답이 나왔는지 알 수 없다고 썼다. 이것이 그들 부부의 첫 데이트였다.

천하용장에게 이런 수줍음이 있었나 싶지만 누구나 좋아하는 사람 앞에선 말문이 막히게 마련이다. 심지어는 내가 좋아한다는 걸 그가 알기라도 하면 어쩌나 싶어 가슴 조인다. 귀중한 보물이나 훔쳐온 것처럼 말이다. 그러면서도 한편으로는 내 마음을 알아줬으면 하고 애태운다. 이게 짝사랑의 양가성 심리다.

밤새 연애편지를 써놓고도 막상 날이 새면 그만 기가 죽어 도저히 부칠 용기가 나지 않는다. 써보지도 못하는 주제에 비한다면 그래도 나은 편이지만 써놓고 못 부치는 위인도 딱하다.

우선 용기가 없어서다. 행여 거절이라도 당하는 날이면 자존심의 손상이 여간 아니다. 체면도 말이 아니다. 이런 걸 생각하면 그만 엄두가 나지 않는다. 차라리 이대로가 좋다.

이건 재판 결과가 두려워 평생을 미결수로 남겠다는 심리나 같다. 신청 안하면 거절당할 염려야 없다. 체면 손상이 될 것도 없고 그야말로 안전하다. 하지만 이래서야 잃는 것도 없지만 얻는 것도 없다. 배를 타지 않는 한 물에 빠질 염려는 없지만 어느 세월에 저 바다를 건너랴.

소문이 나면? 대꾸를 안 하면? 싫다면? 별 걱정 다 한다. 그래, 걱정대로 싫달 수도 있다. 그건 그녀의 권리다. 내가 그녀를 좋아할 권리가 있듯이 말이다.

그렇다고 안전만 생각하다간 장가들긴 글렀다. 형편없는 여자한테 가는 수밖에 없다.

하지만 꼭 마음에 드는 사람이라면 작은 모험쯤 할 수도 있어야 한다. 인생이 도박이라면, 돈에 말고 자기에게 한판 걸어보는 거다. 이런 용기도 없이 인생을 멋있게 살겠다는 건 망상이다.

눈인사라도 하는 거다. 그것도 안되면 쳐다보기라도 해라. 못한다고 생각지 말고 그렇게 해보는 거다. 용기란 없는 게 아니다. 발휘해보질 않았을 뿐이다. 해보기 전에 자신이 얼마나 용감할 수 있는지는 누구도 모른다. 누가 알아? 기다렸다는 듯이 손을 내밀 줄.

용기란 전쟁터 영웅만의 전유물이 아니다. 일상생활의 작은 일에도 필요하다. 사실 우린 이 작은 용기가 없어 얼마나 많은 지장을 초래하는가. 데이트뿐만 아니다. 시험공부를 해야 하는데, 방바닥에 엎드려 잡지나 뒤적거리는 학생에게도 필요한 건 작은 용기다. 그만 벌떡 일어나 책상 앞에 앉기만 하면 된다.

사과할 일이 있는데 전화에 손이 안 가는 사람, 아픈 이를 악물며 치과를 지나치는 사람도 마찬가지다. 작은 모험을 할 수 있는 작은 용기, 이것 없이 성공한 사람은 아무도 없다. 세상에 어떤 일도 확실한 성공이 보장되는 일은 없다. 생각만 말고 뛰어드는 거다. 제자리 멈춰 있는 것보다야 잘못 든 길이라도 차라리 낫다. 일단 걷기 시작한 이상 잘못된 길이면 고쳐 가면 된다.

작은 실패쯤 감수해야지. 그게 겁나 뛰지도 못한대서야 무슨 일이 되나. 소심증에 떠는 사람치고 인생을 신나게 사는 사람은 없다. 아무 일도 안하면 아무것도 얻지 못한다. 남는 건 고독과 욕구불만이다. 이걸 벗 삼아 그래도 안전하게 살겠다면 할 말은 없다.

해보는 거다. 못할 것 같다고 움츠러들지만 당신이 생각하는 만큼 당신은 겁쟁이가 아니다. 겁이 난다고 겁쟁이가 아니다. 용기와 겁쟁이는 행동에 옮기고 못 옮기고의 차이일 뿐이다.

전쟁 영웅의 정신분석으로 유명한 챔버 박사에 의하면 그들은 원래 용감하지 못했다는 것이다. 오히려 자신에 대한 회의로 가득 찬 겁쟁이였다는 것이다. 그들 자신도 어디서 그런 용기가 나왔는지 알 수 없다고 회고했다는 것이다.

전차의 영웅 패튼 장군도 적진에 들어서면 겁이 났다. 다만 겁을 드러내지 않을 뿐이라고 했다.

완벽주의

결정을 못하고 어물쩍하는 데는 우리의 완벽주의도 한몫을 한다. 모든 계획이 빈틈없이 진행되어야 하는 완벽증, 이것도 따지고 보면 변화에의 두려움에서 비롯된다. 전 과정을 몇 번이고 검토하여 그야말로 완전무결해야 결심한다. 마치 아폴로 우주계획이나 하는 것처럼 치밀하다.

매사에 그리 치밀한 분석, 계획을 하는 체질이 아닌데도 그래야 하는 이유는 딴 데 있다. 예상했던 대로 돼야 하는 확실한 심리적 보장을 얻기 위해서다. 새로운 일을 계획하면서 여느 때처럼 모든 게 순조로울 걸 기대한다는 건 환상이다. 이걸 기대한다면 어떤 일도 시작할 수 없다. 이야말로 백년하청이다. 미지의 사태에 대한 자신이 없고 또 이를 감당할 모험심이나 용기가 부족하기 때문이다.

실패를 지나치게 두려워하다간 뭐든 벼르기만 할 뿐 행동으로 나타나지 않는다. 속에 든 마음만으로 되어지는 게 현대사회는 아니다. 객관적으로 나타나는 증거가 있어야 한다. 그게 곧 행동이다. 백 번을 마음먹어도 한 번의 행동이 없으면 그것은 없는 거나 마찬가지다. 인정을 받으려면 움직여야 한다. 움직이지 않는 건 무능으로 평가받는 게 현대의 객관사회다.

구소련의 흐루시초프 수상에게 펩시콜라를 마시게 한 사나이, 그가 바로 유명한 캔들이다. 1959년 모스크바에서 열린 미국 물산전시장에서 일어난 해프닝이었다.

회장에 나타난 흐루시초프에게 그는 서슴없이 펩시를 권한 것이다. 수상은 쾌히 잔을 받았다. 그리곤 당시 미국 측 단장이던 닉슨 씨와 건배를 들었다. 펩시 잔을 든 이 세 사람의 사진은 전파를 타고 순식간에 온 세계에 퍼져 나갔다.

어떤 광고도 이에 더할 수 있으랴. 생각할수록 기막힌 작전이다. 하지만 또 한편 생각하면 이건 정말 어이없는 일이기도 하다. 콜라야말로 미국 자본주의의 상징이 아닌가 말이다. 이걸 다른 사람 아닌 소련 수상에게 권했으니 말이다. 더구나 모스크바 한복판에서. 아이디어도 기발했지만 배짱 또한 보통은 아니다.

여하튼 이 사진 한 장은 천만 불의 광고보다 효과가 컸다.

그는 여기서 그치지 않았다. 소련 땅에 펩시 공장 건설을 제의한 것이다. 이 역시 돈키호테 같은 엉뚱한 제안임에 틀림없었다. 하지만 그의 제안은 받아들여졌다. 미국의 민간기업이 소련 땅에 상륙한 제1호였다.

세계 기업사상 획기적인 일이었다. 코카콜라에게 압도되어 왔던 펩시가 거의 2:1의 판매율에 육박한 것도 캔들의 비상한 세일즈 작전의 결실이었다.

그는 생각이 나면 하는 사람이다. 그야말로 뛰면서 생각하는 사람이다. 그가 만약 수상 앞에서 주저하고 있었더라면 이런 역사적 쾌거는 이루어내지 못했을 것이다. 그는 어떤 아이디어도 일단 옮겨보는 게 특징이었다. 사람들은 그를 보고 결단력이 강한 사람이라고 하지만 그의 자가 평은 그렇지가 않다.

"난 결심이란 걸 따로 하지 않습니다. 생각이 곧 행동으로 이어지는데 무슨 결심을 할 게 있습니까. 생각이란 행동하기 위해 있는 것 아닙니까."

여유만만한 이야기다. 따지고 보니 그런 것도 같다.

그는 자기 말대로 일단 생각이 나면 실천해본다. 모양, 포장지, 케이스에 이르기까지 아무리 엉뚱한 생각도 일단 실천해보고 평가했다. 물론 실수도 많았다. 시행착오도 있었다. 하지만 얻은 게 훨씬 더 많았다는 게 그의 결론이다. 그렇게 해보고 안 되면 그만 둔다. 해보지 않고는 성패를 장담할 수 없다는 게 그의 지론이다. 밑져야 본전이라는 이 배짱은 무서운 힘이다.

캔들의 이야길 읽노라면 우린 너무 소극적인 것 같다. 행동뿐 아니라 말 한마디 하는 데도 그리 힘들다.

회의장에서도 발언 한마디 하는 게 마치 죽을 일이나 되는 것처럼 입이 떨어지지 않는다. 자기 의견의 타당성 여부를 검토하고, 이를 정리 편집해서 결론에 이르기까지 똑같은 과정을 몇 번이고 속으로 되풀이해본다.

실수를 하지 않기 위해서다. 드디어 결단을 하고 손을 든다. 그러나 이미 회의는 다른 의제로 넘어간 후다. 버스 가고 손들기다. 말 한마디에까지 이렇게 대단한 결단력을 동원해야 되는 이 사람에게 무슨 발전이 있겠는가. 의견이 틀리기라도 한다면 괜히 긁어 부스럼이다. 형편없는 녀석으로 평가절하를 받느니 그냥 있는 편이 낫다. 그 말대로 더 이상 내려가진 않을 게다.

하지만 올라갈 수도 없다.

실수도 있고 실언도 있을 수 있다. 자기가 무슨 전능한 신이라고 그렇게 완벽할 수 있단 말인가.

무슨 일에고 덤벼들 자신이 없다는 사람은 그걸 못해서가 아니라 반드시 잘해야 된다는 완벽증 탓이다.

긴 말 할 것 없다. 사람은 완벽할 수도 없고 또 그래서도 안 된다. 어수룩한 데도 있어야 사람 훈기가 난다. 강연도 물 흐르듯 실언 한마디 없으면 오히려 권태롭다. 명연사는 의식적으로 실언을 유발한다.

"그 남자가 시집갔을 때만 해도…."

조용하던 청중이 웃기 시작한다.

이것도 강연기법이요, 양념이다. 유창한 달변만이 설득력이 있는 것도 아니다. 말 잘하면 변호사라지만 법정에 가보면 그렇지도 않다. 일류 변호사의 변론을 듣노라면 무슨 말을 하는지 떠듬거리기만 할 뿐이다.

당신도 할 말이 있으면 하는 거다. 떠듬거려도 좋고 실언이라도 좋다.

무슨 일에도 실수는 있게 마련이다. 사실이지 항상 옳다는 건 성장에 도움이 되질 않는다. 완벽주의의 망상에서 벗어나야 한다. 여기에 얽매여 사는 이상 당신의 실패는 성공보다 더 확실히 보장된다.

체계성이 없다

영국 처칠 경의 수상 생활엔 찬사만이 따랐던 것은 아니었다.

2차대전의 막바지, 매일 계속되는 공습에 시민들은 전전긍긍이었다.

그날도 폭격에 쫓겨 처칠 경도 방공호로 대피했다. 사람들이 수군대기 시작했다.

"영국군은 무얼 하지?"

"수상은 낮잠 자나?"

들으란 듯이 온갖 핀잔이 쏟아졌다. 그는 말없이 얼굴만 찌푸린 채 있었다. 딱하게 여긴 옆 사람이 물었다.

"수상은 지금 무슨 생각으로 울상입니까?"

"방공호가 좀더 넓었으면 하는 생각을 하고 있는 중이죠."

"예, 방공호가?"

"그래요. 누가 내 발등을 밟고 있거든요."

사람들은 웃었다. 어이없는 웃음이다. 이런 절박한 상황에 일국의 수상이 하는 소리치곤 정말 어이없었다.

"아니 폭격을 멈출 생각은 않고…."

"그렇습니다. 하지만 난 두 개비 담배를 한번에 피우는 재주는 없는걸요. 발부터 빼야 할 텐데…."

시끄럽던 입들이 조용해졌다.

그렇다. 어떤 천재도 여러 가지 일을 한번에 해낼 순 없다.

발등에 떨어진 불부터 끄고 하나씩 해나가야 한다. 하지만 사람들은 이러질 못하고 허둥대다 일을 더 어렵게 만든다.

이상한 일은 한 가지 걱정이 생기면 다른 걱정들이 연달아 일어난다는 사실이다. 그러니 무엇부터 손을 써야 할지 우왕좌왕이다. 머리가 터질 것 같다. 바쁘고 초조할 뿐 풀려나가는 게 없다. 마치 세상의 끝으로 쫓기는 듯한 불안에 싸인다.

이럴 때 사람들은 술을 마신다. 녹초가 되도록 마신다. 도박에 빠지는 사람도 있고 경마에 미치는 사람도 있다. 훌쩍 여행을 떠나기도 한다. 이 난리통에 배짱 하나 좋아 보인다. 하지만 천만에다. '차라리 잊어버리자'는 게 이들의 자포자기 심리지만, 잊어서 될 일이 있고 잊어선 안될 일이 있다. 물론 잠시 머리를 식히는 의미에서라면 좋다. 걱정 무드에서 벗어나 현실적이고 긍정적 무드로 사고를 바꾸는 의미에서라면 효과는 있다. 하지만 아예 그 길로 빠져들어 간다는 건 파멸뿐이다.

이럴 때일수록 냉정해야 한다는 건 누구나 알고 있다. 하나씩 검토해 나가야 한다. 복잡한 문제들이 한번에 터진 것 같지만 사실은 하나씩 터진다. 천장에 비가 새 방이 한강이 되어도 물은 한 방울씩 떨어진다. 해결도 한 가지씩이다. 모든 걸 한목에 해치우려니 되질 않는다.

엄청난 일들이 한 데 얽혔다고 생각하니 엄두를 못 낸다. 이게 중추신경의 취약점이다. 한 가지 걱정으로 하위 중추까지 걱정 무드에 싸이면 세상 모든 일이 회색으로만 보인다.

사고중추에서 감정중추, 그리고 자율신경으로 걱정 무드가 옮겨가는 연쇄반응 때문이다. 밥맛도 의욕도 물론 떨어진다. 마당의 개까지 꼬리가 축 늘어진다. 이쯤 되면 이 사람의 걱정은 주관적일 뿐 객관성은 없다. 모든 게 걱정거리로 보일 뿐이지 실제로 그다지 많은 건 아니다. 판단기준도 물론 흐려진다.

시험을 며칠 앞둔 수험생이 아무 것도 모르는 바보가 된 듯한 기분도 그런 이치다. 심하면 해리현상解離現象이 일어난다. 마음과 몸이 분리되는 이런 현상은 지나친 걱정으로 당황하게 될 때 생길 수 있는 일종의 신경증이다.

거액을 소매치기 당해본 사람이면 느꼈을 것이다. 털린 걸 알게 된 순간 앞이 캄캄하고 아찔해진다. 어떻게 해야 좋을지 모른다. 헛웃음을 웃는 사람도 있고 달리는 버스에서 태연하게 내리려는 사람도 있다. 누가 봐도 정신 나간 사람이다. 정신이 없으면 걱정할 것도 없다. 아니 할 수도 없다. 이것도 걱정을 해결하는 일시적인 심리기제다.

물론 이건 병이지만 비슷한 경험은 누구나 가볍게 해보았을 것이다. 이게 모두 작은 일을 확대해석하는 데서 문제를 더 크게 만들기 때문이다.

몇 해를 앓아온 두통인데도 아플 적마다 이렇게 아프긴 처음이라고 엄살을 떤다. 이보다 더 어렵고 힘든 걱정은 처음이라고 생각한다. 남의 걱정이야 차라리 그게 내 것이라면 얼마나 좋으랴 싶은 게 걱정의 심리다. 이것도 따지고 보면 비극적인 욕심이다. 하지만 냉정히 생각해서 걱정이 아무렇기로서니 죽을 일은 아니다. 이러긴 처음이라고 단정해버린 이상 해결의 실마리를 찾을 수 없게 된다.

처음 당하는 일을 어떻게 하란 말인가. 하지만 이게 처음이 아니다.

그전에도 그런 걱정은 있었고 또 잘 해결해왔다. 그리고 문제들이 한목에 터진 것도 아니다.

한 번에 한 가지씩! 이제 생각일랑 그만 하고 일어서는 것이다. 전화를 들어라. 그게 해결의 시작이다. 신기한 일은 한 가지가 풀리면 다른 일도 연쇄적으로 풀려간다는 사실이다. 한 가지만을 위해 최선을 다하라. 인생의 즐거움이란 문제가 없는 데 있는 게 아니라 그걸 푸는 데 있다.

● 배짱 있는 삶을 위한 Tip ●

결심을 해도 꾸준히 이어가지 못하는 사람들에게

'술을 끊고 운동을 하겠다.' 시작을 해도 계속할 자신이 없다는 사람들이 있다. 그럴 때 확실한 방법이 있다. 백만 원짜리 3년 만기 예금통장을 만들어 변호사에게 찾아가 각서를 쓴다.

'만일 내가 술을 마시고 운동을 중단하면 이 돈은 체육기금으로 희사하겠음.'

그것도 모교가 아닌 라이벌 학교의 기금으로 보낸다는 내용의 각서를 쓰면 더욱 효과적이다. 이 방법의 성공률은 이중의 심리효과가 있어서 거의 절대적이다. 실패하는 날이면 아까운 것도 문제지만 그렇잖아도 싫은 라이벌 학교에 기금이 갈 걸 생각하면 화가 치민다.

그러나 성공하여 3년 후, 그 돈으로 멋진 여행을 떠날 생각을 한다면 즐거운 마음으로 할 수 있을 것이다. 그리곤 자기 암시를 계속한다. '담배 안 피우니 이렇게 가슴이 시원하구나'하고 심호흡을 해보라. 정말 기분이 좋아진다. '테니스도 수준급이니 시합하는 재미도 큰 낙이구나' 속으로 외쳐도 좋고 자랑삼아 떠들어도 좋다. 산다는 멋을 새로 개발한 긍지가 당신 인생을 한결 풍요롭게 해줄 것이다. 하다가 정 힘들어 실패해도 좋다. 그래도 시작 안한 것보다야 낫다. 끊은 것만큼 덕이요, 운동한 만큼은 덕이다. '아, 또 실패했구나'가 아니라 '이만큼 성공했구나'하는 자부를 해도 좋다. 실패를 성공으로 받아들이는 이런 배짱이라면 실패가 두려워 시작 못할 이유가 어디 있으랴.

기란 무엇인가 • 위기의식의 처리 • 정신통일 • 연단 공포증 • 튠을 조절하라 • 습관성

패배자 • 징크스의 정체 • 즐거운 훈련 • 상대성 심리

Chapter

04

소심증 플러스 발상

최악의 경우라도 옛날 그대로다.
면접에 떨어져봤자 어제와 같은 내가
아니냐. 커피내기에 지더라도 한잔 사면 그 뿐이다.

CHAPTER • 04

소심증 / 플러스 발상

기氣란 무엇인가

기가 약한 사람을 소심하다고 한다.

이런 사람도 자연스러운 상태에선 여느 사람과 같다. 그러나 다른 사람들이 지켜보는 앞에선 그만 잘하던 일도 못하고 벌벌 떤다. 좌석에선 잘 떠들다가도 막상 연단에 서면 그만 말문이 막힌다. 연습 땐 잘하다가도 시합을 하면 제 실력을 발휘 못하고 참패를 당한다. 평소보다 잘해야 되는 상황일수록 더 못하게 되는 게 소심증의 특징이다.

예로부터 우리나라엔 '안방퉁소'가 많았다던가. 안방에선 큰 소리치다가도 골목 밖에만 나가면 찍소리 못한다. 하던 짓도 멍석을 깔아놓으면 못한다는 말이 그래서 생겼다.

이건 모두 지나치게 남을 의식하기 때문에 오는 현상이다.

특히 사람 앞에 나서길 싫어하는 우리들로선 그런 훈련마저 잘 돼있질 않다. 서양사람들이 정면에 나서 당당히 대결하는 것과는 대조적으로 우리는 숨길 잘한다.

다른 사람의 그늘에 가려 고개도 내밀지 않고 지내는 게 가장 안전한 길이다. 남 앞에 나선다는 건 겸손을 잃는 짓이다. 이런 은폐심리가 지배적인 의식으로써는 대중 앞에 나선다는 게 무척 부담스러운 일이 아닐 수 없다. 평소에 그런 훈련이 잘 돼있는 것도 아니다. 또 그럴 기회도 사회구조상 별로 마련돼 있질 못했다. 따라서 대중을 대한다는 건 상당한 스트레스로 중추신경에 작용하게 되고 그만 과잉흥분한다. 이게 소심증의 약점이다. 적당한 흥분을 해야 거기에 알맞은 적절한 행동을 수행할 수 있을 텐데 지나친 반응을 하는 것이다. 결국 평소의 페이스를 지킬 수 없게 된다.

이런 상황에선 아무리 진정하려고 해도 되질 않는다. 소심증이란 곧 중추의 과잉반응을 뜻한다. 찬찬히 이야길 잘하던 사람도 연단에만 서면 그만 억양이 높아지고 톤도 달라지는 것은 자기 페이스를 잃기 때문이다.

이런 현상들은 작은 자극에도 쉽게 기가 흔들리기 때문에 생긴다. 사람 앞에 나선다는 생각 자체가 큰 스트레스가 되어 쉽게 기를 꺾어놓는다. 소심증이란 곧 사람 앞에 기가 약해지는 데서 오는 증상인 것이다.

위기의식의 처리

위기상황에 처하면 신속한 대책을 강구해야 한다. 이건 동물의 개체보존의 본능적 반응이다. 상황판단이 빠르고 정확해야 하며, 대책이 결정되면 이를 담당하는 신체의 각 기관도 민첩하게 움직여야 한다. 자율신경은 생리적 준비를, 운동신경은 팔다리 활동의 지시를 전달한다. 이 모든 연쇄반응의 기능이 조화를 잘 이루고 적절해야 한다. 이중 어느 한 곳에 이상이 생겨도 결과는 엉뚱한 방향으로 나타난다. 우선 상황판단이 정확해야 한다. 커피 한잔 내기에 마치 자동차 흥정이나 하는 듯한 상황으로 몰고 가선 안된다. 정확한 상황판단이 되어야 거기에 필요한 적절한 준비를 하게 된다. 그리고 그 생리적 준비상황을 정확히 잘 이해하고 있어야 한다. 가벼운 흥분은 생리적 현상인데도 이를 병적인 불안으로 오해하면 소심증의 발작이 오기 때문이다.

운동장에는 연습용 선수가 따로 있다. 연습 땐 잘하다가 막상 게임에 나가면 제 실력을 발휘 못하는 사람이다. 게임도 그냥 하면 이기다가도 커피 한잔이라도 내기가 걸리면 번번이 진다. 이와는 반대로 연습 땐 시원찮아도 실전엔 실력 이상으로 잘해내는 선수가 있다.

야구감독은 선수 개개인의 이런 기질상의 차이를 잘 파악하고 있다.

핀치히터나 릴리프를 기용할 때도 이런 위기를 잘 처리해낼 수 있는 배짱 좋은 선수를 고른다. 실력은 좀 모자라도 소위 승부사의 기질이 있는 선수를 내보낸다. 승부사 기질의 본태는 중추신경의 하위중추인 자율신경계와 밀접한 연관이 있다.

게임이 임박하면 손발에 땀이 나고 가슴이 뛴다. 이건 싸움을 앞둔 모든 동물이 보이는 자연적인 본능반응이다. 이 과정까진 기질의 강약에 상관없이 누구에게나 일어나야 하는 필수적인 생리현상이다. 하지만 이 단계 이후가 문제다. 소위 기가 약한 사람은 이런 자율신경의 흥분현상이 일어나면 이걸 곧 '불안'으로 생각하는 데서 문제가 생긴다.

"가슴이 두근거린다. 불안하다. 아이구 떨리는구나. 큰일인데, 진정해야지…."

이런 일련의 심리적 반응이 일어나면 아무리 진정하려 해도 소용이 없다. 그럴수록 더 나빠진다. 식은땀 나던 손발이 이젠 마구 떨리기 시작한다.

이래서야 실력을 발휘할 수가 없다. 백 미터 경주 출발점에서 준비자세 동안 떨다 못해 총소리와 함께 아예 쓰러지는 선수도 있다. 이게 모두 '흥분'을 '불안'으로 오해하여 스스로의 기를 흔들어놓기 때문이다.

배짱이 좋은 선수는 이와는 반대다. 게임 전의 흥분은 곧 불길에 기름을 붓는 활력소로 간주한다. 임전태세가 갖추어졌다는 생리적 신호로 받아들인다. 이젠 시작종만 남겨놓고 있다. 이런 흥분을 의식함으로써 자신에 충만한 자기를 의식할 수 있게 된다.

막이 오르기 전의 배우, 연설 직전의 연사, 취직시험의 면접 등 일상생활의 작고 큰 이런 위기상황에서의 흥분을 불안으로 오해하느냐, 아니면 준비완료의 신호로 아느냐의 차이에 따라 승패가 결정된다.

생리적인 흥분이 적절하게 되지 않는 한 위기에 대처할 수는 없다. 급할 땐 쌀 한 가마도 번쩍 들어올린다. 지나고 보면 어떻게 그런 힘이 생겼으며 또 그런 슬기로운 생각이 떠올랐는지 믿기지 않는다. 이러한 여분의 힘이나 슬기는 위기상황이기 때문에 본능적으로 일어나는 자율신경의 흥분에서 비롯된다.

인간의 어떤 감정도 강하게 하기 위한 것이지 약하게 만들기 위한 건 없다. 어떻게 받아들이느냐에 달렸을 뿐이다. 위기를 역으로 이용할 수 있는 이런 배짱은 타고난 천성이 아니라 위기상황에 어떻게 대처하도록 훈련을 받았느냐에 달렸다.

그렇다고 연습만 많이 한 대서 될 일도 아니다.

위기상황을 상상만 하면서 편안한 마음으로 부담 없는 연습을 하는 게 비결이다. 실제로 공을 치는 게 아니고 마음속으로 하기 때문에 긴장이나 부담감이 없다. 게임 땐 지나친 긴장으로 공이 맞질 않기 때문에 하는 연습법이다. 사실 운동은 힘을 주는 게 아니고 빼는 시합이다. 어깨에 힘이 가는 한 홈런은커녕 안타도 안 나온다. 힘 빼는 연습, 이게 비결이다.

아시아 최고의 축구 선수로 뽑히는 박지성 선수는 몸으로뿐 아니라 머리로도 축구를 한다. 그는 축구하는 자신의 모습을 머릿속으로 구체적으로 그리면서, 공격하고 수비하는 자신의 동작이나 이동을 수정하고 또 슛을 날리는 자신의 모습을 수없이 떠올렸다. 산소탱크라 불릴 만큼 체력도 뛰어나지만 지능적인 플레이와 순간 판단력으로 찬사를 받는 데는 이러한 상상력이 큰 몫을 한 것이다.

축구를 해본 사람이면 패인팅 동작이 얼마나 중요한가를 안다. 오른쪽으로 공을 모는 모션으로 상대선수를 살짝 속인 후 왼쪽으로 공을 모는 동작이다. 이걸 잘해야 명선수다. 하지만 이런 패인팅 동작을 하는 데는 상당한 용기와 배포가 있어야 한다. 세계적 선수를 앞에 두고 패인팅 동작을 자연스레 할 수 있기란 쉽지 않다. 누구 앞이라고 감히? 이렇게 위축이 되면 패인팅 모션은 나올 수 없다. 세계 강호들을 상대로 겁 없이 패인팅 동작을 자유자재로 구사할 수 있다는 데 박지성의 위대함이 있다.

권투선수들의 '그림자 복싱' 연습도 이런 중추신경의 기전을 이용한 연습법이다. 상대 선수가 마치 앞에 있는 양 가상하고 하는 연습이다. 그야말로 그림자 상대다. 긴장이나 부담이 있을 수 없다.

이렇게 오래 계속하면 어느 샌가 그런 위기상황, 즉 실전이 마치 평소의 연습인 것처럼 머리에 그려지게 되어 실전에 임해도 위기의식 없이 담담히 싸울 수 있게 된다. 이런 마음가짐이라면 게임에 임해도 마치 생사나 걸린 듯한 거창한 생각을 않게 된다.

최악의 경우라도 옛날 그대로다. 면접에 떨어져봤자 어제와 같은 내가 아니냐. 커피내기에 지더라도 한잔 사면 그뿐이다. 그 때문에 망하진 않는다.

상황을 과장 해석하는 데서 위기의식이 더 강해지고, 따라서 자율신경의 과잉흥분으로 게임이 되질 않는다. 지면 안된다고 습관적으로 떨지 말고 지면 무슨 일이 일어날까를 냉철히 생각해보라. 커피 한잔 내기가 당신이 생각하는 것처럼 그런 거창한 건 아니니까.

정신통일

정신을 통일한다는 건 중추신경의 행동의식과 잠재의식을 일치시킨다는 뜻이다. 이 두 의식세계 사이에 한치의 갭도 없어질 때 비로소 뜻한 바 목적을 달성할 수 있다. 그러기 위해선 무엇보다 잠재의식 속에 일체의 잡념이나 회의가 없어야 한다.

그런데 소심증은 이 과정이 잘 안된다. 책을 잘 읽다가도 선생님이 교실에 들어오면 그만 안된다. 선생을 의식 않고 책 읽는 데만 전념하자고 의식적으로는 노력하지만 기가 약한 잠재의식이 흔들리기 시작한다.

못 읽는다고 꾸중이나 하지 않을까? 지난번에도 발음이 틀렸다고 지적받았는데…. 이런 잡념이 잠재의식 속에 일기 시작하면 벌써 거기엔 틈이 생긴다. 의식적인 노력에 반해 벌써 말이 더듬거려진다. 이번엔 잘해야지 하는 의식은 수포로 돌아간다.

이런 현상은 기가 약한 운동선수에게 흔히 나타난다. 힘든 상대가 아닌데도 시합이 마음먹은 대로 잘 안될 때가 있다. 징크스나 콤플렉스를 느끼고 있는 상대도 아닌데 어쩐지 게임이 안 풀릴 때가 있다. 고개를 갸우뚱한다. 안될 이유가 없는데 이상하다.

하지만 이유는 있다. 모르고 있을 뿐이다. 정신집중이 안되고 있기 때문이다. 잠재의식 속에 잡념이 일고 있는데도 선수 자신은 의식 못하고 있다. 의식적으로야 시합에 전념하고 있기 때문에 잡념을 하고 있다는 사실조차 모르고 있다. 이것이 의식의 이원二元구조다.

땅 위에 놓인 판자 위는 쉽게 걸을 수 있지만 그걸 백 미터 높이의 빌딩 사이에 걸어두면 아무리 배짱이 세기로소니 건널 수가 없다.

의식적으로야 '땅에선 되던데 뭘 그래…'하지만 잠재의식 속엔 떨어지면 위험하다는 공포심이 일고 있는 이상 다리가 후들거려 건너질 못한다.

'괜찮다, 건너자'는 의식과 '위험하다, 그만두자'는 잠재의식이 서로 반대방향으로 작용하는 갈등 상태에 있는 이상 무슨 일이든 제대로 되지 않는다.

그와 반대로 두 의식 세계가 같이 '하자'는 방향으로 작용될 땐 그야말로 무서운 힘을 발휘할 수 있게 된다. 이런 상태를 '정신통일'이라고 부른다. 의식과 잠재의식이 하나가 되는 걸 말한다.

사냥꾼이 놀라 잠을 깼다. 큰 범이 덮치려 하고 있다. 사력을 다해 활을 당겼다. 범은 일격에 쓰러졌다. 놀란 가슴을 진정시키고 범에게 갔을 때 이게 웬일인가. 그건 범이 아니라 큰 바위였다. 그리고 화살은 그 한복판 깊숙이 박혀 있었다.

이거야말로 놀랄 일이다. 바위에 화살이 꽂히다니! 믿기지 않은 궁수가 또 한 번 쏘아보지만 화살은 다신 꽂히질 않는다. 정신통일이 안되기 때문이다. 바윈 줄 알고 난 다음에는 의식적으로 아무리 해보려고 해야 그의 잠재의식 속에 '바윈데, 안될 거야'하는 회의가 들기 때문이다.

처음에는 범으로 알고 의식도, 잠재의식도 쓰러뜨려야 한다는 방향으로 함께 작용했으니 바위도 뚫을 수 있었던 것이다. 이 한 발에 내 생명이 걸려 있다. 쓰러뜨려야 한다는 일념뿐이다.

완전한 정신통일 상태다.

명인 바둑기사 조치훈의 관전평을 읽노라면 그의 높은 기량보다 마음의 자세를 더 평가하게 된다. 대국을 앞두고 명상에 잠길 때 누가 불러도 듣지 못하는 부동의 자세다. 물론 정신통일을 위해서다. 이 한 판에 모든 걸 집중시킬 수 있는 그 자세가 곧 명인에의 길잡이가 된 것이다.

어떤 시합에도 이겨야 한다는 결의, 이길 수 있다는 신념은 있어야 한다. 하지만 이런 의식의 차원만으로는 이길 수 없다. 잠재의식 속의 잡념을 씻고 정신통일을 할 수 있어야 한다.

시합이 안 풀릴 때는 조용히 생각해보라. 잡념을 쫓는 데는 일정한 시간이 필요하다. 혼탁한 물은 일정한 시간이 지나야 가라앉기 때문이다. 급하게 서둘수록 더욱 흐려진다. 눈을 감고 조용히 길고 깊게 복식호흡을 하라. 이것만으로도 한결 마음이 가라앉을 것이다.

박지성 선수가 처음 네덜란드에 진출했을 때의 일이다. 심신이 지칠 대로 지쳐 슬럼프에 빠져 있던 그는 경기장에 들어서 공을 잡을 때마다 홈팬들의 야유 세례를 받았다. 그러나 그때 좌절 대신 '난 내가 가진 능력의 절반도 아직 보여주지 못했다. 난 나를 믿는다'라고 스스로를 격려했고, '내가 이 경기장에서 최고다. 이 그라운드에서는 내가 주인공이다'라며 경기장에 들어설 때마다 자신을 위한 주문을 외웠다고 한다.

하지만 누구도 박지성의 그런 내면을 들여다보진 못했다. 작은 실수에도 야유가 터져 나왔고 상대선수도 그를 얕보고 동료선수도 그에게 공을 주지 않았다. 하지만 그는 조금도 개의치 않고 자기 페이스를 지켰다. 차츰 관중도 그의 성실한 플레이에 관심을 주기 시작했고 그리고 어느 날 팀이 패배 일보 직전에서 터진 그의 결승골은 스탠드를 열광의 도가니로 몰아넣었다.

이러한 정신력이 우리 신체 오장육부, 심지어 바깥 물체에까지 전달되는 현상을 과학적으로는 '관념운동'이라 부른다. 이건 비단 위대한 선수에게만 가능한 게 아니고 누구든 해낼 수 있는 일이다.

믿기지 않으면 다음 실험을 해보라. 실 끝에 동전을 매단 채 들고, 일단 진동을 정지시킨 후 '동전이 흔들린다'는 생각을 해보라.

'반드시 흔들린다'는 생각을 해야 한다.

털끝만큼의 회의도 있으면 안된다. 한참 후 손은 꼼짝 않고 있는데 매달린 동전이 움직이기 시작한다. 정신통일하는 훈련에 쓰이는 방법이지만 안되는 사람은 잡념이 들어가, '정말 흔들릴까'하는 회의가 들고 있다는 증거다.

당신도 된다. 정신만 통일할 수 있으면.

연단 공포증

소심증의 전형이라면 역시 스피치를 두려워하는 연단 공포증이다. 일상 대화는 잘하면서도 막상 단상에 서면 과잉흥분이 되어 그만 떨리기 시작한다. '실수가 없어야 할텐데'하는 의식이 작용하면 잠재의식이 과잉 흥분하기 때문이다. 균형이 맞질 않는다.

우리나라 배우들의 가장 힘든 연기가 '자연스런 역'이라고 한다. 일상생활하듯 자연스럽게만 하면 될 것 같은데 그게 안되는 모양이다. 가장 쉬울 것 같은데 가장 힘든 원인은 역시 과잉 흥분에서 오는 긴장 때문이다.

김혜자, 최불암 씨 등 소위 톱스타들의 연기를 보면 그렇게 자연스러울 수가 없다. 평소 생활 그대로다. 연기를 한다는 의식조차 없다. 그저 평소 친구와 담소하듯 자연스럽다. 이들은 미인도 미남도 아니다. 그럼에도 사람들에게 친근감을 주는 것은 역시 자연스런 연기를 해낼 수 있다는 점이다.

"글도 사람 앞에서 쓰는 거라면 난 작가가 될 생각을 안했을 것이다."

연설을 싫어하는 미국의 희극작가, 올비의 이야기다.

예일 대학 연극제에 평을 해달라는 부탁을 받고 마지못해 입을 연 서두였다. '동물원 이야기', '미국의 꿈' 등으로 우리에게도 잘 알려진 이 작가는 평소에 말이 없기로 유명하다.

1979년 자기 극단을 이끌고 한국에 왔을 때만 해도 역시 그는 말수가 적었다. 하지만 예정된 강연은 곧잘 해냈다. 하도 신기해서 예일 대학에서의 이야길 내가 끄집어냈더니 "지금도 싫긴 마찬가지"라며 얼굴을 붉혔다. 그러면서도 그는 자기 초년생 시절을 이렇게 회고했다.

대중 앞에 나서기가 두렵고 더구나 연설은 정말 싫어서 꾀를 부렸다. 말을 더듬기로 했다. 사람들이 무안해서 다신 연설 부탁을 안할 거라는 계산에서였다. 형편없는 연설을 하리라 마음먹고 연단에 올라섰다. 그런데 참 이상한 일이 있어났다. 그날따라 말이 청산유수였다. 자신도 놀라지 않을 수 없었다. 그는 이게 바로 이나마도 연설을 할 수 있게 된 비결이라고 털어놓았다.

잘하지 않으려 할수록 잘된다니, 이거야말로 전화위복이다. 하지만 잘하려고 할수록 잘 안되는 건 비참한 이야기가 아닐 수 없다. 아무리 태연한 척하려 해도 안된다. 대중 앞에선 물론이고 누구 앞에건 서기만 하면 손발이 후들거린다. 말이 떨리고 더듬기까지 한다.

이건 모두 잘하려는 의지 때문에 생기는 부작용들이다.

바늘구멍에 실을 꿰어보자. 좁은 병에 물 붓기도 마찬가지다. 멀쩡하던 손이 떨리기 시작한다. 소위 목적성 수전증이다. 어떤 목적을 위해 의식적으로 잘하려는 순간 손이 떨리기 시작한다.

호흡을 의식하는 순간 부자연스러워진다. 규칙적으로 호흡하려고 할수록 숨이 답답해온다. 잠도 자려고 하면 안된다. 오히려 정신이 맑아진다. 자려는 의식적 노력이 중추를 긴장시키기 때문이다.

누워서 잠들려고 노력하는 사람은 그래서 딱하다. 이럴 땐 일어나야 한다. '잠이 안 와 다행이다. 밀린 숙제나 해두자'고 책상에 붙어 앉으면 이건 또 뭔가, 하품이 나고 졸리기 시작한다. 이건 누구나 일상생활 가운데 실감하는 일들이다.

의식적으로 잘하려는 노력이 지나치면 중추는 오히려 균형을 잃게 된다. 실수라도 하면 어쩌나 싶은 기대불안이 따를수록 중추는 제 기능을 발휘할 수 없다. 예의 바르게, 실수 없이 잘하려다 보니 조심만 되고 떨리기만 할 뿐이다. 이건 모두 매사에 조심하도록 어릴 적부터 지나친 훈련을 받아온 데 원인이 있다.

이런 소심 공포증의 성장과정을 살펴보면 쉽게 이해할 수 있을 것이다. 막내보다 장남에게, 교육수준이 높고 부모가 엄할수록 이런 경향이 높다. 이런 애들은 자라면서 모든 정신력을 자기 행동을 관찰 비판하는 데 소비한다. 남이 욕하지나 않을까? 어른들 꾸중이나 듣는 게 아닌가? 전전긍긍이다.

에너지를 여기에 다 쓰고 보니 다른 데 쓸 여유가 없다. 새로운 걸 시도해 보는 모험심, 호기심도 없고 그저 안전 제일주의다. 남의 지탄을 안 받으려면 새로운 일보다 지금껏 해온 대로 하는 게 안전하고 위험부담이 적기 때문이다. 새로운 친구도 물론 사귈 수 없다. 매사에 조심뿐이요, 생각만이지 행동이 따르지 못한다. '안전한 사람'하고만 지낸다.

아무렇게나 하는 거다. 계획도 생각도 말고 행동부터 하는 거다. 잘못되면 가다가 고쳐라. 이럴까 저럴까 생각도 말고 나오는 대로 말하는 거다. 안 나오면 안하는 거고, 잘할 생각도 말자. 당하면 하게 돼있다.

지레 겁을 먹고 할 말을 미리 생각해두었다간 한 구절 막히면 앞이 캄캄하다. 그리고 큰소리로 하자. 자신 없을수록 큰 소리로 하면 한결 든든하다.

자신 없는 사람은 목소리가 작다. 아주 기어들어가듯 잘 들리지 않는 게 특징이다. 허세를 부리기 위해 일부러 떠드는 건

달을 제외한다면 자신감과 목소리와는 비례한다는 게 학계의 보고다.

큰소리로 당당히 말하는 버릇을 들여라. 특히 사람 앞에서 귓속말을 주고받는 짓은 절대로 해서는 안된다. 모사꾼이 아니면 비겁한 녀석으로 취급받는다. 한마디를 해도 큰소리로 분명히 하라. 역도선수는 드는 순간 기합을 넣는다. 기합이 15% 이상의 힘을 더 내는 걸로 보고돼 있다.

떨릴 땐 밥을 배불리 먹는 것도 도움이 된다. 남들이 뭐랄까 신경도 쓰지 말고 자기비판은 더구나 말라. 소심한 당신은 이의를 제기할 것이다. 그게 어찌 사람의 도리며, 체면 있는 사람이 할 짓이냐고. 그건 사실이다. 하지만 당신의 경우는 그게 아니다. 그렇게 위축되었으니 아무리 겁 없이 함부로 해봐야 그것도 모자란다. 쌍놈이 될까 겁내지 말라. 당신은 아무리 풀어져 개망나니 짓을 하기로소니 결코 그렇게 되진 않는다.

튠을 조절하라

아무리 값비싼 고급 자동차도 엔진의 튠이 맞지 않으면 움직이지 않는다. 엔진의 생명은 튜닝이다. 그래서 요즈음은 컴퓨터를 이용하여 튜닝을 조절하게 돼있다. 그만큼 정교한 밸런스를 요구하기 때문이다.

그런데 사람은 이보다 더 정교해야 한다. 어떤 변화가 일어나도 하던 일을 계속하기 위해선, 지금까지 그 일에 알맞게 조절된 튠이 흐트러져선 안된다. 격렬한 운동 후에 헐레벌떡 돌아와 책상 앞에 앉는다고 공부가 되진 않는다. 운동중추의 흥분이 공부하는 데 필요한 정신적인 사고의 튠을 흩뜨리기 때문이다.

한국사람이 짜증을 잘 낸다고 지적했는데 그 부작용의 하나가 곧 튜닝의 방해다. 짜증난 상태에선 공부도 안되고 운동도 안된다. 무슨 일을 하든 짜증 자체가 중추의 튜닝을 방해하기 때문이다. 모든 일에는 거기에 적합한 흥분, 긴장, 힘, 리듬, 유연성 등 복합적인 요소들의 튜닝이 잘되어야 하기 때문이다.

작은 일에도 쉽게 흔들린다는 건 그만큼 기가 약한 소심증의 증거다. 과거 미국 프로농구NBA의 슈퍼스타 데니스 로드맨은 실력보다 코트의 악동으로 더 잘 알려져 있다. 판정에 항의하다가 분을 이기지 못하고 심판을 머리로 들이 받기도 했으며, 자신을 꾸짖는 감독을 향해 얼음주머니를 던지기도 했다. 얼핏 생각엔 배짱깨나 있는 선수처럼 보이지만 겁쟁이라는 결론이 나오게 된다.

사람은 큰일을 앞에 두고는 전혀 엉뚱한 다른 일에 신경을 씀으로써 큰 걱정을 잊으려는 심리적 방어작용이 있다. 대수술을 앞둔 환자가 커튼 색깔이 마음에 안 든다고 간호사와 싸우는 심리가 그 것이다.

사실 로드맨은 뛰어난 실력을 가졌지만 잦은 기행으로 엇갈린 평가를 받아야했다. 거친 플레이로 심판들의 집중 표적이 됐던 로드맨은 테크니컬 파울도 잦았다. 결국 그 악동 기질 때문에 사실상 구단에서 쫓겨나 선수생활을 접어야 했다.

어떤 운동이든 게임 중 짜증 잘 내는 선수치고 이기긴 힘들다. 운동장 정비가 잘 안 돼있다, 바람이 세다, 햇볕이, 관중의 응원이 귀에 거슬리고, 판정이 편파적인 것 같고 – 그야말로 하찮은 일에 신경이 쓰이면 아무리 열중하려 해도 잘 안된다.

톱 선수들은 시종일관 얼음처럼 차다. 축구의 펠레, 야구의 미키 맨틀 등 세계적인 정상의 선수들은 거의 어필도 않을 뿐더러 무슨 일로든 신경질을 안 낸다. 이게 바로 정상의 자리에 오른 비결이다.

사실 세계적 선수들에겐 실력 차이란 별반 없다. 그걸 어떻게 관리, 발휘하느냐 하는 성격의 차이가 곧 승패를 좌우하는 요인이 된다. 이들의 점잖은 행동은 관중으로부터 신사란 소릴 듣기 위함이 아니다. 불리한 판정을 내렸다고 항의하거나 짜증을 내다간 당장 자기 페이스가 난조에 빠지기 때문이다. 큰 선수들은 이러한 중추신경 생리를 잘 터득하고 있다.

'신경질 난다'는 생리적 의미는 중추신경의 튠이 난조에 빠진다는 뜻이다. 무슨 일을 수행하기에 앞서 그 일을 하기에 가장 적합한 튠을 유지해주는 게 중추신경의 역할이다. 사람뿐만이 아니다. 자동차도 튜닝이 잘 돼야 하고 연주 전에 악기도 튠을 잘 맞추어야 한다. 테니스를 하려면 거기에 알맞은 적당한 흥분과 허리, 팔의 강약 등을 조절하기 위해 준비운동을 하고 또 연습 볼을 친다.

이런 과정은 모두 중추신경으로 하여금 테니스에 알맞은 튜닝을 하기 위함이다. 테니스 게임 전, 축구나 탁구를 하면 그러한 운동의 잔상殘像이 중추에 남아 있어서 테니스를 하는 데 필요한 튜닝이 방해받기 때문에 게임이 잘 안된다.

게임 중 심판에게 항의하거나 신경질을 부리면 지금까지의 튜닝이 흐트러져버린다. 테니스 튠이 갑자기 '성이 나서 싸워야 하는' 튠으로 바뀌기 때문에 오는 중추의 난조다.

우리 중추에도 '관성의 법칙'이 있어서 지금까지 하던 일을 갑자기 중단하고 다른 일을 하려면 잘되지 않는다. 조용한 음악을 즐겨 듣다가 갑자기 시끄러운 재즈로 바뀌면 순간적으로 짜증이 난다. 재즈가 싫어서는 아니다. 조용한 리듬에 익힌 중추의 튠에 난조가 오기 때문이다.

큰 선수들의 시범경기가 시시한 이유도 튜닝이 안돼 있기 때문이다. 게임이 아니니까 시시하게 한다고들 기대에 부푼 관중이야 불평하겠지만 사실은 그렇지가 않다. 열심히 잘하려고 해도 되질 않는다. 묘기를 보여야 하는 부담감, 연습도 아니고 게임도 아니고, 그러면서 게임하는 것처럼 해야 하기 때문에 거기서 오는 심리적 복합성이 중추의 튜닝을 방해하는 데 원인이 있다.

게임을 이기려면 게임 중 상대선수의 튠을 난조에 빠뜨리는 것도 중요한 작전이다. 투수의 견제구는 주자보다 타자의 호흡을 난조에 빠뜨리기 위함이다. 직구와 커브를 적절히 배합하는 것도 타자의 튠을 흩뜨리기 위함이다.

테니스에서 전위가 계속 움직이는 거나 농구의 수비가 손을 들어 흔드는 것도 공격수의 튠을 흩뜨리기 위함이다. 움직이든, 손을 흔들든, 신체적인 접촉으로 방해는 할 수 없게 규정되어 있다. 그걸 알면서도 공격이 뜻대로 되지 않는 것은 튠이 미묘하게 작용하는 중추의 약점이다.

이걸 잘 이용하는 게 권투선수 무하마드 알리다. 그는 게임 중 상대 선수에게 계속 지껄여대는 게 특기다. “겁쟁이야, 덤벼라, 건달아”하고 계속 떠벌린다.

강한 주먹으로 이름을 날렸던 소니 리스턴으로 기억된다. 알리에게 패한 후 “녀석이 신경을 긁어서”라고 투덜댔다. 알리는 실력도 실력이려니와 상대의 신경을 건드려 난조에 빠지게 하는 영리한 복서다. 그가 떠벌리는 것은 단순한 쇼맨십이 아니라 고도의 심리작전인 것이다.

습관성 패배자

싸움에 임할 땐 우선 상황판단을 정확히 해야 하며 적절한 흥분과 함께 정신통일이 되어야 한다. 그리고 그 정신상황은 '이긴다', '할 수 있다'는 긍정적인 방향으로 되어야 한다.

우리 잠재의식 속엔 많은 기억들이 저장돼 있다. 이긴 적도 있고 잘 안된 일도 있다. 그 많은 것 중에서 반드시 이긴 기억을 떠올려야 한다.

기억은 이겼다는 사실뿐 아니고 그때의 신나던 기분까지 함께 저장되므로 그 일련의 모든 기억을 활성화시켜야 한다. 그래야 사기가 충천하고 기가 강해진다.

중추생리가 이런데도 우린 이긴다는 기억을 회상하는 데 인색하다. 대중을 의식하는 순간 위축된 나머지 기가 죽어버리기 때문이다. 이긴 기억보다 진 기억이 더 살아나서 자꾸만 질 것 같은 예감이 든다. 신기하게도 그런 날은 예감대로 결국 지고 만다.

게임 날 아침 눈을 뜨면 어쩐지 예감이 좋지 않을 때가 있다. 무언가 석연찮은 기분이 마음을 짓눌러온다. 객관적 상황으로 따진다면 충분히 승산이 있는데도 괜히 불길한 예감이 들 때도 있다.

가슴이 답답한 게 팔다리의 맥이 탁 풀리는 것 같은 기분이다. 이래서야 이길 수 없다. 아무리 실력이 한수 위라 해도 신경생리상 질 수밖에 도리가 없다.

이건 비단 선수들이 큰 게임을 앞두고 생기는 것만은 아니다. 우리 일상생활의 작고 큰일에서 누구나 경험하는 일이다.

장기를 두어도 질 것 같은 기분이 들면 이길 수 없다. 이런 현상들을 육감이나 영감이니 하고 마치 초자연적인 현상인 것처럼 생각하지만 사실은 지극히 분명한 과학적 귀결임을 명심해야 한다.

무슨 이유에서든 질 것 같은 예감이 들면 중추신경은 자꾸 마이너스 방향으로 모든 사고와 감정이 조절된다. 자신감이 없어지고 상대의 얼굴을 생각만 해도 기가 꺾인다. 이러고도 이긴다는 건 기적이다.

자신을 가지라지만 이런 기분 아래선 되질 않는다. 질 것 같은 예감은 곧 중추신경 전체의 분위기를 '패배' 일색으로 만들어버리기 때문이다.

과거에 패배했던 기억이 당시의 쓰라린 감정과 함께 생생히 되살아나면 꼼짝없이 패배의식의 노예가 된다. 신념을 가져라. 패배감을 씻으라지만 그럴수록 질 것 같은 기분은 더 확대된다.

사람의 기분은 의지력만으로 조절되는 건 아니다. 이럴 땐 긍정적인 플러스 상황을 상상해야 한다. 그리곤 이를 마이너스 상황에 대치시켜야 한다.

자신감은 과거의 성공한 경험에서 우러나게 돼있으므로 이겼던 일들을 생각해 내는 것이다. 시시한 게임이라도 좋다. 초등학교 달리기에서 1등한 기억이라도 되살려내야 한다. 결승테이프를 끊던 벅찬 순간, 친구들의 함성, 엄마가 신나서 안아주던 일, 만국기가 바람에 나부끼고….

가급적이면 자세히 그때의 상황을 떠올리도록 해야 한다. 눈을 감고 그때의 감격에 도취해보자. 어느덧 중추신경의 분위기는 플러스 방향으로 바뀌어갈 것이다.

상상을 오래 하면 마치 실제와 꼭 같은 걸로 착각하는 게 중추신경의 맹점이다.

이것을 이용하는 게 곧 암시효과다. 마이너스 암시가 패인이 되듯 플러스 암시는 실력 이상의 무서운 힘을 내게 하는 원동력이 된다.

격려를 위해 하는 말이 아니다. 실험으로, 그리고 실제에서 이미 과학적으로 입증된 사실이다.

1956년 미국 월드 시리즈에서 유일하게 퍼펙트게임으로 승리한 양키즈의 돈 라센 투수가 기자의 질문에 "아침에 일어나니 이겨있던걸요"라고 한 대답은 정말 함축성이 있다.

진다는 기분, 이긴다는 기분, 어느 쪽을 마음속에 활성화시키느냐에 따라 그날의 승패가 결정된다.

열쇠는 당신에게 있다.

징크스의 정체

한국 축구는 1974년 이래 이란 원정 징크스를 갖고 있다. 테헤란 아자디 스타디움은 원정팀의 무덤으로 불린다. 고지대의 어려움, 위압적인 응원에서 한국 선수들은 기가 죽을 수밖에 없다.

배구의 일본, 탁구의 중국 콤플렉스도 꼭 실력의 우열만은 아닌 것 같다. '지난 번 졌으니까 이번에 또!'하는 패배 예상의 심리에서 헤어나지 못하기 때문이다. '역시 어렵겠지…'하는 정신적인 세트가 형성되면 게임도 하기 전에 마치 패배는 기정사실인 것처럼 돼버린다. 이런 심리적 상태를 우리는 징크스니 콤플렉스니 하는 막연한 말로 표현하고 있지만 여기서 헤어나지 못하는 한 승산이 없다는 건 확실하다.

누구에게나 게임하기 거북한 상대가 있다. 객관적 판단에는 승산이 있는데도 어쩐지 거북한 상대가 있다. 이게 좀 심하면 미신적 요소가 가세할 수도 있다. 구름만 끼면 맥을 못추는 선수가 있는가 하면 상대가 빨간 유니폼만 입고 나와도 풀이 죽는 선수가 있다.

골프도 그렇다. '오른쪽에 연못이 있는데'라고 의식하면 묘하게도 공은 딱 그리로 간다. 다음에도 '그전에 빠졌는데'하고 조심할수록 또 빠진다. 골퍼마다 자기가 싫어하는 징크스 코스가 있다. 거기만 들어서면 위축된다.

왼손 투수에 약한 타자도 마찬가지다. 약한 게 아니고 거북하다고 느끼기 때문에 몸이 위축되어 맞질 않는다. 이러한 정신적 알레르기 현상은 과거에 한번 혼난 경험이 계속 살아나서 자기 암시적인 공포심리로 작용하기 때문이다. 승패가 걸린 결정타가 삼진으로 끝났을 때의 분함, 관중의 야유, 그리고 그 왼손 투수의 의기양양해 하는 모습 등이 계속 떠오르면 승부는 보나마나다.

박찬호가 왼손 타자에 약했던 것도 실력보다 징크스의 심리가 더 작용하고 있는지도 모른다.

아무리 의식적으로 '이번엔 괜찮을 거야'하고 마음을 달래려도 잠재의식의 공포심리가 너무 강해서 중추신경 전체는 결국 패배 무드로 되고 말기 때문이다. 이게 징크스니, 콤플렉스니 하는 심리적 정체요, 그 부작용이다.

뉴욕 양키즈의 전설의 강타자, 미키 맨틀의 이야기다. 그는 꼬마 선수들의 왼손 투수 공략법에 대한 질문을 받고 자신의 경험을 이렇게 털어놓았다.

그도 초년 시절에는 왼손잡이가 무척 싫었다는 것이다. 그의 이런 점을 알기나 하듯 자기가 타자로 들어서면 상대 팀 감독은 왼손 투수로 교체를 하곤 했다. 그러면 갑자기 몸이 굳어지면서 스윙이 제대로 되지 않는다. 결과는 언제나 비참했다.

그는 목표를 세웠다. 첫째 왼손잡이도 칠 수 있다는 정신력을 기르는 일이다. 이건 의지력만으로 되는 일은 아니다. 잠재의식 속에 플러스 암시를 걸지 않으면 안된다. 왼손을 상대로 한번이라도 멋지게 친 기억을 계속 떠올려서 실패한 기억이 아예 얼씬도 못하게 했다. 파울볼이라도 시원스레 날려 녀석의 간담을 서늘케 한 기억을 계속 머리에 떠올렸다. 이렇게 함으로써 '못 치지'하는 정신 세트를 '친다'는 플러스 방향으로 전환시킬 수 있었다.

그 다음은 연습이었다. 물론 왼손 투수를 상대로 말이다. 처음엔 치기 쉬운 볼부터 쳐야 한다. 연습이니까 안 맞아도 그뿐이다. 그저 무서워서 피하지만은 말자는 것이다. 공포의 대상은 피할수록 더 무서운 법, 정면 도전하면 남들도 치는 것을 나라고 못 칠 리 없다.

끝으로 투수가 왼손이기 때문에 상대에게도 허점이 있다는 걸 노렸다. 왼손 타자에 약하다는 허점을 노려 그는 왼손 타법을 개발했다.

이렇게 콤플렉스를 극복한 그는 그 이후 사우스포가 등판하면 내심 회심의 미소를 지을 수 있었다는 것이다. 사실 미키의 시합을 보고 있노라면 믿음직하기 그지없다. 잘 맞지 않을 땐 슬쩍 건너 반대편 타석에 들어서는 양손잡이의 유연한 폼은 일품이다.

필자가 유학시절 우연히 들은 이야기지만 논리정연한 자기 개발이었다.

세계적인 대선수에게도 무서운 게 있었구나 싶으면서도 이를 극복하는 것은 소질만으로 되는 게 아니라는 생각을 하게 되었다. 그는 과학적인 분석과 부단한 노력으로 공포의 대상을 오히려 환영의 대상으로 만들 수 있었던 것이다.

사회생활에도 상대하기 거북한 사람이 있다. 안 만나도 될 사람이면 아예 피해버리는 게 상책이다. 사서 고생할 것 없다. 하지만 시합에 임하는 선수라면 징크스 때문에 피할 순 없다. 정면으로 도전해야 한다.

하지만 무턱대고 덤비는 스파르타식 강훈만이 전부는 아니다. 슬기를 동원한 미키의 교훈을 되새겨보아야 한다.

즐거운 훈련

훈련이라면 강훈을 연상한다. 땀과 인내와 고된 시간의 연속인 줄 알고 있다. 또 그래야 훈련 효과가 있는 줄 알고 있다. 하지만 이런 강압적인 방법이 때론 역효과를 나타낼 수도 있다. 특히 융통성 있는 배짱을 기르는 데는 오히려 금물이다. 배짱을 기르는 데는 훈련이 필요하다. 하지만 잠재의식 속의 기를 다스리는 데는 즐거운 기분 속에서 이루어져야 한다.

너무 엄하게 자란 아이들이 융통성이 없는 것도 같은 이치다. 이런 애들은 어딜 가나 기가 죽어 행동이 자연스럽지가 않다. 누구 앞에서도 눈치만 보고 벌벌 떨기만 하다 결국 자기 실력을 발휘할 수 없게 된다. 대소변 가리기도 너무 지나치면 눈앞의 훈련 효과는 좋겠지만 자란 후의 성격에 여러 가지 문제점을 일으킨다.

우선 융통성이 없다. 꾸중을 안 들으려고 너무 완벽하게 하려다 보니 거기에 지나친 에너지를 소모한 나머지 막상 주어진 과업을 수행할 힘이 없다. 당장에야 훈련효과가 안 나타나도 먼 훗날을 위해 즐거운 기분으로 참여할 수 있도록 유도해야 한다. 코앞의 목적만을 위한 강훈 일변도는 특히 어린 선수에겐 치명적이다.

외국 유학을 다녀온 선수들이 놀라는 일은 좋은 시설도 아니고 별난 과학적 훈련도 아니다. 오히려 그런 게 없다는 데 놀란다. 온종일 영화구경이나 산책, 뱃놀이나 하다가 해질녘에 가벼운 워밍업 정도를 하는 훈련으로 끝난다. 짧은 기간에 많은 걸 배우고 돌아와야 할 우리 선수들은 초조하기 이를 데 없었다고들 말한다.

하지만 이게 비결이다. 큰 선수로 키우기 위해선 무엇보다 중요한 게 정서관리다. '아이구, 또 연습이구나'하는 '연습=짜증'의 조건반사가 생겨서야 중추신경의 학습능력이 좋아질 수가 없고 오히려 역효과다.

싫증나고 짜증스런 기계적인 강훈은 '근육-신경-두뇌'의 삼위일체적 학습기억 과정에서 융통성 없는 제한된 정신 세트를 형성시킨다. 그런 경직된 세트가 어릴 적부터 중추신경에 자리잡으면 새로운 학습이나 기억에 방해가 된다.

안전위주의 수비만 익힌 선수가 자라서 공격형을 새로 익히려 해도 안되는 이유가 여기에 있다. 중추신경이 발달과정에 있는 열여섯 살 이전까지가 가장 치명적이어서 이때 경직된 세트가 형성되면 더 이상 뻗질 못하고 그대로 굳어버린다.

하긴 이것만 갖고도 코앞에 떨어진 특수상황이야 잘 요리해 낼 수는 있다. 중고시절까진 챔피언이 될 수도 있다. 하지만 먼 훗날의 대성을 위해선 보다 일반적이고 융통성 있는 '정신 세트'가 잠재의식 속에 남아야 하는 법이다. 그래야만이 어떤 상황, 어떤 선수를 만나도 요리해낼 수 있는 배짱이 생기는, 소위 전천후 선수가 될 수 있다.

2010년 밴쿠버 동계올림픽, 김연아 선수는 최대 라이벌인 아사다 마오 선수 바로 다음에 경기를 펼쳤다. 아무리 강심장인 김연아일지라도 처음 출전하는 동계올림픽이라는 높은 압박 속에서 자신의 기량을 충분히 발휘하는 것은 쉬운 일이 아니다.

엎친 데 덮친 격으로 바로 앞에 경기를 펼친 아사다 마오가 완벽한 연기로 우레와 같은 박수 세례를 받았다. 하지만 김연아는 이에 아랑곳하지 않고, 오히려 자신만만한 미소를 지으며 빙상 위에 섰다. 자신의 순서에 상관없이, 아니 경기 상황에 상관없이 자신의 플레이를 펼친 김연아, 이윽고 세계 신기록을 세우며 금메달을 땄다. 그가 완벽한 연기를 마치고 관중에게 인사하며 흘리던 눈물은 지금도 우리 국민의 뇌리에 삼삼히 남아 있다. 최선을 다했다. 완벽했다. 후회 없다. 그의 눈물은 인간 승리의 장대한 드라마 그 자체였다.

이렇게 김연아 선수가 어떤 상황에도 흔들림 없이 자신의 페이스를 유지할 수 있던 것은 브라이언 오서 코치를 만나고 나서다. 오서 코치는 처음 김연아를 맡았을 때 특이하게도 고난이도 테크닉 대신 피겨를 피겨 자체로 즐기는 법, 자기 자신을 있는 그대로 사랑하는 법을 가르쳤다고 한다. 그 후 김연아 선수는 실력뿐 아니라 표정까지 한층 밝아져 국민 여동생으로 많은 사랑을 받았다.

1976년 올림픽 체조 역사상 처음으로 10점 만점의 기록을 세우며 체조의 요정이라 불리었던 루마니아의 코마네치 선수는 올림픽 금메달을 딴 후 소감을 묻는 기자에게 "집에 돌아가 아이스크림을 먹고 싶다"는 대답으로 더욱 귀여움을 받았다. 하지만 난 그때, 아! 저 여유가 바로 세계를 제패할 수 있는 힘이구나 싶었다. 저런 여유가 있을 때 세계대회에서도 유감없이 기량을 발휘할 배짱이 생기는 것이다. 어린이를 어린이답게 키운 그곳 지도자들의 배려에 감탄할 뿐이다. '김일성 수령의 은총' 운운하는 북한선수와는 얼마나 대조적이냐.

풍부한 상상력, 즐거운 기분으로 하는 연습이어야 융통성 있는 선수로 성장할 수 있다. 태릉선수촌에서 강훈을 못 이겨 탈출하는 어린 선수가 이젠 더 없었으면 좋겠다. 대기만성이라는 과학적 의미를 냉철히 분석, 음미해야 할 시점에 온 것이다.

망각의 생리를 이용하라

사람에겐 망각이라는 게 있기 때문에 정신적으로 건강할 수 있다. 모든 기억이 없어지지 않고 그대로 남아 있으면 어느 누구도 마음 편히 지낼 순 없을 것이다. 망각이란 참 편리한 정신기제다.

기억의 생리적 과정은 '등록 → 저장 → 재생'의 순으로 돼있다. 새로운 사실을 인지해서 대뇌에 등록을 함으로써 기억이 시작된다. 이 등록된 기억은 시간이 흐르면 곧 잠재의식 속으로 가라 앉아 저장된다. 그리고 의식세계가 필요할 때 잠자던 기억이 되살아나서 소위 기억이라는 게 형성된다.

이 중 어느 한 가지라도 잘못되면 기억은 형성되지 않는다. 술에 만취했을 땐 처음부터 등록이 되질 않는다. 저장된 기억도 관심을 쏟지 않고, 중요한 일이 아니거나 또는 시간이 경과하면 차츰 그 힘이 약화되어 재생이 불가능한 상태로 된다.

이게 망각이다. 참 신기한 일은 소심증일수록 실수나 실패에 대한 기억만을 선택적으로 오래 기억한다는 사실이다. 이건 개인으로 봐서는 불행한 일이다.

발명왕 에디슨은 저능아로 취급받아 퇴학당했다. 그러나 어머니의 열성으로 집에서 겨우 알파벳을 익힐 수 있었다. 철도 신문 판매원으로 취직한 그가 철도신문을 발행한다고 떠들 때만 해도 글조차 제대로 읽는 처지가 못되었다. 사람들은 모두 웃었다. 하지만 그는 해내고 말았다. 이게 세계 최초의 열차신문이다. 이때가 그의 나이 열다섯.

그의 머리는 기상천외한 공상으로 가득 찼으며 이를 시험하느라 언제나 엉뚱한 짓으로 말썽을 부렸다. 열차 안에서 화학실험을 하다 쫓겨날 뻔도 했다. 그의 방은 마치 난파선의 기관실 같았다. 이러한 그를 지켜보는 어머니의 걱정은 어떠했을까. 실패할 적마다 어머니는 조심스레 만류를 하곤 했다. 하지만 그는 아주 당당한 어조로 대꾸하는 것이었다.

"엄마, 실패하는 게 당연한 거라구요. 쉽게 될 거라면 벌써 다른 사람이 만들어냈게요."

오히려 걱정하는 어머니를 위로하곤 했다.

그는 1천3백 가지 발명을 하기 위해서 그보다 몇 백배의 실패를 했다.

그러나 그는 발명의 과정에서 실패는 필연적 단계라고 생각했다. 실패를 성공처럼 여기는 그의 배짱 – 여기에 그의 위대성이 있다. 이것이 보통사람과 다른 점이다. 한번의 실패, 한번의 거절에도 그만 기가 죽어 포기해버리는 사람들은 이 에디슨의 배짱을 상기해야 한다.

모처럼 용기를 내 신청한 데이트를 거절당했을 때 기분 좋은 사람은 없다. 하지만 그 다음 단계에서 이를 어떻게 해석하느냐에 따라 성패가 갈린다. 에디슨 같은 집념의 사나이가 아니더라도 좀 낙관적인 친구라면 그 아가씨가 오늘은 바빠서 거절했을 거라고 가볍게 생각한다. "아마 다음에 다시 요청하러 올 때를 기다릴 거야"라고 말이다.

데이트를 거절하면서 "난 당신이 싫어요"하고 거절하는 아가씨는 좀처럼 없다. 대개의 경우 "오늘은 좀 바빠서…"라고 거절하는 게 상례다. 그 말을 그대로 믿으면 된다. 진짜 바빠서 그랬을 거라고 말이다.

좀 부끄러워서 거절할 수도 있었을 것이다. 체면상 한번쯤 거절해야 숙녀의 위신이 서겠지. 쉽게 응하기엔 자존심이 상할 거야. 어느 쪽이든 좋다. 인생을 긍정적으로 보는 사람이면 대개 이런 방향으로 생각하는 게 순리다.

그가 진짜 나를 싫어하더라도 나만 그렇게 생각지 않으면 된다. 자존심이 상할 것도 없다. 데이트 한번 거절에 전 인격이 거절 받고 무시당한 것은 아니다.

그런데 실패자의 사고방식은 이와는 반대다.

'아, 역시 난 안돼! 역시 내가 생각했던 대로야. 그녀는 나를 싫어한다. 나를 남자로 생각조차 않고 있는 거야. 그 여자뿐 아니라, 세상 모든 여자는 나를 싫어할 거야….'

한번 당한 거절에 자기의 전 인생을 허물어뜨린다. 작은 실패를 비약 해석하면 드디어는 재기불능의 상황으로 자기를 몰아넣고 만다. 이렇게 하늘이나 무너진 듯한 종말의식을 갖게 되는 것이 실패자의 사고방식이다. 이래서야 무슨 일이든 이루어낼 수 없다.

성공의 첫 단계에서는 우선 이런 포기 일변도의 연상작용부터 고쳐야 한다. 작은 실패를 확대해석하여 나중엔 전혀 불합리한 결론에 이르는 이런 사고의 진행을 고치지 않는 한 앞날은 어두울 수밖에 없다.

한 인간의 성패는 바로 이러한 사고형태의 차이에서 출발한다. 인생매사에서 모두 그렇다. 차표 한 장을 사도 없으면 '아, 역시 없군'하고 돌아서는 사람이 있을 것이고, 입석은 없느냐고 묻는 사람이 있다. 다음 차는 몇 시냐, 임시열차는 없느냐, 차장을 만날 수는 없느냐 – 모든 가능한 방법을 다 물어야 한다. 한번 딱지 맞았다고 포기해버리는 사람이면 인생도 그렇게 살 수 밖에 없다.

위인전기를 읽어보라. 그들에겐 성공보다 실패담이 더 많은데 놀라지 않을 수 없다. 수학의 천재 아인슈타인은 바로 그 수학에 낙제를 했고 세기의 천재 파스텔은 그 독특한 제 나름의 논문으로 파리 대학 입시에 낙방을 했다. 아이젠하워도 사관학교 시절 엉뚱한 짓으로 몇 번인가 퇴학의 위기를 맞아야 했다. 하지만 이들은 그런 실패 앞에 좌절하고 물러서진 않았다. 그들은 부단히 노력했다. 좌표를 향해 결코 체념할 줄 모르는 인생을 살았던 것이다.

'천재는 2%의 영감과 98%의 노력으로 된다'는 에디슨의 인생 교훈을 곱씹어 보자.

한번 거절에 쉽게 물러서기에는 인생이 너무 길지 않은가.

상대성 심리

샌디 쿠팩스는 미국 야구사에서 가장 전설적인 투수 가운데 한 사람으로 꼽히며, 야구 해설가로서 많은 팬을 거느리기도 했다.

그는 현역시절 스피드나 컨트롤도 일품이었지만 배짱 좋기로도 유명했다. 핀치에 몰렸을 때의 그 대담함엔 모두 혀를 내둘렀다.

2아웃 만루에 2 · 3풀카운트의 상황에선 투수와 타자는 기량보다 오히려 서로의 배짱 겨룸이다. 칠 테면 치라고 스트라이크를 던질 수 있는 배짱도 있어야 하지만 볼을 넣는 배짱 또한 있어야 한다.

타자의 입장에서도 마찬가지다. 하지만 그는 이런 위기에서 정말 과감한 배짱으로 곧잘 팀을 건져냈다. 어깨 부상으로 은퇴를 하는 자리에서 기자들은 한결같이 그의 배짱을 칭찬했다. 하지만 그의 대답은 엉뚱했다.

"배짱? 천만에! 미키나 칼 같은 타자가 들어서면 손발에 힘이 쭉 빠지는걸요. 그저 아무렇지 않은 척할 뿐이죠."

그는 사람들 생각과는 정반대로 자기를 겁쟁이로 알고 있었다. 사실 그는 잘 치는 타자의 배짱을 더 싫어했다. 그 타자를 다시 만나면 기가 죽어 공을 제대로 던질 수가 없었다. 10만 관중의 가슴을 뒤흔든 대형 투수도 여느 사람처럼 내심 약한 면이 있었던 것이다.

인간관계란 상대적이어서 상대가 배짱이 좋아 보일수록 더 위축되게 마련이다. '남들은 저렇게 당당한데 난 왜 이리 소심할까'하고 고민하게 된다. 심한 열등감에 빠져 나중엔 매사에 자신감을 잃기도 한다. 남들은 낯선 여자에게 말도 잘 걸고, 차도 함께 마시는데 난 왜 그러질 못할까. 생각하면 정말 화가 난다.

특히 상대와 경쟁하는 입장에선 더욱 그렇다. 상대의 기를 꺾기 위해서라도 일부러 더 자신 있는 척해야 한다. 헛기침도 하고 스탠드를 한번 둘러보는 등 여유를 보여보라. 상황이 닥치면 다소 불안하고 겁이 나는 건 인간의 본능이다. 내심 떨리는 게 당연한 일이다. 그러니 상대의 여유 앞에서 기가 죽어서는 안된다. 녀석은 일부러 그렇게 해보이는 것이지 정말 배포가 든든한 건 아니다.

떨리긴 누구나 마찬가지다. 다만 내가 그렇게 보질 않는 데 문제가 있다. 녀석의 쇼에 내가 넘어간 것뿐이다. 그의 배짱이 아니고 나의 소심증이 기를 죽이고 있다. 그도 떨린다. 나처럼 말이다.

보이고 안 보이고의 차이다. 그리고 놀랄 일은 당신도 당당해 보인다는 사실이다. 그만큼 연극을 잘한다는 증거다. 당신이 생각하는 만큼 남들은 당신을 겁쟁이로 보지 않고 있다. 남의 눈엔 당신도 상당히 배짱이 좋은 사람으로 보인다. 마치 떨리는 당신 눈에 남들이 배짱 좋게 보이는 거나 마찬가지 이유에서다.

재미있는 실험은 인기인의 배짱도를 측정한 결과다. 남들이 보는 배짱도를 10으로 보았을 때 자기 스스로의 평가점은 그

반도 안되는 4.5라는 결과가 나왔다. 사람들은 자기 배짱에 관한한 상당히 과소평가하고 있다는 게 드러난 것이다.

소심증의 또 한 가지 오해는 모든 사람이 내가 겁쟁이란 사실을 알고 있는 걸로 생각한다는 것이다. 그러나 반대로 상대는 오히려 내 배짱에 압도당해 떨고 있다는 사실을 잊어선 안 된다. 인간관계에서 이런 상대성 심리는 누구에게나 다 있게 마련이다.

미국 루즈벨트 대통령의 일화다. 그는 2차대전 당시 원자탄을 만드는 데 막대한 연방 예산을 쓰고 있었다. 성공한다는 보장이 있는 것도 아니었다. 드디어 국회감사에서 문제가 되었다. 의원들이 그 막대한 예산의 용도가 어디냐고 따지고 들었다. 극비를 발설할 수도 없어 그는 전전긍긍했다. 그저 고개만 흔들었다. 나를 믿고 더 이상 묻지 말아 달라는 사인이겠지.

그 표정이 얼마나 근엄하고 자신이 있었던지 흥분한 의원들도 조용해졌다. 물론 더 이상 묻지도 않았다. 이건 참으로 역사적 순간이다. 그 순간이 2차대전을 조기에 끝내게 한 것이다. 위급한 상황을 모면하고 국회를 나서자 수행원들이 의젓한 그를 칭찬했다.

"미친 소리 하지마! 떨려 죽을 뻔했다."

그는 식은땀을 훔치며 달아나듯 의사당을 빠져나갔다.

무슨 일을 당했을 때 떨린다는 건 동물 고유의 개체보존의 본능이다. 이것이 없으면 오히려 위험하다. 위험으로부터 조심하라는 방어신호다. 적당히 있어야 하는 게 생리이다.

남들이 태연한 건 그저 아닌 척할 뿐인 것이다. 배짱 좋은 사람이 따로 있는 게 아니다. 있다면 그건 바로 당신이다.

● 배짱 있는 삶을 위한 Tip ●

남들 앞에 나서면 떨려서 말을 잘 하지 못하는 사람들에게

일부러 실수하려고 노력해보라.

이걸 심리학에선 역설적 치료법이라고 부른다. '실수 말아야지'가 아니고 '실수를 해야지'라는 역설적 방법이다. 잘하려는 의지적 노력 자체가 자율신경을 더욱 흥분시켜 더 떨리게 하므로 이 노력을 포기하면 자극이 적어져 한결 수월해지기 때문이다. 이 방법은 실제 정신과 임상에서 유용하게 쓰인다.

그래도 안되면 "잘 안되는데!"하고 솔직히 털어놓아라. 이게 광고기법이다. 자기 문제를 스스로 털어놓고 광고하는 방법이다. 그렇게 하면 숨기려는 노력을 안해도 된다. 우리가 연단에서 더 떨리는 건 이걸 감추기 위한 노력 자체가 자율신경을 더 자극하기 때문이다.

이제 털어놓은 이상 숨길 것도 없다. 마음이 편하다.

행여 실수나 해서 사람들이 웃기나 하면 어쩌나 하는 걱정이 더욱 우리를 긴장하게 만든다. 그럴 땐 내가 선수를 쳐서 일부러 웃기는 거다.

"난 사람 앞에 나서면 순진해서 떨립니다."

가벼운 웃음이 일 것이다. 순진하고 솔직한 당신에게 인간적 호감을 느낄 게 틀림없다. 이게 당신의 매력이요, 장점일 수도 있다. 요즈음 같이 까진 사람들이 설치는 판에서 말이다.

너더댓 개 • 공公개념의 결핍 • 현대인의 부분관계 • 비평 노이로제 • 최면에 잘 걸린다 • 결

정은 내가 한다 • 상관 공포증 • '존경'과 '아부' • 인정 과잉증 • 공처가의 변 • 사표 소동 •

박수 유감 • 나를 위해 용서하라

Chapter

05

소신 소신 있는 거물들

더 이상 눈치 볼 것
없다. 박수란 꼭 쳐야하는 것도
아니다. 좋으면 치고 싫으면 그만둬라.

CHAPTER • 05

너더댓 개

길가에 집을 못 짓는다는 말이 있다. 오가는 사람의 말을 다 듣다 보면 그 집이 될 리가 없다. 소신껏 밀고 나가는 배짱이 없기 때문이다.

서양에서야 길가에 누워 일광욕을 해도 누가 뭐래지도 않거니와, 뭐란다고 일어날 사람도 없다. 자기 생각이 분명하면 그대로 해버리는 게 서양사람이지만 우리는 그렇지가 못하다.

일반적으로 소신이 분명치 않다는 건 아는 게 아예 없거나, 아니면 아는 게 확실치 않을 때이다. 또 비록 그게 확실하다 하더라도 이를 주장하는 훈련이 안된 사람이라면 소신이 있다고 할 순 없다.

한국인의 소신 결핍증은 이 세 가지 경우가 모두 해당된다.

우리의 사고형태는 정확성이나 논리성이 결여돼 있는 것이 특징이다. 농사나 짓고 사는 촌락에서야 정확할 필요도 없었다. 씨앗이야 초순경에 뿌리면 된다. 새벽녘에 들에 나가면 되지 꼭 몇 시에 맞춰야 할 필요가 없었다. 우리는 지금도 세 시쯤 만나자고 한다. 정확히 '세 시'가 아니고 '세 시쯤'이다. 셈을 해도 '서너 개'지 딱 잘라 '세 개'가 아니다. 우리말만큼 수사 개념에 융통성이 많은 나라도 그다지 없을 것이다. '네댓 개'니 '대여섯 개'니 해서 상당한 여유가 있다.

사물을 보되 분석적이거나 논리적인 사고단계도 그리 필요한 건 아니었다. 그저 보이는 대로 받아들이면 그뿐이었다. 따라서 우리의 사고형태는 직관적이고 감성적인 게 특징이다. 수천 년을 그렇게 살아왔다. 그래도 생활하는 데 별 불편이 없었다.

그러나 정확을 생명으로 하는 서구의 과학문명이 들어오면서 이런 전통적인 사고형태와의 마찰은 불가피하게 되었다. 컴퓨터 시대에 들어선 지금도 우리에겐 아직 사물을 어림잡아 대충 보는 습관이 남아 있다. 정확히 이해하려는 게 아니고 적당히, 대충 윤곽만 알면 된다. 여기서 갈등이 생긴다.

'생활의 과학화'가 요즈음 정책적으로도 강력히 추진되고 있지만 불행히 우리의 사고형태가 그렇질 못하다. 고등교육을 받고도 자기 집 건축원리는 고사하고 가전제품 작동법을 정확히 아는 사람은 많지 않다.

요즘 소비자고발센터엔 멀쩡한 기계를 불량품으로 고발하는 일이 많은데 거의가 설명서를 충분히 읽지 않은 탓이라고 한다. 뭐든지 스위치만 누르면 되는 줄로 알고 있다. 좋은 물건일수록 사용법이 복잡하게 돼있다.

하지만 그걸 익히기 위해 설명서를 찬찬히 뜯어 읽진 않는다. 이것저것 눌러본다. 고장이 안날 수가 없다. '원터치'가 히트상품으로 등극한 것도 한국인의 심리구조를 정확히 포착했기 때문이다. 단추 하나만 누르면 나머지는 알아서 처리해준다.

여하튼 이런 의식구조로는 정확한 정보나 분석처리를 필요로 하는 토론에서 소신껏 자기주장을 할 순 없을 것이다. 많이 아는 것보다 중요한 건 정확하게 아는 것이다.

공公 개념의 결핍

사람에겐 누구나 다수의 의견을 옳은 걸로 생각하는 심리가 있다. 이건 실험적으로 증명이 돼있고 우리 자신의 경험에서도 알 수 있다.

내 생각엔 이쪽이지 싶은데도 남들이 저쪽이라고 몰려가면 내 의견을 고집할 자신이 없어진다. 혼자 이쪽으로 갈 자신이 없어진다. 반신반의하면서 다수를 따라 저쪽으로 가게 되는 게 사람의 심리다. 특히 우리 한국인에게 이런 심리적 경향이 강하다.

어릴 적부터 남의 눈치를 봐야 하고, 또 자기주장을 강력히 내세우는 훈련이 돼있질 않다. 더구나 다수의 의견에 반해서 자기를 내세운다는 건 금기로 돼있다. 다수 속에 자기를 숨겨두는 게 가장 안전한 처세술이란 게 몸에 익어 있다. 우리에겐 이런 부화뇌동 심리가 예민하게 발달돼 있다.

이런 심리적 상황에서야 자기 소신이란 게 있을 수도 없거니와 설령 있다 하더라도 이를 강력히 주장할 수 있는 소신은 없다.

우리에겐 오랜 세월 공公 개념이 없었다. 모두가 한집안이요, 안마당과 바로 눈앞의 들판을 오가는 마을, 모든 게 자급자족되던 초가집 생활에 '공'이란 개념이 있을 수가 없었다. 마당에서나 들판에서나 일하는 사람은 모두 이웃이고 일가친척이었다.

이러한 의식은 오늘날 엄연히 집과 분리된 직장이 따로 생겨났는데도 별 변화가 없다. 우리 의식 속엔 아직도 직장은 가정의 한 연장이다. 따라서 연장 근무쯤 으레 당연한 걸로 알고 있다. 직장의 상사는 가장이요, 동료는 모두 형제다. 이러한 의식이 짧은 시일에 근대화 작업을 성공적으로 이끌어온 저력이 된 것도 사실이다.

하지만 그 역기능 또한 없진 않다. 공사의 구별이 분명치 않기 때문에 직장의 상사를 아버지와 동일시한다.

아버지 말씀은 무조건 따라야 한다.

하지만 직장이란 그렇지가 않다. 회사라는 공동체를 위해서도 자기의견을 분명히 밝혀야 한다. 회사는 그런 사원을 요구하고 있고 또 그래야 발전이 있다. 그런데도 우리는 이게 잘 되지 않는다. 상사 말은 무조건 복종해야 하는 걸로 알고 있다. 논리적으로 따진다면 그래선 안되는 줄 알면서도 반대의견을 내놓을 소신은 없다.

이게 직장인으로서의 우리 약점이다.

현대인의 부분관계

우리는 예로부터 인간관계란 항상 전인적이어야 한다는 게 강조돼 왔다. 사회가 복잡화되고 분화된 지금에도 이런 의식의 잔재 때문에 생활상 갭이 생긴다.

대체로 인간관계의 한계선이 분명치 않다. 카페의 종업원과는 분명히 해야 할 관계가 있다. 종업원은 상냥한 웃음으로 손님을 맞고 자리를 권한다. 커피를 날라다주고 나면 손님은 마시고 찻값을 지불한다. 이 두 사람의 인간관계는 여기서 끝나야 한다. 그 한계가 분명치 않으면 사회생활에 큰 혼란이 일어난다. 아가씨의 상냥한 웃음을 확대해석하여 손이라도 만졌다간 뺨을 얻어맞아도 할 말이 없다. 부분관계의 한계를 넘어섰기 때문이다.

도시인의 인간관계는 부분적이다. 그 부분의 한계를 넘어서선 안된다. 그때그때 상황에 따라 정해진 한계가 있고, 그 부분 안에서만 인간관계가 가능한 것이다.

이게 잘 안되는 게 우리다. 이 한계선이 분명치가 않다. 전인적이란 의식의 잔재 때문이다. 같은 상황을 두고도 두 사람의 필요에 따라 그 선을 다르게 하는 데서 오해도 생기고 갈등이 뒤따른다.

비평 노이로제

우리는 남이 뭐랄까에 지나친 신경을 쓴다. 거의가 비평 노이로제 환자다. 그만큼 소신이 없다는 결정적 증거다. 좋은 의미든, 나쁜 의미든 우리는 남의 입에 오르내리는 것부터 싫어한다. 옷차림도 수수하게 차려 입어야 남의 눈에 띄질 않고, 그래야 입방아에 오르지 않는다. 화장도 은은하게, 그저 모든 언동이 은근스러워야 한다. 말 한마디도 자극적인 언사는 삼가야 한다.

이런 은근스러움이 한국의 미라고 칭찬할 수도 있다.

하지만 좀 다른 각도에서 보면 그 속에선 강렬한 개성이 보이지 않는 아쉬움이 없지 않다. 우리 예술가들이 개성이 없다고 비판을 받고 있지만, 사실 우리의 이런 가치관이 일반적으로 개성적인 의식을 싹트지 못하게 한 데도 그 원인이 있다. 남의 입에 오르내리는 것쯤이야 아랑곳 말아야지, 그만한 소신도 없이 다양한 사회를 어떻게 살아갈 것인가.

뉴욕 브로드웨이는 화려한 외양과는 달리 무대 뒷그늘엔 비평 노이로제 환자로 삭막하기만 하다.

연극이나 음악 공연 막이 오르는 첫날엔 작곡가, 연출가는 물론이고 말단 연기자까지 석간신문의 비평에 신경을 곤두세운다. 비평가의 비위를 맞추려다 이도저도 아닌 형편없는 작품으로 탈바꿈하는 수도 있다. 신진작가의 역작이 비평가의 붓 끝에 KO된다. 그러면 실의에 빠져 중도하차한다. 이걸 이겨내야 대성할 수 있다

우리나라에선 비평가들이 대체로 순한 것 같다. 가끔 신경질적인 작가가 비평에 대한 반비평으로 맞서는 경우도 있긴 하다. 그러면 비평가는 또 질세라 반격을 하고 둘의 설전이 한창 신문에 연재된다.

나중엔 작품 이야기는 뒷전이고 인신공격으로 넘어가 그야말로 치졸극을 연출한다.

이게 모두 자신이 없는 증거다. 비평쯤이야 그러려니 할 수도 있어야지. 평론가도 마찬가지다. 자신만 있다면 작가가 반론을 제기한다고 덩달아 신경질이 될 것까진 없다.

자신 있는 작가는 비평을 좋아한다. 브람스는 혹평을 받기도 했지만 자신이 있었다. 그의 친구이자 비평가인 볼프도 거침없는 비평을 하는 데 인색하지 않았다. 그런데도 둘은 친했다.

그러한 볼프가 어느 날 브람스 음악을 칭찬하는 기사를 썼다. 그걸 읽던 브람스는 화를 버럭 내며 신문을 집어던졌다.

"이젠 틀렸어. 이 녀석까지 드디어 날 칭찬하기 시작했으니 말이야!"

이게 대가의 초연한 모습이다. 비평뿐 아니라 관객이 외면을 한대도 태연자약하다.

오스카 와일드의 희곡이 초연된 밤이었다. 그의 친구가 공연이 잘됐느냐고 물었다. "응, 공연은 대성공이었는데 관객동원이 대실패였어"라고 투덜대며 돌아가는 것이었다.

이런 배짱은 우리 한국에도 있다. 1977년 「타임」지는 '서울의 로렌초'라는 제하에 건축가 김수근 씨를 소개한 적이 있었다. 같은 한국사람으로 무척 자랑스럽게 그걸 읽었다. 내가 감명 깊었던 것은 그가 비평에 아랑곳하지 않았다는 점이다. 부여박물관을 설계했을 때만 해도 '일본 신사' 같다느니 해서 혹평을 받아왔지만 그는 초연했다. '보는 눈의 차원에 따라 다르다'는 게 그의 소신이었다. 그는 후학들에게도 이 점을 강조했다.

누가 뭐래도 자기 스타일을 지킨다는 것 – 이 배짱이 그를 세계적 건축가로 만든 힘이 아닌가 생각된다. 그의 이런 소신이 있었기에 작고한 이후에도 오래도록 그의 유업을 기리는 기념사업이 활발히 전개될 수 있었던 것이다. 그가 남긴 작품들은 독창적이고 개성적인 건축물로 지금도 후세 사람의 사랑을 받고 있다.

우린 일상생활에서도 지나치게 소심하다. 머리 스타일, 셔츠에까지 남들이 뭐랄까봐 신경을 쓴다.

"셔츠 빛깔이 왜 그리 촌스럽게 붉지?"

이 말 한마디에 홍당무가 된다. 하지만 냉정히 따져보자. 우선 분명히 해야 할 일은 사실과 견해는 다르다는 점이다. 이 둘은 전혀 별개의 것이다. 빛깔이 붉다는 건 사실이지만 촌스럽다는 건 그의 견해요, 취향이다.

이 둘을 혼동하는 데서 소심증이 발동된다.

'이 친구는 내 취향과는 다른 모양이군'하고 생각하라. 그뿐이다. 속상할 이유가 전혀 없다.

사람마다 색감이 다르고 취향이 다르다. 이건 시비의 대상이 아니다.

내가 장미를 좋아한다고 촌스러운 건 아닐 것이다. 내가 유행가를 좋아한다고 무식하단 소린 아닐 것이다. 내게 좋은 건 좋은 거고, 싫은 건 싫은 거다. 그 이상 아무런 의미도 있을 수 없다.

"그래 색이 진한 것 같지? 난 색감은 제로야. 그런데 무늬는 어때?"

한술 더 떠라. 한마디 더 하라고 권해보란 말이다. 자신 있는 사람은 그런 경솔한 녀석을 붙잡고 시비하진 않는다. 그가 지적한 사실에 동의하라. 그리곤 또 다른 걸 물어보라.

이쯤 되면 빈정대던 녀석에게도 메시지가 갈 것이다. 싱거워서 더 이상 말을 못한다. 남의 취향도 존중할 줄 모르는 녀석에겐 이 정도의 잽은 날릴 수 있어야 한다. 시비를 하거나 핏대를 올릴 것도 없다. 지적해줘서 고맙단 인사까지 곁들이면 더욱 좋다. 녀석도 돌아서면 경솔한 소릴 했다고 뉘우칠 것이다.

말 한마디가 나를 상하게 할 순 없다. 돌멩이야 내 뼈를 부러뜨리기도 하지만 말이 나에게 무슨 상처를 줄 수 있단 말인가. 그의 말이 아니라 내 소심증이 상처를 주는 것이다.

최면에 잘 걸린다

김 선달이 대동강 물을 팔아먹을 수 있었던 것도 우리의 이런 풍토 때문에 가능했을 것이다.

그 좋은 입심으로 불로장수라고 떠들어댔으니 시비는 뒷전이고 우선 사놓고 보자는 심리가 발동했을 게 틀림없다. 지금도 길에선 만병통치니, 보약이니 하고 허황된 광고를 하는 약장수가 있다. 과학적인 근거가 있을 리 없다.

그런데도 신기한 일은 그걸 사가는 사람이 있다는 사실이다.

둘러선 손님이 살 기색을 보이지 않을 땐 바람잡이를 동원한다. 한패거리가 먼저 몇 개를 사면 구경하던 사람들은 그만 줄줄이 따라 산다.

시장 질서를 어지럽히는 주부들의 사재기 소동도 이런 최면 심리에서 비롯된다. 논리적 분석을 해볼 생각조차 않는다. 듣기에 그럴싸하면 액면 그대로 믿어버린다. 사기사건이 자주 신문에 보도되지만, 그 내용을 읽어보면 정말 어이없다. 어떻게 그 황당무계한 사기꾼의 이야길 믿을 수 있었던가.

'2천만 원 투자에 월수 2백만 원 보장' 이런 광고에 수천 명이 몰려들었다니 말이다. 텅빈 사무실에 사기를 당했다고 농성을 하며 울분을 토하고 있다. 그걸 믿었다니! 연민의 정을 금할 길 없다.

내 생각을 소신껏 털어놓지 못할 때 상대가 자신 있는 태도로 나오면 꼼짝없이 속게 마련이다. 얼마나 자신이 있으면 저렇게 말할 수 있을까 싶은 생각이 들기 때문이다. 내 소신이 부족할수록 상대적으로 남은 더 있어 보이는 게 사람의 이런 최면심리를 더욱 부채질하고 있다.

우리가 잘 넘어가는 첫 번째 이유라면 사고형태가 두루뭉수리처럼 되어 있어서 체계가 잡혀있지 않은 데 있다. 따라서 누가 과학적 근거를 제시하면서 그럴싸한 논리를 펴면 쉽게 넘어간다. 그만큼 이쪽의 생각이 엉성하기 때문이다. 논리적 설명이니까 논리적으로야 옳은 소리다. 그러나 내 기분까지 논리적으로 따질 성질의 것은 아니다.

"내일은 일찍 일어나야 한다. 손님이 오는 날이니까 청소도 하고 준비를 해야 한다. 그러니까 오늘 밤은 TV를 끄고 일찍 자야 한다."

이건 아주 논리정연한 말이다. 그 말이 옳기야 하지만 그래도 심야프로가 재미있는 거라면 늦어도 보는 거다. 그건 내 기분이다. 기분을 논리적으로 따질 순 없기 때문이다.

그런데도 논리적 설명이 내 의사뿐 아니고 내 기분까지 꺾는데 아주 편리한 도구로 사용된다. 상대의 입장에선 말이다. 내 판단이 잘못이라는 걸 심판하는 아주 편리한 수단이요, 구실이다. 그러나 내 기분까지 깡그리 무시당한다는 건 비극이다. 내 기분을 존중할 줄 알아야 한다.

결정은 내가 한다

1950년 8월 23일 도쿄의 여름밤은 무겁게 흐르고 있었다. 한밤의 맥아더 사령부, 해군 참모가 먼저 반대의견을 냈다.

인천항은 좁고 얕다, 간만의 차가 심하다, 상륙할 시간 여유가 없다는 게 이유였다. 육군 콜린스 장군도 반대했다. 낙동강 전선과 거리가 너무 멀다. 차라리 군산 상륙이 좋겠다는 의견이었다.

맥아더는 당황하지 않을 수 없었다. 방 안엔 무거운 침묵이 감돌았다. 백악관에선 처음부터 반대였으니 아무도 그에게 동조하는 사람은 없는 셈이다.

어려운 결정이었다. 절대적으로 불리한 여건이었다. 반대의 의견에는 그 나름의 충분한 근거가 있었다. 하지만 이 길 아니고는 승리할 수 없다는 그의 소신을 바꾸진 않았다.

방안의 무거운 침묵을 깨고 이윽고 그의 결단이 떨어졌다.

"가자!"

이렇게 해서 그 역사적 인천상륙작전의 포문이 열린 것이다.

맥아더! 이 민족의 역사와 함께 영원히 기억될 이름이다. 세계전사에 찬연히 빛날 인천상륙작전 – 그것은 분명 그의 전략적 승리였다.

그리고 그의 소신의 승리이기도 했다. 국무성의 걱정, 참모의 의견을 안일하게 따랐더라면 그 역사적 장거는 이룩되지 않았을 것이다. 아! 그리고 이 나라의 운명은? 거목은 잔바람에 흔들리지 않는다.

사람들은 너무 쉽게 흔들린다. 남의 의견에 따라 우왕좌왕이다. 자기 결정은 뒷전이고 남의 말 듣기를 잘한다. 도대체 소신이 없다. 남의 견해가 옳다고 생각한다. 물론 그럴 수도 있다. 하지만 틀릴 수 있다는 것도 잊어선 안된다.

사회가 복잡해짐에 따라 모든 게 분업, 전문화되어가니 자기 분야 외에는 알기가 힘들다. 그래서 그 분야의 전문가 말이라면 무조건 믿는 경향이 있다. 모르니까 믿을 수밖에 없다.

거기까진 좋다. 문제는 전문가니까 모든 분야를 다 잘 알 것이라는 착각에 있다.

TV광고를 보면 연예인이 약 광고를 한다. 화학 구조식까지 들먹이면서. 듣기엔 제법 그럴 듯하다. 그러나 정신 차려 들으면 웃기는 이야기다. 자기가 언제 화학공부를 저렇게 했나 싶은 생각이 당연히 들어야 할 텐데 사람들은 그렇지 않은 모양이다. 유명인이니까 그의 말을 믿는다. 광고주는 이런 심리적 약점을 교묘히 이용하고 있다. 이거야말로 허구요, 넌센스다. 테니스 선수가 라켓을 광고한다면 그래도 이해가 간다. 제작 전문가는 아니지만 남들보다 더 많이 사용해본 경험이 있을 테니 말이다.

여하튼 우린 이런 사회 속에 살고 있다. 그래서 사기도 잘 당한다. 사기꾼의 활동무대가 넓어지고 '사업'이 번창해질 수밖에 없다. 사회는 복잡해지고 그만큼 사람들은 모르는 게 많아진다. 모르니까 속고, 속으니까 속인다. 이게 문제다.

종합병원엔 환자몰이가 판을 친다. 피해자들이 울며 돌아와

하는 말이 한결같다. 자신 있게 말하더라는 것이다. 저 사람 말만 믿으면 당장 나을 것 같았다는 게 환자들 주장이다.

그렇다. 사기꾼은 항상 자신 있게 말한다. 돌팔이치고 자신 없는 녀석 없다. 사실 자신 있는 의사는 평범한 감기환자를 만나도 언제나 자신이 없다. 항상 두렵고 불확실한 게 병의 경과이기 때문이다.

상관 공포증

서양에선 직장 상사란 기능상의 서열일 뿐 그 이상의 다른 의미는 없다. 직장을 떠나면 물론이고 근무 중이라도 공적인 일 이외는 평등한 수평관계다. 전무니 과장이니 하는 호칭도 별로 들을 수 없다. 모두 이름이나 애칭으로 통한다.

그러나 우리의 직장 상사는 단순한 기능상의 상사가 아니다. 공사가 분명치 않은 우리에겐 아버지도 되고 때론 인심 좋은 외삼촌도 된다. 인간적으로 존경도 하면서 또 한편 어리광도 부린다. 잘못한 일이 있어도 머리를 긁적이면 그로써 웬만한 건 용서된다. 서양에서처럼 잘못한 만큼의 감봉처분이나 과외의 일을 시키진 않는다. 이런 편리한(?) 점도 있긴 하지만, 공사간의 애매한 관계가 곧 갈등의 소지도 된다.

그렇다고 서양에서처럼 너무 공사를 분명히 하면 인간관계가 딱딱해져서 괜한 오해도 받을 수 있고, 때론 상사의 '눈에 나서' 미움을 받기도 한다. 그런가 하면 너무 물에 물 탄 것처럼 돼서 일을 소신껏 밀고 나갈 수 없는 약점도 있다. 상사의 눈치만 보다 말기 때문이다.

직장생활이 복잡해지는 까닭도 이런 연유에서다. 맡은 일만 열심히 하면 되는 서양의 풍토와는 아주 다르다. 공적인 일 외에 사적인 인간관계를 잘해야 하는 일이 부가돼 있기 때문이다.

어느 의미에선 공보다 사를 더 잘해야 출세가 빠를 수도 있다. 문제는 공과 사의 비율을 얼마나 융통성 있게 잘 조화시켜 나가야 하는가이다.

상사를 모셔도 직무의 한계를 분명히 할 줄 아는 거물이면 어렵지 않다. 하지만 현실이 어디 그런가. 사적인 심부름에서 시작하여 퇴근 후 술 상대까지 해드려야 좋아하는 상사들이 오히려 더 많다. 그게 당연한 줄로 알고 있다. 근무규정에 없는 이런 일들이 바로 갈등의 원인이 된다.

즐거운 마음으로 해드리고 싶다면 별 문제는 아니다. 그러나 하기 싫은 일을 억지로 할 땐 괴로운 일이다. 안하려니 후환이 두렵고 하려니 싫다. 자존심이 허락지 않을 때도 있다. 아부하는 기분이 들기도 하고 비굴한 생각마저 든다. 그런 일들로 인해 업무에 지장이 올 수도 있다.

이런 경우의 해답은 분명하다. 하질 않는 거다. 더구나 규정에 없는 일은 말이다. 하지만 상사는 있다고 우겨댈 것이다. 마음이 약하면 여기에 넘어간다. 그건 내가 심판한다. 그 판단은 바로 나의 권리다.

'존경'과 '아부'

여사원의 커피 심부름이 논란의 대상이 되는 것도 이런 까닭에서다.

'우리는 커피 타는 사람이 아니다', '우린 꽃이 아니다'라고 한다.

옳은 소리다. 그렇다고 '난 그건 못해요'라고 정면으로 거절하는 것도 슬기는 아닐 것이다. 똑똑한 상사라면 괜찮다. 하지만 시원찮은 상사라면 후환이 생긴다. 당장에야 무슨 말을 할까. 규정에 없는 일을 시키다 거절당했으니 할 말은 없겠지만 문제는 거기서 끝나지 않는다.

슬기가 있어야 한다. 상사의 체면도 세워줄 줄 알아야 한다.

"과장님, 커피가 떨어졌군요. 축하합니다. 그게 건강에 좋다고요."

하고 애교 있게 웃어보이곤, 하던 일을 계속해보라. 곰 같은 과장에게도 메시지가 전해질 것이다.

직장생활을 해본 사람이면 느끼는 일이지만 공사를 분명히 한다는 건 사실 쉽지가 않다. 어디까지인지 선을 긋기가 힘들고 또 지나치게 구별하다 보면 인간관계가 원활치 못하게 된다.

하지만 분명히 해둘 것은 싫은 일이면 하지 말아야 한다는 것이다. 하면서 기분 나쁘고 끝난 후 후회가 될 바에야 처음부터 안하고 당하는 쪽이 낫다. 당장에는 그런 부하를 싫어하겠지만, 시간이 갈수록 오히려 존경하게 된다. 그리고 믿게 된다. 냉정히 따져보면 부하직원이란 회사를 위해 필요한 존재지 사물私物은 아니기 때문이다.

사람 마음은 참 간사한 데가 있다. 상사 말이라면 무조건 잘 듣는 부하가 우선은 좋다. 하지만 중대한 문제가 생겼을 땐 그런 사원에게 일을 맡기길 주저한다. 아부 잘하는 녀석은 배신도 잘한다는 걸 알기 때문이다.

이럴 때 떠오르는 사람이 바로 공사가 분명한 당신이다. 평소에 경원시했던 직원이지만 일의 중대성에 비추어 당신의 존경과 신망을 높이 평가하게 되는 것이다.

상사의 권위는 존중해야 한다. 하지만 거기에 위압을 당해 위축되어선 안된다. 말 한마디 못하고 벌벌 떨기만 하는 게 상사의 권위를 존중하는 길은 아니다. 재치 있는 유머도 할 수 있어야 하고, 때론 공사를 분명히 함으로써 오히려 존경을 얻도록 해야 한다.

인정 과잉증

정이 많은 사람이 때론 주책없게 느껴질 때가 있다. 온통 정으로 얽어놓아서 인간관계의 한계가 분명치 않아서다. 사람이란 게 좀 끊고 맺고 하는 데가 있어야지, 이렇게 해면덩이 같아서야 될 일인가. 이런 사람과는 정으로만 살 수 있다면야 더 없이 좋은 사이가 될 것이다. 그러나 불행히 현실은 각박하기만 하다.

정으로 얽힌 사이에선 모든 게 '0'으로 된다. 거기엔 누가 손해보고 득보고 하는 타산도 없거니와 밉고 싫고도 물론 없다. 어떤 잘못도 인정의 용광로 속에 녹아 없어진다.

이게 인정이라는 것이다. 그러나 친구 사이에도 따질 게 있으면 따지고 넘어가는 게 보다 건전한 관계를 유지할 수 있는 비결이다. 굳이 타산성을 강조하려는 뜻이 아니다. 다만 인정으로 모든 걸 해결하려다간 오히려 그 관계를 악화시킬 수도 있다는 걸 경고해두기 위해서다.

오성과 한음의 우정담은 역사에도 남아 있다. 하지만 두 사람은 따질 건 분명히 따지고 넘어갔다.

어느 날 밤, 둘은 장난을 모의하기 위해 만나기로 약속했다.

한음이 먼저 와서 기다렸다. 바람은 차고 무서운 기분이 드는데 오성은 나타나질 않는다. 동이 트는데도 끝내 나타나질 않았다. 그럴 수밖에 없었던 건 오성은 약속을 까맣게 잊고 잠이 들었기 때문이다.

이튿날 화가 난 한음이 오성을 뒤뜰로 불렀다. 영문을 모르는 오성은 그저 반갑기만 했다.

“새벽부터 웬일이야. 재미있는 일이라도 있어?”

오성은 궁금했다.

“재미있는 일이라니? 어젯밤 약속은 어떻게 된 거야!”

“어젯밤…아뿔싸!”

오성은 그때서야 생각이 났다. 할 말이 없었다.

한음의 일장 설교가 시작되었다. 그렇게 깡총거리던 오성이 정색을 하고 무릎을 꿇는다. 한음의 설교가 끝날 때까지 그는 맨바닥에 그렇게 앉아 조용히 잘못을 사과한 것이다.

코흘리개의 하찮은 약속을 갖고 무슨 그리 거창한 설교며 또 사과냐고 할 사람도 있을 것이다. 하지만 이들은 친한 가운데 이런 구석이 있었기 때문에 그 우정이 후세에 전해진 게 아닌가 싶다.

일상생활에서도 소신 없는 사람일수록 모든 걸 정에만 얽어매려는 경향이 강하다. 그리고 이런 사람일수록 인간관계에 쉽게 좌절한다. 자기 생각만큼 남들이 그러지 못할 땐 실망하기 때문이다. 어쩌면 나처럼 해주지 못하는 걸까? 친구 사이에 정을 배신한 녀석이라고 상대를 원망한다. 네 것, 내 것이 완전히 없어진 이상적인 관계를 추구한 나머지 거기에 추호라도 금이

가면 그만 섭섭함을 느낀다.

좋게 보아 정말 순진하고 어진 사람이지만 불행히 현실에선 이런 순수 우정론이 통하지가 않는다.

서양사람들이 가끔 한국인의 과잉 인정에 얼떨떨해하는 것도 이런 연유에서다. 적당한 선이 있어야 하는데 이건 그게 아니다. 한번 빠지면 내 속까지 다 내준다. 서양의 '기브&테이크'의 인간관계의 원칙으로는 생소할 수밖에 없다.

친구와 거래를 못하겠다는 사람이 많다. 또 그래선 안된다는 게 정설로 돼있다. 우정에 금이 갈 걸 두려워해서다. 친한 사이에 돈거래 말라는 건 상당한 설득력을 지녀왔다.

요즘에야 친구는 친구고, 장사는 장사란 말도 나오지만, 사실 우리 풍토에선 이게 쉽지 않다.

'안면 몰수하고' 운운하지만 이 역시 무식한 사람이나 할 짓이다. 그렇다고 친구 간에 장사 못한다는 건 소신이 없는 사람인 것도 사실이다. 서로 내용도 잘 아는 사이기 때문에 장사하기도 쉽고 그만큼 편리하다. 상부상조의 의미도 있고, 그렇게 되면 우의도 더 돈독히 할 수 있다. 일석다조의 효과를 노릴 수 있다.

문제는 친구와 사업의 한계를 긋는 일이다.

결론부터 말하면, 사업은 의리로 하는 거고 친구는 정으로 사귀는 것이다. 친구도 계약을 어기면 거기에 대한 응분의 배상을 시켜야 한다.

그게 사업상의 의리요, 또 친구의 인간성을 존중하는 진정한 정이다.

한음의 꾸중을 들으며 오성은 맨바닥에 꿇어앉지 않았던가? 책임을 묻는 게 당연한 일이요, 그게 그를 존중할 수 있는 길임을 잊어서는 안된다.

흔히들 '친구 사이에 그럴 수가 있느냐'고 우정론을 펴지만 그건 천만에다. 친구 사이니까 그래야 한다. 그게 친구를 위하는 길이기 때문이다. 인정을 들먹이며 냉정한 처사에 대해 죄의식을 자극하려 하지만 이거야말로 우정에 대한 모독이다. 현실적으로 힘든 게 인정과 의리 사이의 인간관계다.

이걸 혼돈하거나 남용, 과용하는 데서 갈등이 생긴다. 위약에 대한 책임도 인정이란 그물로 덮어 회피하려는 건 인정 남용이다.

약한 사람이 들고 나오는 게 인정이라는 무기다. 그러나 사업상 약속은 의리관계지, 우정은 아니다. 의리관계란 의무요, 책임이다. 인정관계의 제로 상태와는 본질적으로 다르다. 싫어도 이행해야 하는 게 의리요, 또 그 사이엔 언제나 책임이 따르게 돼있다.

인정과 의리 사이엔 분명한 선이 있다. 어디다 긋느냐고 묻는 사람이 있지만 사리를 따져보면 그건 아주 분명해진다. 문제는 남들로 하여금 긋게 하지 말라는 것이다. 사람들은 궁지에 몰리면 들고 나오는 게 인정일색이다. 하지만 선을 긋는 건 당신의 판단이다. 다른 사람의 판단이 당신 생각을 조작, 조절케 해선 안된다.

공처가의 변

소신 결핍증의 중증이 공처가다. 별로 명예스럽지 못한 이 딱지는 꼭 마누라를 무서워해서만 붙는 것은 아닐 것이다. 아무렴, 남편에게 폭력을 쓰는 아내야 잘 없을 테니 말이다.

"시끄러우니까 그저 지는 척할 뿐이다."

이게 공처가의 변이다. 하지만 이건 변명이 아니고 사실이다. 바가지가 시끄럽고 귀찮으니까 마누라 하자는 대로 따를 수밖에 없다.

이런 의미에서 공처가라면 이해는 된다. 하지만 워낙 소신이 없는 위인이어서 마누라 앞에 오금을 못 쓴다면 이건 병이다.

우선 이런 친구들은 융통성을 발휘하지 못한다. 상황이 달라졌는데도 굳이 옛날 하던 그대로를 답습하려는 강박증이 있다. 갑자기 내린 폭설로 퇴근길이 막힌다. 동료들은 근처 여관으로 가자는 파도 있고, 아예 사무실에서 책상이라도 몰아놓고 내일

할 일을 미리 해두자는 열성파도 있다. 그러나 이 용감한(?) 사나이는 분연히 퇴근길에 오른다. 이 눈 속에. 얼른 보기에 참 배짱 하나 두둑해 보인다. 그러나 내심은 정반대다.

사실은 소신이 없어서다. 날이 새면 출근해야 하고 또 일과가 끝나면 퇴근해야 한다는 생각에 사로잡힌 강박증 환자다.

새로운 상황에선 새로운 대책이 강구되어야 하지만, 소신이 없는 자는 이게 안된다. 가장이 안 돌아오면 집에선 걱정이 많을 것이다. 그건 공처가의 구실이다. 전화라는 편리한 이기가 있다. 눈 속을 비집고 가는 위험을 감수하느니 가까운 여관에서 자는 편이 가족을 안심시키는 길이다.

눈길이 아니라도 퇴근 후 몇 시간은 샐러리맨들의 일상엔 중요한 시간이다. 반가운 친구를 만나 술잔을 기울이다 보면 밤이 늦을 수도 있다.

집에 갈 생각을 하면 술맛도 없어진다. 자정이 가까우면 택시 잡기가 여간 힘들어야지. 추운 밤에 우왕좌왕도 지겨운 일이지만, 모처럼 택시에 올라도 한밤중 차는 과속이 예사다. 죽음을 각오하지 않으면 안된다. 이건 과장이 아니다. '차라리 근처에서 자는 건데'하고 후회하는 교통사고 환자가 한둘이 아니다.

이런 무리를 감수하고라도 굳이 가겠다는 사람들이야 모두 착한 가장이다. 그게 가장으로서 지켜야 할 윤리긴 하지만 이렇게 융통성이 없어서는 문제다. 집에 애가 아프다든가, 손님이 와 기다린다면 일찌감치 들어갈 일이지만 모처럼 다정한 친구를 기왕 만났을 바엔 하룻밤을 함께 지새우며 술잔을 나누는 것도 멋이 아니냐. 그게 낭만이다. 그런 변화 있는 것도 단조로운 도시생활에 악센트가 될 수 있다. 상습범이 아니라면 모처럼의 이런 기회가 따분한 생활에 활력소가 된다.

행여 마누라가 오해라도 하면 어쩌나 싶은 게 공처가의 또 한 가지 사정이다. 이상하게도 우린 외박이 곧 외도라는 생각을 잘하는 것 같다. 그래서인지 주부가 제일 싫어하는 게 남편의 외박이다.

내 진료실에 찾아오는 상당수의 부부싸움도 여기에서 비롯된다. 융통성 있는 부부는 아니다. 충분한 이유가 있다면 외박을 해야 한다. 이러다보니 외박 찬양론자가 돼버린 것 같지만, 소신 없는 친구들의 틀에 박힌 강박증을 비판하고자 했을 뿐이다.

아내가 오해할 수도 있다. 하지만 그건 그의 자유요, 권리다. 그렇다고 어설픈 변명이라도 늘어놓다간 진짜 오해를 받는다.

소크라테스의 공처증은 유명하다.

어느 날 밤, 늦게까지 동료들과 어울려 토론을 하고 있었다. 그의 부인 성격을 잘 아는 친구들은 은근히 걱정이 되었다. 그런데 막상 당사자인 소크라테스는 태연했다.

"저 친구가 오늘은 아주 느긋하군."

하고 친구들은 놀라워했다. 그러나 역시 걱정이었다.

"이봐, 그만 가지. 너무 늦었잖아. 자네 혼날 일이 걱정이 돼서 그래!" 한 친구가 해산을 제의했다.

"일이 끝나지 않았는데 왜들 이래. 하던 일 안 끝내고 돌아가면 정말 야단 맞는다구!"

좌중엔 어이없는 웃음이 일었다. 그의 공처증도 알만 하지만 그보다 그에겐 하루라는 개념이 없었다는 사실이 더 흥미롭다. 일이 끝나는 게 하루였다. 공처가에게 권하고 싶은 생활철학이다.

사표 소동

UCLA에서 있었던 일이다. 세계 각국 사람이 모여 사는 LA에서는 직원의 민족성을 잘 파악하지 않으면 직장에서 여러 가지 문제가 야기된다.

그날은 마침 한국인에 관한 것이었다.

고용주의 고민은 한국사람은 사표를 잘 쓴다는 것이었다. 그렇다고 이직률이 높은 것도 아니다. 오히려 낮다는 것이다. 그만큼 장기근속을 한다는 뜻이다. 따라서 사표가 곧 직장을 떠나겠다는 의미는 아닌 것 같다. 그런데도 아침까지 불평 한마디 없던 사람이 갑자기 사표를 들고 오는 통에 아주 당황한다는 것이었다. 한 가지 실례를 이렇게 들었다.

새로 바뀐 과장이 사무실을 재배치하면서 한국인 종업원에게 책상 위치를 바꾸라는 지시를 내렸다. 자기 앞의 칸막이를 없애고 사무실 가운데로 옮겨달라는 부탁이었다. 하는 일의 내용이 바뀐 것도 아니고 사무기구가 달라진 것도 아니었다.

그런데 이게 웬일인가. 그는 사표를 던져놓고 나가버렸다는 것이다.

영문을 알 수 없는 상사는 어리둥절할 수밖에 없었다. 결국 그는 한국사람은 충동성이 강하고 폭발적이라는 결론을 내렸다. 코멘트를 요구받은 나도 따라 웃긴 했지만 그 사람이야말로 전형적인 한국인이구나 하는 생각을 혼자 했다.

내가 그 세미나에서 제시한 의견을 대충 종합해보면 다음과 같다.

우리는 절충이 잘 안된다. 이것 아니면 안된다는 극단적 사고를 하기 때문이다. 최선이 아니면 차선에 만족할 수도 있어야 하는데 그게 안된다. 최선이 아니면 아예 모든 걸 포기해버리는 극단성이 발동한다. 그래야 체면이 서는 걸로 알고 있다.

다음이 충동성. 생각이 이쯤 미치고 보면 앞뒤 돌아볼 것 없다. 직장이 없어 굶는 한이 있더라도 일단 나가야 한다. 내일 일은 걱정 않는다. 미래의식이 잘 발달돼 있지 않기 때문이다.

우선 밸이 꼴리는 대로 해버려야 직성이 풀리는 조급성도 물론 작용한다. 그래야 권위를 무시당한 복수라도 한 것 같은 쾌재가 터져 나온다. 실속이야 어떻든 간에 우선 명분이 선다.

우리 주위엔 사표를 잘 쓰는 사람이 많다. 걸핏하면 집어치운다고 으르렁댄다. 꼭 사의를 표해야 할 이유가 있는 것도 아니다. 그리고 사직을 하고 싶은 의사가 있는 건 더욱 아니다.

그런데도 사표를 헌신짝 던지듯 하는 건 한편으로 배짱깨나 있어 보이지만, 사실은 지극히 소신 없는 약한 사람이다. 그건 허세지 진정한 용기는 아니다.

사실이지 꼭 나갈 사람은 나가는 날까지 그런 소릴 하지 않는다. 이게 바로 소신 있는 사람이다. 사표 운운하는 사람일수록 '나를 잡아주세요'하고 애원을 하고 다니는 사람이다.

박수 유감

음악을 잘 모르긴 하지만 내겐 정말 감명 깊은 일이 있다. 지휘자 조지 셀이 클리블랜드 교향악단을 이끌고 리치몬드에 왔을 때였다. 1969년 여름으로 기억된다. 그날따라 장대 같은 소나기가 퍼부었다.

백발 대가의 지휘는 정말 인상적이었다. '카르멘' 연주가 끝났을 때 관중석에선 숨소리 하나 들리지 않았다. 온몸이 얼어붙은 것 같은 압도감이었다.

한참 후 그가 몸을 돌려 청중을 향했을 때 비로소 터질 듯한 기립박수가 일어났다. 이 순간이 그의 생애 마지막 공연이 될 줄은 아무도 몰랐을 것이다. 그는 이 공연을 끝으로 그의 화려한 음악일생을 마친 것이다. 지금 생각해도 역사적 한 순간의 증인이 된 듯한 감회에 젖게 된다.

박수란 이런 순간에 자연발생적으로 우러나는 것이다. 박수 친다는 의식도 없이 저절로 되어지는 것이다. 이건 거의 본능적인 행위다. 박수는 인간뿐 아니고 동물의 세계에서도 볼 수 있는 환호행위의 본능이다.

일반적으로 한국사람은 박수에 인색하다지만 사실은 그렇지가 않다.

먼저 시작하기 힘들 뿐이지 결코 인색한 것이 아니다. 남의 눈치를 보느라 참는 거지 안 치는 게 아니다. 먼저 쳤다가 남들이 쳐다보면 어쩌나, 실수라도 하는 게 아닌가 하는 타율의식 때문에 남이 치기를 기다리는 것뿐이다.

어떤 친구는 이런 눈치 보기가 싫어 아예 음악회엘 가지 않는다. 언제 박수를 쳐야 하는지에 신경쓰다 보면 음악감상은커녕 괴롭기만 하다는 것이다. 남이 칠 때 내가 빠져서도 또 안되기 때문이다. 쳐야지 음악 애호가라는 체면이 서고 그 곡을 이해한다는 식자로서의 위신도 선다.

어떤 사람은 아는 체를 하기 위해 미처 끝나기도 전에 성급한 박수를 시작한다. 그러니 음악을 잘 모르는 사람에겐 고통이 아닐 수 없다. 끝을 알아야 내가 먼저 시작하여 과시를 할 수 있을 텐데 이거야 원 답답해서 말이다. 거기다 음악회는 왜 하필이면 내가 모르는 곡만 연주하는지.

음악회 같은 경우라면 그래도 괜찮다. 박수는 치는 게 옳은지, 아닌지가 애매할 경우도 모임에선 흔히 있다. 격에 맞는 건지, 아닌지 참 어색하긴 마찬가지다. 그래서 사람 모이는 곳이라면 아예 안 가겠다는 고집도 있다.

더 이상 눈치 볼 것 없다. 박수란 꼭 쳐야 하는 것도 아니다. 정말 취한 사람은 박수도 잊은 채 넋 빠진 사람처럼 앉아 있게 마련이다. 좋으면 치고 싫으면 그만둬라.

이 간단한 원칙만 지키면 마음이 가벼워진다. 그래도 마음이 편치 않거든 남들이 칠 때를 기다린다는 생각으로 있으면 된다. 칠까 말까 망설일 것도 없다. 치고 싶으면 쳐라. 신기한 건 다른 사람들도 누군가가 시작하길 기다리고 있다는 사실을 잊지 마라. 내가 시작하면 기다렸다는 듯 호응해줄 것이다. 박수를 쳐야 옳은지가 애매한 경우에 치는 걸로 원칙을 세우는 것도 방법이다. 박수 받기 싫어하는 사람은 없을 테니까 절대로 실례가 안된다는 건 분명하기 때문이다.

나를 위해 용서하라

소신 없는 사람은 남을 용서하는 데 무척 인색하다. 누구에게나 실수가 있을 수 있다는 걸 뻔히 알면서도 그릇이 작은 사람은 용서할 줄 모른다. 하지 않음으로써 상대를 그만큼 괴롭힐 수 있고, 또 그게 복수라도 하는 듯한 통쾌한 생각을 하고 있다.

그러나 이건 전적으로 오해다. 괴로운 건 나지 상대는 아니다. 용서하지 않는 이상 화가 풀릴 까닭이 없다. 언제까지나 두 주먹을 쥔 채 '이 녀석'하고 부르르 떨고 있어야 하니 그게 어디 할 짓인가.

용서한다는 건 나를 위해서 하는 것이다.

평생을 탈옥수의 탈을 쓴 채 도망만 다녀야 했던 장발장을 개심하게 한 것도 집요하게 따라다니며 벌을 주려한 형사가 아니라 미리엘 신부의 따뜻한 관용이었다. 촛대를 훔쳐 달아난 그가 다시 잡혀왔을 때 신부는 은잔을 마저 내주며 "왜 이건 가져가지 않았느냐"고 했다. 이 말 한마디가 그의 생을 바꿔놓은 것이다. 잘못을 용서하는 게 때론 이렇게 엄청난 위력을 발휘하기도 한다. 용서받은 적장이 그 관용에 감격하여 평생을 그 밑에서 충신 노릇을 한 이야기도 많이 있다.

사리가 이러함에도 용서하는 데 인색한 사람이 있다. 이를 부드득 갈면서 속을 끓인다. 복수의 불길이 탄다. 눈은 충혈되고 얼굴은 분노로 가득 찬다. 소화가 될 리 없다. 깡마른 체구에 악만 남은 사람 같다. 혈압도 물론 오른다. 이런 사람은 결국 심장병으로 죽는다.

그를 위해서 용서하라는 게 아니라 나를 위해 용서해야 한다. 복잡한 중추생리를 들먹일 것도 없다. 용서 않고 속을 끓이는데 기분 좋을 사람은 없다. 문득 녀석의 잘못이 떠오를 적마다 혈압이 오른다.

우리 민족은 예로부터 용서 베풀길 잘했다. 죽을죄를 짓고도 찾아와 잘못을 빌기만 하면 그를 용서한다. 표면상으로는 정말 여유 있는 민족이다. 하지만 이게 바로 부작용을 몰고 온다. 체면상의 용서이기 때문이다. 한두 번 잘못이야 용서하는 아량이 있어야 한다. 그래야 인격자다. 동양윤리는 이런 걸 강조해왔다. 그래서 우린 용서하지 않으면 안된다. 하지만 이건 억지지 완전한 용서는 아니다. 겉으로는 용서해 놓고 속은 쓰리다. 체면상 괜찮다고 했지만 생각할수록 괘씸하다. 마음 한구석에 응어리가 남는다. 이럴 바엔 용서 않는 것만 못하다.

용서를 하되 완전한 용서여야 한다. 용서하여 내 편으로 만들겠다는 그런 욕심도 없어야 한다. 성인군자가 되라는 소리도 아니다. 자신을 위해 용서하라는 것이다. 체면상 마지못해 하는 용서라면 완전한 게 아니다. 용서함으로써 '녀석이 죄를 뉘우치겠지! 어디 두고 보자'고 벼르는 것도 용서는 아니다. 다음의 큰 잘못을 기다려 복수라도 하려는 심리다. 항상 녀석을 경계해야 할 것이니 마음이 편치 못하긴 매일반이다.

아예 완전히 없애는 거다. 제로로 만들어야 한다. 마치 세상에 그런 일이 없었던 것처럼 말이다. 성형수술처럼 상처마저 말끔히 없애야 한다. 이럴 수 있을 때 비로소 마음은 하늘을 날 듯 가벼워진다. 이게 건강의 비결이요, 행복의 길이다.

죄는 미워해도 사람은 미워하지 말라고 했다. 하나를 잘못했다고 영영 그를 멀리할 수는 없다. 하나를 보면 열을 안다지만 그건 아량이 좁은 사람의 궁색한 논리이다. 용서 못하는 자신의 협량을 합리화하기 위해 하는 소리다.

한 가지 잘못과 그 사람의 전 인격을 혼돈해선 안된다. 한번 나를 속였다고 사기꾼이란 딱지를 붙일 순 없지 않은가. 사실 믿었던 사람에게 배신당했을 때의 아픔이란 비길 데가 없다. 하지만 그럴수록 용서해야 한다. 나의 안전을 위해서도. 어쩌면 그보다 더 큰 잘못을 내가 저지를지도 모르기 때문이다.

아무렴, 녀석보다 내가 더 여유가 있지 않느냐. 용서는 하되 용서를 받는 사람은 되지 말라고 했다. 용서를 받아야 할 사람은 가엾은 친구다. 사과를 하지 않는 녀석도 용서해야 한다. 그럴수록 더욱 용서해야 한다. 사과할 수 있는 인격도 못 갖춘 위인이니 더욱 불쌍하지 않은가. 진심으로 용서하고 그를 격려하라.

용서 못하면 용서받아야 할 사람보다 나을 게 없다.

배짱 있는 삶을 위한 Tip

소신이 없어 남의 말에 잘 넘어가는 사람들에게

남의 말을 맹목적으로 잘 듣는 사람은 그 원인을 분석하고 대책을 세워야 한다. 무지의 소치일 수도 있을 것이다. 자신이 없으니까 그럴 수도 있다. 그리고 또 한 가지 게으른 탓도 없지 않다. 성질이 급한 경우도 그렇다.

냉정히 생각해보지 않고 적당히 얼버무리고 결정하기 때문이다.

이런 사람일수록 폭넓은 교우가 필요하다. 전문지식의 교환 등을 목적으로 하는 서클이나 클럽도 많다. 동창회를 열심히 나가는 것도 방법이다. 어떤 결정을 하는 데는 여러 사람들의 폭넓은 의견을 들어야 하는 건 빼놓을 수 없는 수순이다.

문제는 그 후의 일이다. 남의 의견이나 충고를 듣는 건 유용하다. 하지만 그게 유용한가 아닌가는 본인 스스로가 결정해야 한다. 전문가 말을 모두 믿어선 안된다. 믿을 건 그 분야에 한해서다. 그리고 아무리 훌륭한 충고라도 그게 꼭 내게 맞는 건 아니다. 듣되 결정은 내가 한다. 내 직관을 믿어야 한다.

'너'의 임무와 '나'의 권리 • 내 기분에 맞춰라 • 회색의 논리 • 가해의식 • 책임 한계가 없다 • 기분의 동조성 • 거절 불능증 • 가난한 가장 • 실수 공포증 • 꾸중 못하는 사람 • 상부상조

Chapter

06

미안 과잉증 '안돼'라고 말하는 용기

싫은 부탁을 거절 못하는 것도
병이다. 싫고 좋고를 따져볼 겨를도 없이
우선 그러마고 약속부터 하는 사람은 더욱 중증이다.

CHAPTER • 06

미안 과잉증 / '안돼'라고 말하는 용기

'너'의 임무와 '나'의 권리

'미안합니다'란 말은 남에게 폐를 끼쳤을 때 사과하는 뜻으로 쓴다.

죄를 지어 송구스럽다는 말과 같은 의미로도 쓰인다. 그런데 이 말의 의미를 확대해석하거나 또는 오해를 하고 있는 경우가 많다. 쓰지 않아도 될 경우에도 남발하고 있다. 미안한 일을 많이 하고 있는 것도 아닌데 마치 죽을죄나 진 것처럼 웅크리고 있다.

대인관계에서 특히 소극적이고, 또 자신감이 없는 큰 이유 중의 하나가 바로 이 '미안한 마음'이 너무 많아서다. 누굴 만나도 이렇게 자신이 없으니 할 말도 못하거니와 당연히 요구할 수 있는 권리도 포기해버린다.

미안 과잉증의 원인을 생각해보자.

우리가 흔히 쓰는 말 가운데 '수고하십니다', '수고하십시오' 하는 인사가 있다. 공부하는 학생에게 수고한다고 한다. 보초를 선 군인, 교통정리하는 경찰에게도 우린 수고한다는 인사를 잊지 않는다. 서양사람은 이런 우리를 보고 참 부러워한다. 그들에겐 이에 해당하는 말도 없거니와 그럴 생각조차 없기 때문이다.

교통경찰이 교통정리를 하는 것은 당연한 의무다. 내가 대신할 수 있는 일도 아니고, 또 그래서도 안된다. 내겐 맡겨진 일이 따로 있다. 서로가 맡은 바 일을 충실히 하고 있는데 수고한다는 뜻이 성립되질 않는다. 이게 서양의 논리다. 그러나 우리 생각은 그렇지 않다. 마치 내가 해야 할 일을 그들이 대신해주고 있는 듯한 연대의식이 작용한다.

이건 엄밀히 따져 착각이다. 마치 내 대신하고 있는 듯한 생각에서 수고한다고들 하지만 그건 내가 할 일이 아니다. 그런데도 우리는 너와 나의 심리적 경계가 분명치 않기 때문에 마치 내 일인 것 같은 착각을 하게 된다. 마땅히 해야 할 일을 하고 있는 청소원에게도 미안한 생각이 들게 마련이다. 서양사람은 청소원에게 감사는 하지만 미안한 마음은 없다.

이것도 예로부터 한 방에서 오순도순 정답게 살지 않으면 안되었던 데서 온 것이다. 네 것, 내 것이 없는 사이였다. '나'라는 개인의식이 독립할 수도, 발달할 수도 없었다. 가까운 사이일수록 자아경계가 불분명하게 되고 또 그렇게 될 수 있을 때에야 비로소 친밀한 사이가 된다. 서양에선 아무리 가까운 부부가 되어도 둘 사이의 경계는 분명히 살아있다. 그러나 우린 부부뿐 아니고 친구 사이에도 그런 경계가 없이 혼연일체가 되어야 하는 걸로 알고 있다.

이러한 가족적 연대의식이 일상의 대인관계에서도 알게 모르게 작용하고 있어서 미안하다는 생각이 들게 된다. 이런 마음이 동족상린의 아픔을 함께하는 자랑스러운 정신문화를 형성시킨 것도 사실이다. 그러나 이것이 미안 과잉증으로까지 비약한다면 대인관계에서 소신껏 해야 할 말도 못하게 된다.

서로의 의무 한계가 분명치 않기 때문에 내가 주장할 수 있는 권리도 주장하지 못한다. 괜히 큰 신세나 지는 것 같고, 또 죄스런 기분에 싸여 위축돼 버린다.

내 기분에 맞춰라

우리는 남의 기분을 우선적으로 생각한다. 나는 뒷전이다. 남의 신경을 건드리는 일이 없도록 유의해야 한다. 남에게 폐를 끼치거나, 성가시게 하지 않도록 세심한 배려를 하고 살아야 했다. 여하튼 남의 기분을 상케 해선 안된다는 엄한 터부 속에 살아왔다.

좁은 방에서 의좋게 지내려면 남의 기분을 배려해야 하는 건 필수조건이다. 이걸 잘 못하면 남의 눈에 난다. 즉각 규탄의 대상이 되고 마치 배신자처럼 소외당한다.

길을 갈 때 흔히 보는 일이지만 양손에 짐을 들고 가면서도 옆사람에게 좀 도와달란 소릴 안한다. 혼자 끙끙거릴 뿐 그 말은 나오질 않는다.

남에게 폐를 끼쳐선 안된다는 철저한 훈련 탓일 것이다. 남의 작은 호의에도 감사하기보다 미안한 마음이 앞선다. 감사의 마음보다 그만큼 폐를 끼친 데 대한 사과의 뜻이 더 강하게 작용하기 때문이다.

남에게 폐를 끼치지 않고 자기 힘으로 혼자 해보겠다는 건 얼핏 보면 독립심이 강한 것으로 보이지만 사실은 이와는 정반대다. 이건 독립심이 아니고 오히려 의지심이 더 많아서다. 내가 이런 부탁을 해서 행여 그가 싫다고 하지나 않을까 하는 조바심 때문이다.

성가시게 군다고 꾸중이나 하면 어쩌나, 영영 나를 상대하지 않으면 어쩌나 싶은 소아기적 의지심이 아직도 작용하고 있기 때문이다.

성격발달 과정에서 보면 아직 미숙한 단계에 고착된 상태이다. 의존관계가 끊어지면 큰일이다. 어떻게 해서든지 '잘 보여이 관계를 유지해야 한다'는 강박증이다.

그러기 위해 우선 그의 신경을 건드려선 안된다. 성가시게 굴어서도 안된다. 그의 기분을 잘 받들어 모셔야 한다. 대인관계가 이런 불안에서 이루어진다면 무슨 일에고 소신이 있을 수 없다. 자기란 아예 없고, 남의 기분만 맞추려니 모든 일이 쉽지가 않다.

회색의 논리

언어구사에 있어서도 합리성이 치밀하지 못하다. 그건 우리 의식구조가 논리적이지 못한 데 원인이 있다.

앞뒤를 따진다거나, 합리적인 설명으로 빈틈없이 딱 맞추려 들다간 상대로부터 반감을 사기 쉽다. 잘난 체하는 걸로 오해받기 때문이다.

적당히 얼버무려 덮어둘 것이지 뭐 그리 똑똑하다고 따져? 이 정도 핀잔이면 그래도 나은 편이다. 사실이지 우리 문화권에선 따지고 든다는 건 곧 도전이나 마찬가지다. 공격을 받은 이상 상대도 가만히 있을 리 없다. 반격이나 보복을 해올 건 당연한 순서다.

의논을 한다는 게 언성이 높아지고 흥분되어 결론도 없이 싸움으로 끝난다. 이런 상황에선 논리적인 분석력이나 합리적 사고가 발달할 수 없다.

토론을 통해 문제해결에 접근하는 화법 자체도 개발되지 않는다. 손해가 나도 적당히 참고 얼버무려야지, 그걸 꼬치꼬치 따지고 들다가 더 큰 손해를 본다.

거스름돈을 세지 않는 버릇도 그렇다. 하긴 양반은 아예 돈이란 걸 몸에 지니지도 않았었다. 속세의 상징을 가까이 한다는 건 청빈을 사랑하는 선비의 도리가 아니었다. 그러니 돈을 내준 앞에서 확인하려고 헤아려본다는 건 이만저만한 결례가 아니다. 영악스러워도 보이고 체통도 서지 않는 일이다. 낯간지러운 생각도 든다. 괜히 상대를 불신하는 듯한 인상을 줄 수도 있다. 미안하기 짝이 없는 일이다. 주는 대로 받고 그냥 돌아서야 한다.

상대 앞에서 정확히 세어보는 게 예의로 통하는 서양과는 아주 딴판이다.

아이들 용돈을 줄 때도 세지 않는 사람이 많다. 손에 짚이는 대로 대략 얼마쯤 줘야 하는 걸로 알고 있다. 센다는 건 부자 사이에 타산을 하는 듯한 인상을 주기 때문이다. 네 것, 내 것이 없는 사이에 이런 타산이란 있을 수 없는 일이다.

술집에서 팁을 주는 신사도 세지 않는다. 쩨쩨하게 따질 수가 없기 때문이다. 물론 허세가 작용하고 있는 것도 사실이다. 그러나 이런 허세가 통한다는 것도 문제다. 서양사람들이 팁을 정확히 계산하고, 큰돈이면 거스름을 받아가는 것과는 정반대다.

호프집이나 포장마차에서 "여기, 아무거나 적당히 주세요"라며 안주를 주문하는 경우가 있다. 그래서 메뉴판에 아예 '아무거나 안주'라는 것을 써놓은 곳도 있다.

서양사람이 보면 기절할 일이다. 손님 입맛을 점원이 어떻게 알까?

컴퓨터 시대에 접어든 오늘날에도 이런 허점투성이의 행동의식이 남아 있다는 건 큰 문제다. 엉성하고 확실치 않아도 통하던 시대는 이제 막을 내려야 한다.

요즈음 젊은이들의 생각이 많이 달라진 것도 사실이다. 취직을 해도 따지는 게 많다. 월급은 얼마며 승급제도는 어떠며 휴가는 며칠인가를 정확히 따지고 든다. 하지만 이런 태도가 회사 중역들에게 나쁜 인상을 줘서 구두시험에 불합격하는 불운을 겪기도 한다. 과도기 문화권에선 당연히 있을 수 있는 마찰이요, 갈등이다.

도대체 젊은이의 정신자세가 글러먹었다고 한탄한다. 사명감이나 회사를 위한 희생정신이란 찾아볼 수도 없는 녀석들이라고 흥분한다. 자기 이익만 따지는 그런 녀석은 일찌감치 발도 못 붙이게 해야 한다는 결론을 내린다.

따지고 들다간 이렇게 억울한 누명도 쓰고, 인물평에까지 악영향을 준다. 우리는 아직 이런 의식의 잔재 속에 살고 있다.

가해의식

남에게 폐를 끼쳐선 안된다는 훈련을 철저히 받을수록 남의 기분을 예민하게 살피지 않으면 안된다. 나의 작은 언동이 행여 남의 신경을 건드리지나 않을까 지나친 걱정을 하게 된다. 한걸음 더 나아가 이미 해를 끼치고 있는 듯한 착각을 하기도 한다.

이렇게 되면 어떤 대인관계에서도 소심해지지 않을 수 없다. 제 풀에 기가 죽어 오금을 못 편다. 신경을 써야 하는 게 그의 의무요, 또 그럴 수 있는 권리가 내게 당연히 있는데도 그걸 구별할 줄 모른다.

물론 논리적으로 따진다면 그래야 되는 줄은 알지만 기분이 그렇질 않다. 자아경계가 분명치 않은 연대의식의 연장이 작용하고 있기 때문이다. 따라서 그의 의무와 나의 권리가 뒤범벅이 되어 마치 못할 짓이나 하고 있는 듯한 부담감이 생긴다.

누굴 만나도 미안해 어쩔 줄을 모른다. 이게 소심증의 한 원인이다.

마음에 들지도 않는데 물건을 사게 되는 경우가 그 좋은 실례다.

미국의 백화점왕 페니에겐 어릴 적 아픈 기억이 있었다. 셔츠를 사러 갔을 때의 일이다. 점원은 진열장의 모든 물건을 끄집어내 보였으나 마음에 드는 게 없었다. 하지만 마음 약한 그는 미안한 나머지 결국 하나를 사고야 말았다. 상점을 나서기도 전에 화가 치밀었다. 사게스리 심리적 부담감을 준 점원도 미웠지만 그 꾀에 넘어간 자신이 더 바보스러워 견딜 수가 없었다. 셔츠를 갈기갈기 찢어버리고 다신 그 상점에 가지 않기로 결심했다.

훗날 그가 백화점에 손을 댄 건 우연한 일이 아니다. 그는 판매원 교육을 할 때마다 고객의 심리적 약점을 악용 말라는 것을 가장 강조했다. 하나만 팔고 마는 장사가 번창할 수 없다는 자신의 경험에서다.

이런 이야긴 개인주의적인 서양에선 사실상 큰 문제는 아니다. 하지만 우리 한국사람 경우는 장사꾼의 이런 심리적 농간에 잘 넘어간다.

우리는 상점에 들어선 순간부터 꼭 사야만 한다는 묘한 심리가 있다. 앉아 쉬던 점원이 나 때문에 일어서야 했고, 반가이 인사까지 했으니 무슨 신세나 진 듯한 기분이 들기 시작한다. 거기다 값까지 묻고 나면 더 큰일이다.

"첫 손님이니까 싸게 드립니다."

인심깨나 쓰듯 깎아주면 벌써 큰 득이나 본 듯한 착각에 빠진다. 은혜나 입은 듯한 부담감이 생기면서 본격적으로 마음이 약해진다.

마음에 드는 물건은 없고 해서 주저하고 있으면 약점을 포착한 점원이 잽싸게 허를 찌른다. 어디가 마음에 안 드느냐고 물어온다. 그러나 여기에 넘어가면 안된다. 싫고 좋고는 내가 결정하고 대답을 하고 말고도 내 자유요, 권리다.

알고는 있지만 이게 잘 안된다. 우리는 어릴 적부터 꼭 이유를 대게스리 훈련을 받아왔기 때문이다. 성이 나도 왜 났느냐, 왜 늦었느냐, 왜 안 먹느냐 등 꼭 이유를 대도록 교육받아왔다. 대답을 안하면 더 나쁜 애로 야단을 맞는다.

이런 강박적인 잠재의식 때문에 점원에게도 납득이 갈만한 설명을 해야 하는 걸로 알고 있다. 결국 입을 연다.

사기 싫으면 아예 대꾸를 말아야 한다. 안 사기 위한 수단으로 어설픈 구실을 붙여 달아나려 하지만 이게 자승자박의 올가미다. 무슨 이유를 대든 점원한테는 못 이기게 돼있다. "색상이 너무 진해서"라고 어물쩍 넘어가려고 하지만 그건 안 통한다. "아, 요즘은 좀 진한 색조가 유행입니다." 장사꾼은 잽싸게 손님의 약점을 찌른다. 한마디 더 했다간 촌놈 취급받기 딱 알맞게 된다.

안 사려면 아예 대꾸를 말라. 미안할 것도 없다. 내가 안 사고 돌아가면 실망이야 좀 하겠지만 그 이상의 걱정은 내가 할 일이 아니다. 판매원은 못 파는 데 면역이 잘 돼있다. 가게에 들어와서 사기보다 안 사는 사람이 더 많기 때문이다. 욕이라도 하면 어쩌나 싶지만 할 테면 하라지! 안 들리는 데서야 해도 그뿐이다.

등 뒤에다 대고 투덜댈 수도 있겠지. 그러나 대꾸도 말고 신경도 쓰지 말라. 장사꾼치고 그 소리도 한마디 못하면 죽으란 말이냐! 그런 녀석에겐 다음부터 안 가면 그뿐이다. '저 꼴로 장사를 하니 제대로 될 리가 없지'라고 생각하면 속이 편할 것이다.

페니의 교훈처럼 요런 얄팍한 수단으로 장사해서야 크게 되진 못한다.

책임 한계가 없다

일가족 집단자살은 요즘도 가끔 사회면에 보도된다. 가난한 가장의 체면 때문에, 한 자식의 불구를 비관해서 온 가족이 집단자살을 한다. 이런 비극은 외국에선 거의 볼 수 없는 현상이다. 그만큼 우린 가족 공동의식에 철저한 것이다. 잘못도, 명예도 개인의 것이 아닌 가족 전체의 것이다.

잘못이 있어도 따지질 않는다. 분명히 한다는 건 금기로 돼 있다. 적당히 얼버무려두는 게 미덕으로 통한다. 그게 안녕을 유지하는 최선으로 알고 있다.

책임의 한계가 물론 분명치 않다. 시비곡절을 따져 어느 개인의 잘못으로 부각시키면 마치 그를 배신이나 할 음모를 꾸미는 듯한 죄책감이 앞선다. 얼굴이 부끄러워서도 할 수 없다. 미안해서도 할 수 없는 게 책임소재를 밝히는 일이다.

이런 상황에서야 문제점을 분석할 분위기가 못된다. 문제의 발단을 덮어두고 있으니, 이를 시정해나갈 논리성이 전혀 발달할 수 없다. 이러한 의식은 사회생활에서도 마찬가지다. 특히 일체감이 요구되는 인간관계에선 더욱 그렇다. 친한 친구나 직장동료 등의 제2인간층에서 흔히 나타나는 현상이다.

우리에게 고발의식이 발달되지 않는 것도 이런 소이다. 일러바친다는 건 그게 아무리 옳은 일이라 하더라도 철저한 규탄의 대상이 된다. 배신자나 밀고자로서 그는 집단에서 영영 구제받을 수 없는 사람으로 소외된다. 이웃의 잘못을 알아도 그저 모른 척하고 넘어간다.

내가 좀 손해 보는 한이 있더라도 그저 조용한 게 좋다. 시비한다는 건 이미 인간집단에서 축출될 각오가 서있어야 한다. 그래서 당연히 주장해야 할 권리도 포기한다.

"뭐가 무서워 피하나? 더러워서지."

흔히 하는 말이다.

그러나 이 내용을 엄밀히 분석해보면 외견상 의미와는 전혀 다르다.

얼른 들으면 양보나 하는 듯한 의젓한 자세지만 사실은 포기요, 패배지 양보는 아니다. 양보란 강자가 약자에게 베푸는 것이지, 따져볼 자신이 없어 마지못해 하는 건 양보가 아니다. 양보라는 이름으로 미화된 패배다.

현대사회에선 잘못의 소재는 분명히 밝혀야 한다.

링컨은 어릴 때부터 고지식하기로 이름이 났었다. 그의 아버지는 녀석이 커서 밥벌이나 변변히 할 수 있을까 걱정한 적이 많았다.

한번은 아버지가 사온 셔츠에 단추가 달려 있지 않아 링컨을 불렀다. 읍내 상점에 가서 새것으로 바꾸어 오든지, 안되면 단추를 사오라고 일렀다.

상점에 달려간 그는 아버지가 시키는 대로 말했다.

"만일 안 바꿔주면 단추를 사오라고 했지만, 난 새옷으로 바꿔가기로 작정하고 왔는걸요."

고지식하기는 했지만 그의 결의가 너무 분명한 데 압도당한 점원은 아무 소리 못하고 바꿔주었다. 이런 경우 고지식한 것이 무기가 될 수도 있다. 그런 사람과는 시비를 아예 하려고 들지 않는다. 해봐야 안 통할 줄 알기 때문이다.

장사꾼과의 흥정에서는 더욱 그렇다. 아예 융통성이 없는 옹고집의 인상을 줘야 한다. 조금이라도 빈틈을 보이면 그 틈을 헤집고 들어와서 결국 지게 만든다.

집에 돌아와 사온 물건에 흠이 있는 것을 발견하고도 무르러 갈 생각도 못하는 사람한테야 할 말은 없다. 가서 무르기는커녕 창피만 당하고 오는 위인도 가엾기는 마찬가지다. 이건 모두 소심증 환자의 비애다.

한번 사간 물건에 흠을 잡고 바꿔달라면 좋아할 사람 없다. 그래서 장사꾼은 여러 가지 심리전을 쓴다. 그 첫 단계가 문제의 극소화다.

"그 정도 흠은 다 있습니다", "한번 빨면 싹 없어집니다"하며 별 것 아니라는 걸 강조한다. 그의 말 밑바닥에는 '그 정도는 알아야지, 참 별나다'는 뜻의 가시가 달려 있다. 하지만 여기에 말려들면 안된다.

"안 묻은 게 있을지도 모르니 찾아봐주세요. 정말 다 묻었다면 돈으로 환불해주셔야겠습니다.", "빨면 된다지만 내가 왜? 난 새옷을 산걸요."

그렇다. 그 말 믿고 한번 세탁한 셔츠를 물러줄 가게는 없다.

이게 안 통하면 그 다음 작전이 도매상 핑계다. 이것도 웃기는 이야기다. 그게 어찌 고객의 책임인가. 회사 운영상의 문제다.

"그렇습니까? 하지만 그게 내 책임은 아니잖아요."

절대로 장사꾼의 주장을 반박하거나 시비를 해선 안된다. 그대로 수긍은 하되 내 주장만 분명히 되풀이한다. 어쨌든 말소리를 높이거나 점원과 싸우지 않는 것이 비결이다. 흥분하면 당신은 이미 지고 있다는 증거다. 장사꾼은 그걸 노린다.

이러고 있노라면 뒷손님이 차례를 기다리며 늘어선다. 이것이야말로 나로 인해 영업방해가 되는 셈이다.

"뒤에서 기다리는 손님 생각도 하셔야지요."

이건 내 죄책감을 자극하려는 고등술책이다.

"그러네요. 빨리 바꿔주시는 게 나을걸요. 손님이 더 밀리기 전에…."

조금도 미안해할 것 없다. 지극히 당연한 이야기다. 장사가 안돼도 회사 탓이지 내 탓은 아니다. 뒷손님에게 미안한 것도 회사지 난 아니다.

나야말로 고객으로서 지극히 당연한 권리를 주장하고 있는 것이다. 전혀 허점이 안 보인다고 판단되면 최후로 쓰는 전술이 있다.

"이건 내가 결정할 일이 아니니까 사무실에 가서 과장님을 만나보세요."

물론 여기에 넘어가서도 안된다. 이건 협박이다.

우리는 사무실에 가는 것이 생활화되어 있지 않다. 묘하게도 관청 냄새가 나는 게 어쩐지 남의 사무실에 가면 어색하고 촌스럽게 느껴져 괜히 위축되게 마련이다. 녀석은 이런 심리적 약점을 노린 거다. 가봐야 과장이 자리에 앉아 나를 기다리는 것도 아니다.

과장을 만나면 또 부장을 만나랄 것이 뻔하다. 몇 시간을 기다리는 통에 나중에는 지쳐 스스로 물러가게 하려는 지연작전이다. 남의 사무실에 간 이상 승산은 희박하다. 그리고 벌써 그만큼의 융통성이라도 보인다는 것 자체가 약점이다.

"난 여기서 샀으니까 여기서 바꿔 가겠습니다. 과장님이 결정할 일이면 이리로 오셔야겠는걸요."

하지만 또 이렇다고 호락호락 넘어갈 장사도 아니다.

"아니, 바쁜 과장님이 어떻게 여길 와요. 우리 회사 규정이니까 사무실에 가서 따지세요."

이게 고비다. 여기서 물러나면 승패는 뻔하다.

"바쁘시겠죠. 나도 그리고 뒷손님도 바쁘기는 마찬가지예요. 난 고객이지 이 회사 운영 전반에 관심을 가지고 있는 사람은 아닙니다."

지극히 차분한 어조여야 한다.

이 모든 과정 중에 절대로 언성을 높여서는 안된다. 그건 벌써 자기 심리적 약점을 노출시킨 신호다. 그리고는 고집불통이란 인상을 강하게 풍겨야 한다. 그래야 장사꾼이 수작을 부릴 생각을 처음부터 하지 않는다.

기분의 동조성

친구 따라 강남 간다는 말이 있다. 친구가 가자면 싫어도 간다. 내 기분과는 아랑곳없이 '맞장구를 쳐야'하는 게 당연한 걸로 알고 있다.

내가 싫다면 그 친구가 무안해하지나 않을까? 그건 미안해서도 안될 일이다. 아니 나를 싫어하지나 않을까? 그건 정말 괴로운 일이다.

따돌림 받을 생각을 하면 이건 정말 못할 일이다. 따라가는 수밖에 다른 도리가 없다. 내 기분이나 주장을 고집할 엄두가 나지 않는다. 우리는 이렇게 기분마저도 철저한 동조성을 요구받으며 살아왔다.

이러고도 어떻게 살아올 수 있었을까 싶은 생각이 들겠지만 옛날의 시골 마을에선 얼마든지 가능한 일이었다. 그날 하루 누가 무얼 했는지 서로들 훤히 알고 있기 때문이다. 논매기하는 날엔 모두가 피곤하다. 돌아오기가 무섭게 잠에 곯아떨어진다. 장기 한판 두자고 찾아다니는 사람이 있을 리 없다.

하지만 요즈음은 이렇게 단조로운 사회가 아니다. 직장이 따로 있고 동창 친구가 따로 있다. 내가 오늘 직장에서 무얼 하는지 가족도 모른다. 얼마나 피곤한 하루였는지 학교 동창이 알 턱이 없다. 그러니 일찍 들어가 쉬게 내버려두질 않는다. 술 한잔 하자고 성화다. 가족도 마찬가지, 저녁 나들이 가자고 성화를 부린다. 이런 기분 다 맞추다간 녹초가 될 판이다.

이젠 우리에게도 내 기분이 존중되어야 할 시대가 왔다.

사르트르와 보봐르는 이런 면에서 아주 분명한 관계였다. 사르트르가 미국엘 가자고 권했을 때 보봐르의 대답은 이랬다.

"지금은 싫어요. 스키 시즌이 끝나면 가겠어요."

작은 자기 취미를 위해 애인과의 동행을 거절한 것이다.

"아, 그래! 당신은 스키를 좋아하지."

전혀 불쾌한 빛이라곤 찾아볼 수 없다. 우리로선 좀 납득이 안되는 사이다. 이야긴 여기서 끝나지 않는다. 스키가 끝난 후 그녀는 미국의 사르트르에게 가도 좋겠느냐고 묻는다.

"조금만 기다려야겠어. 젊은 애인이 생겼는데, 아주 뜨거워. 불이 꺼지거든 오라고!"

"그래요, 재미 많이 보세요."

물론 화가 난 것도 아니다. 사르트르 역시 지난 번 거절에 복수라도 하는 그런 유치한 기분은 전혀 아니다.

얼마나 자기가 분명한 사람들인가! 애인이 아니라 부부 사이에도 자기는 분명히 살아있어야 한다. 애인과의 동행보다 스키가 좋으면 좋은 거다. 싫은 게 분명했기 때문에 이 두 사람의 관계는 진실하고 영원할 수 있었다.

싫은 걸 참고 억지로 좋은 척해봐야 작심삼일이다. 오래 가질 못한다. 겉으로야 좋다지만 속은 잔뜩 토라져 있으니 그게 언젠가는 폭발하게 돼있다. 싫다고 진작 말해두는 게 더 건전한 관계가 된다.

그런데도 이게 잘 안된다. 퇴근길 술 한잔의 권유도 뿌리치지 못한다. 정 싫을 땐 궁색한 변명을 붙인다.

"속이 좀 아파서…."

하지만 여기서 그칠 친구가 아니다.

"술병은 술로 풀어야 한다구. 딱 한잔만 해."

"너 정말 이러기야?"

협박도 할 것이다. 하지만 여기에 넘어가면 안된다. 다음에 또 이 무기를 쓰기 때문이다. 한번만 무시해버리면 된다. 성을 내겠지. 하지만 이건 잠시다. 싫은 건 싫은 거다. 딱 잘라 그렇게 말해야 한다.

"오늘은 가고 싶지 않아. 다음에 하지"하고 말한다. 미안할 것도 없다. 싫어하면 어쩌나, 오해라도 않을까 하는 걱정은 안

해도 좋다. 술 한잔 거절에 평생 원수가 되진 않는다. 당신 생각만큼 그 친구는 큰일로 여기진 않는다. 좀 서운한 생각이야 들겠지. 싫어할 수도 있을 것이다. 그러나 결국엔 나를 이해하게 된다. 아니 싫고 좋고가 분명한 나를 오히려 존경도 할 것이다.

사실이지 싫은 게 분명치 않은 사람은 우선이야 좋지만 오래 가질 못한다. 그런 사람과는 오히려 부담스럽다. 저 속에 무슨 꿍꿍이가 들어있는지 알 수가 있어야지.

사람들이 나를 좋아하는 건 중요한 일이다. 하지만 그 방법이 문제다. 내 기분을 깡그리 무시한 채 남의 장단에 춤만 출 수는 없다. 친구 기분에 덩달아 가야 한다는 강박증에서 해방되어야 한다.

또 우리 스스로도 사람들은 다 내 기분 같지 않다는 걸 분명히 의식할 필요가 있다. 내 기분이 좋으면 남도 그럴 것이라는 동조의식엔 정말 문제가 있다. 싫다는 술을 권하는 것도 억지다. 사양하면 호의를 무시하는 적대행위로 간주하는 주도酒道에도 문제가 많다. 권하는 맛에 마신다지만 그것도 기분이 같을 때 하는 소리다.

어느 집엘 가도 묻지도 않고 내오는 커피도 생각해볼 일이다. 거기다 설탕, 크림까지 모두 자기 식성에 맞춰 아예 넣어 나오는 경우도 많다. 당하는 손님으로선 어이없는 일이지만 싫어도 마신다. 몇 집을 돌고 나면 저녁에 잠이 오질 않는다.

묻지도 않는 주인이나, 싫어도 마시는 손님이나 딱하긴 마찬가지다.

미안해서 싫다 소리를 못하는 것도 병이다.

거절 불능증

남의 부탁을 거절하기 힘든 사람이 많다. 싫은 일도 그렇고, 비록 내가 손해 보는 일이라도 마찬가지다. 거절할 줄 모른다. 정확히 말하자면 거절하질 못한다. 들어주지 않고는 미안해 견딜 수 없다. 심하면 죄책감에 빠져 안 들어준 걸 두고두고 후회한다.

우리 사회에 얌체가 통하는 까닭이 이 때문이다. 얌체는 이 착하고 어진 구석을 잘 이용하는 데 비상한 재주가 발달돼 있는 족속들이다. 얌체의 주무기는 첫째로 상대의 미안한 감정을 유발시키는 작전이다. 서양에선 얌체가 그리 많지도 않거니와 또 이게 통하지도 않는다. 싫으면 분명히 거절하기 때문이다. 미안한 생각을 하지도 않거니와 싫은 일을 억지로 하지도 않는다.

외판원도 이 미안 과잉증을 잘 이용한다. 동창이나 친척을 찾아가선 어질기만 한 이들의 죄책감을 유발시키기만 하면 판매는 성공이다.

"보험 하나만 들어줘. 한 건만 더 하면 진급한다구! 이 달이 고비야." 이 말은 참 무서운 협박이다. 이걸 거절했다간 큰 원망이 돌아올 판이다. 승급만이 문제가 아니라 출세 못하는 것도 전적으로 내 책임이 된다.

이거야말로 자기 인생을 책임지란 소리나 마찬가지다. 잘못되는 날이면 얼마나 나를 원망할 것인가! 그때 어떻게 낯을 들고 이 친구를 만날 수 있을 것인가! 이런 반응이 일어나면 마음은 본격적으로 약해진다. 결국 싫은 보험도 계약을 하고 만다. 세일즈맨은 회심의 미소를 지을 것이다.

우리나라에선 세일즈가 인맥을 따라 이루어지는 것도 바로 이런 이유에서다. 자기 상품에 대한 홍보나 서비스 등은 뒷전이고 우선 고객의 심리적 약점인 미안증을 유발시킬 궁리만 한다. 이런 경우엔 사고 난 후에도 기분이 좋지 않다.

담배 한 개비에서 시작하여 주변엔 얌체가 많다. 녀석이 얌체라는 생각이 들면서도 또 속아야 하니 나도 바보스럽고 동시에 녀석이 괘씸하기 짝이 없다.

형편이 되는데도 자기는 사지 않고 꼭 남의 자전거를 빌려달라는 건 분명 얌체행위다. 여기에 대항하는 유일한 방법은 "안돼!"하고 단호히 거절하는 일이다. 녀석이 뭐라고 하든 빌려주고 싶지 않을 땐 솔직히 그렇게 말해야 한다. "글쎄!"하고 어물쩍거리다간 녀석에게 약점이 잡힌다. 녀석은 그런 상대의 허점을 포착하는 덴 아주 기민해서 틈만 있으면 파고 들어온다.

"왜 고장낼까봐 그래? 곱게 쓸게."

"어디 갈 데 있어? 그 안에 돌아올게."

"너와 나 사이에 이럴 수가 있어?"

"볼일이 정말 바빠서 그런단 말이야!"

대개 이런 것들이 얌체가 쓰는 상투수단이다. 그 나름의 치밀한 심리전을 바닥에 깔고 있다. 우정을 배신하는 녀석으로 몰아붙일 작전도 서 있고, 급한 볼일을 못 보면 책임을 지라는 협박도 있다. 인색한 놈이라고 욕할 준비도 물론 돼있다.

뭐라고 하던 그건 녀석의 자유다. 하지만 빌려주기 싫으면 안 줘야 한다. 그건 이쪽의 권리다.

"그래, 하지만 난 네가 돌아올 때까지 걱정되는 게 싫어서 그래."

이 정도 설명쯤 붙여주는 것도 나쁘진 않다.

"이 사람아, 걱정마. 곱게 쓰고 돌려준다니까. 날 못 믿어?"

녀석도 쉬 물러서진 않을 것이다.

"믿어, 문제는 네가 아니고 내게 있어. 내가 걱정이 되는걸."

누가 더 죄의식을 자극할 수 있느냐는 시합 같기도 하지만 이쯤 되면 녀석도 더 할 말은 없을 것이다. 큰일도 아니다. 한번만 거절해버리면 다음엔 안할 것이다. 그래도 또 부탁하거든 녹음기를 틀듯 전번처럼 똑같이 되풀이하면 된다.

싫은 부탁을 거절 못하는 것도 병이다. 싫고 좋고는 따져볼 겨를도 없이 우선 그러마고 약속부터 하는 사람은 더욱 중증이다. 이 정도의 중증은 우선 시간을 끄는 법부터 배워야 한다.

"좀 생각해보지"하고 우선 시간부터 끌어놓아야 한다. 즉각 결정 말고 반사중추에 제동이 걸릴 여유를 줘야 한다. 반사적으로 승낙하는 사람일수록 후회도 빠르다. 전화를 놓는 순간, '아이쿠, 또 내가 싫은 일을 약속했구나'하고 후회한다. 하지만 때는 늦었다. 번번이 넘어가야 하는 자신이 바보스럽기도 하다.

이 정도의 강박증이라면 용기백배하여 거절을 한다고 해도 그 뒤가 편칠 않다. 미안하고 죄스럽다. 다음에 그 친구 만날 일이 걱정이다. 차라리 들어줄걸 하고 후회가 된다. 그래도 그 편이 낫다. 승낙하든, 거절하든 후회하긴 마찬가질 바에야 안 빌려주는 게 득이다. 빌려주고 걱정하기보다는 안 빌려주고 좀 미안한 편이 낫다는 논리다.

누가 뭐래도 자전거는 내 것이다. 이 사실을 잠시도 잊어선 안된다. 이건 나의 전용물이지 공유물이 아니다. 주고 안 주고는 내 권리란 걸 강조해둘 필요가 있다. 주인은 난데 내가 왜 그리 기가 죽어 쩔쩔매야 한단 말이냐.

가난한 가장

가난한 가장의 고충이 한두 가지일까만, 가족에게 미안한 마음이 드는 것 또한 작은 일이 아니다. 죄나 지은 듯 가족을 대할 면목이 없다.

다른 집 애들만큼 못해주니 미안하고 아내도 고생을 시켜 죄송할 따름이다.

서민층을 소재로 한 소설이며 연속극에는 언제나 이 가난한 가장의 설움이 등장한다. 큰소리 한번 못 치고 집에만 들어서면 그저 식구들 눈치 보기 바쁘다. 더구나 요즈음처럼 물질주의가 팽배한 사회에선 이런 가장의 고충이 더 짙어진다.

하지만 이것도 냉정히 따져보면 한국적 의존성의 연장이다. 몇 살이 되든 애들은 언제까지나 아버지를 의지하고 살아야 한다는 전통적 의식 때문이다. 가장에게는 애들의 모든 욕구를 충족시켜줘야 하는 절대적 의무가 부여돼 있다. 또 그게 당연한 걸로 아버지 스스로도 알고 있다.

문제는 이러한 의식구조에서 비롯된다. 물질만능주의라는 서양사회에서도 이렇지는 않다. 잘 사는 나라라고 서민층이 없는 게 아니다. 그런 나라일수록 상대적으로 더 비참하게도 보인다. 하지만 그 가장이 자식들 앞에 마치 죄인이나 되는 것처럼 전전긍긍하진 않는다.

애들은 일찍부터 자신의 용돈은 자기가 번다. 이건 부잣집 애라고 예외는 아니다. 일찍부터 독립심을 길러주는 가정의 전통이 있기 때문에 잘 못해준다고 죄책감이 들진 않는다. 그럴수록 독립심이 조숙되는 걸로 알아 오히려 잘된 일이구나 하고 생각한다. 나이 스물도 되기 전에 부모를 떠난다. 우리처럼 장가든 후에도 함께 살면서 부모에게 용돈까지 타 쓰는 그런 풍습과는 아주 딴판이다.

가장이란 집의 책임을 지는 지도자다. 하지만 그 책임은 자기가 최선을 다하는 선에서 끝나야 한다. 대학은커녕 중학을 못 시키는 형편이라도 그게 가장으로서의 최선이라면 그의 책임은 거기서 끝나는 것이다.

남들처럼 좋은 옷을 못 입히고, 여행을 못 보내도 가장으로서 최선을 다한 것이라면 그만이다. 그런데도 미안한 마음이 드는 건 한국의 아버지이기 때문이다. 자식을 위해선 무한정으로 베풀어야 한다는 한국적 발상에서 연유한 것이다.

이건 또 자식으로 하여금 의존심을 높여서 언제까지 자기 주위에 붙잡아두려는 애처로운 욕심에서 출발한다. 많이 해줄수록 나를 떠날 수 없을 거란 계산에서다. 그게 또 자기의 노후보장을 할 수 있는 길이기도 하다. 물론 그게 의식적인 타산이 아니라 하더라도 이런 심리적 계산이 잠재의식 속에 진행되고 있음을 부인할 수 없다.

최선을 다하고도 미안하다는 건 사실 아버지의 욕심이지 애들 생각은 그렇질 않다. 애들이야 가난이란 걸 크게 의식하진 않는다. 적어도 아버지가 생각하는 만큼 엄청난 일로 여기진 않는다. 우리 집은 으레 그러려니 하고 생각해버린다. 가난한 아버지를 무시하지도 않는다.

자신에게 미안한 건 아버지의 생각이지 애들은 그렇지가 않다. 얼마나 잘해주느냐에 대한 객관적 기준이란 없다. 다만 아버지의 욕심이 얼마나 작용하느냐에 따라 미안한 마음이 발동한다. 그런 마음이 드는 거야 어쩔 수 없는 일이지만, 이게 표현되는 날이면 애들 성격이 비뚤어진다는 사실을 잊어서는 안 된다. 남의 눈치나 보고 움츠러들기만 하는 애로 자랄 수도 있고 아니면 반항하는 불량아가 될 수도 있다.

문제는 아버지의 태도다. 가난하기 때문에 오히려 애들은 융통성 있는 건전한 성격으로 자랄 수도 있다. 또 그래야 한다.

그러면 이 책을 쓰는 필자는 얼마나 배짱이 두둑한 사람일까. 독자는 당연히 이런 의문을 품을 것이다. 그러나 불행히도 난 그렇질 못하다. 마음이 너무 약해서 탈이다. 그래서 이런 책을 쓰게 되었는지도 모른다. 그런데 난 한 가지 일에만은 누구 못지않게 두둑한 배짱을 지니고 있다. 그건 가난이다. 돈이 없는 것쯤은 별 걱정이 없다. 가난이 몸에 배어 자랐기 때문에 그런 것만은 아니다. 그 까닭은 가난했지만 당당하셨던 우리 아버지의 '뻔뻔스러움' 덕분이다.

결례되는 표현이긴 하지만 따로 적당한 말이 생각나지 않아 그대로 쓴다. 아버지는 한번도 우리 앞에 미안하단 말은커녕 그런 생각조차 해보신 적이 없었다.

우리 7남매가 모두 학교엘 다니긴 했지만 공납금 한번 주신 적이 없다. 연필 한 자루 새 걸로 써본 적이 없었다. 수학여행은커녕 소풍도 변변히 갈 형편이 아니었다. 하긴 우리도 아예 갈 생각을 하질 않았다. 그런 집이었다. 흥부의 가난을 익살스럽게 표현하는 장면이 자주 TV화면에 나오지만 난 솔직히 한 번도 웃어본 적이 없다. 우리 집이 그랬기 때문이다.

하지만 가장이신 우리 아버지는 흥부 같진 않았다. 오히려 당당했다. 죽 한 그릇 마시고 대문을 나서도 큰 기침은 잊지 않았다. 내가 불경스러움을 무릅쓰고 굳이 '뻔뻔스러운 아버지'라고 부른 것도 이런 연유에서다.

하지만 이런 태도가 우리로 하여금 당당하게 자랄 수 있게 한 원동력이 된 것이다. 그때 만약 아버지가 미안하다고 우릴 부둥켜안고 울기라도 했더라면 틀림없이 나도 지금쯤 남의 눈치나 보고 또 내 자식들을 끌어안고 눈물이나 찔찔 짜고 있는 형편이 돼있을 게 틀림없다. 이건 나의 정신과적 해석만은 아니다. 우리 주위엔 사실 그런 사람이 많다.

최선을 다했다는 자부심만으로 충분하다. 그래야 애들이라도 당신이 걸어온 가난을 이겨낼 수 있는 박력이 생긴다.

실수 공포증

우린 어릴 적부터 작은 실수에도 미안한 마음이 들게끔 훈련을 받아왔다. 자기 실수로 인해 주위사람에게 폐를 끼쳤으니 마땅히 죄스럽게 여겨야 한다는 교육 덕분이다. 정말 죄인이나 된 것처럼 고개도 못 들게 철저한 훈련을 시킨다.

매사에 조심하느라 긴장의 연속이다. 새로운 걸 시도할 수가 없다. 해서 틀림없는 일만 하는 무사안일주의로 빠질 위험이 있다. 새로운 걸 개발해야 하는 현대사회에서 이런 위축증이야말로 낙제생을 만드는 요인이 된다.

프랑스제 최신형 라이터가 단돈 5백 원이라면 믿을 사람이 없겠지만 그건 사실이다. 성냥 한 통보다 싸게 만들어야 팔기가 쉽다는 게 그 유명한 마르셀 빅 사장의 경영전략이었다.

그는 처음엔 볼펜에서 시작했다. 연필보다 싼 걸 만들어 한 번 쓰고 버릴 수 있게 해야 많이 팔릴 것이란 계산이었다. 그의 전략은 적중했다. 2차대전 후 소비문화의 붐을 타고 그의 사업은 날로 번창하여 볼펜 한 자루로 세계시장을 석권하기에 이른 것이다.

부담 없이 사서 쓰고, 버려도 아깝지 않은 상품의 개발이 그의 비결이었다. 그는 끊임없이 새로운 상품을 개발해냈다. 실수도 많았다. 하지만 단돈 백 원짜리, 안 팔려도 그뿐이다. 다른 걸 만들어내면 된다. 새 상품이 안 팔리면 직원들은 사장

보기 미안해 어쩔 줄 모른다. 그럴 적마다 빅 사장은 여유만만 했다.

"까짓 백 원짜리 안 팔리면 어때!"

사장의 태도가 이렇다면 직원들이 미안해하거나 사기가 떨어질 염려가 없다. 도전적이고 과감한 게 특징이라고 하는 이 회사 분위기가 짐작이 된다. 새로운 시도를 하는 데 두려움이 없다. 사원들의 이런 기세가 세계시장을 주름잡게 한 요인이 된 것이다.

부끄럼도 없고 미안한 줄도 모르는 그의 성품은 사생활에서도 많은 에피소드를 남겼다. 그가 프랑스의 명예를 걸고 미국의 요트 항해 시합에 출전했을 때 일이다. 최신형 배에 엄청난 인원과 경비를 들여 출전했지만 결과는 참패로 끝나버렸다. 현지 신문은 '빅 마우스(큰 입. 빅의 별명)만 시끄러웠다'고 꼬집었다. 그러나 그럴수록 그는 미안해하기는커녕 오히려 의기양양했다.

"덕분에 우리 회사 홍보 한번 잘됐다."

이게 그의 배짱이었다. 미안할 일이 따로 있지, 이런 걸 갖고 직원에게 미안해서야 무슨 일을 할 것인가.

오성 대감이 조례에 지각을 했다. 중신들이 못마땅한 눈으로 잔뜩 찌푸리고 있었다. 오성은 그게 못마땅했다. 좀 늦을 수도 있지, 그걸 갖고 왜들 이러나 싶었다. 시치미를 뗀 채 입을 열었다.

"아, 글쎄 등청을 하는 길인데 남자 중이 여승의 머리를 잡고 여승도 남자 중의 상투를 잡고 싸우는데…. 내가 그냥 지나칠 수가 있어야지."

그는 천연덕스레 거짓 이야기를 꾸며댔다. 좌중엔 폭소가 터졌다. 남자 중의 상투를 잡은 이야기가 무슨 뜻인지를 알아차린 중신이 얼마나 됐는지 알 길이 없지만, 지각 한번에 화를 낸 이들에게 좋은 교훈이 되었을 것이다.

"늦었습니다. 여러분을 기다리게 했군요."

오히려 이런 자신 있는 태도가 좋다. 당당하고 어쩌면 좀 뻔뻔스러운 듯한 이런 기세가 오히려 설득력이 있다.

'늦게 온 주제에 저렇게 당당한 걸 보면 늦을 만한 이유가 있었던가보다.'

이게 보통사람의 심리작용이다. 참 사람 마음은 묘한 데가 있다. 구지레한 변명을 늘어놓느니 이게 훨씬 효과적이다.

일반적으로 우린 실수에 지나친 비중을 두는 경향이 있다. 실수란 곧 무지요, 부주의의 소치니 마땅히 죄책감을 느껴야 할 것인즉, 이를 크게 뉘우치고 사과를 해야 한다. 우리 의식은 이러한 연쇄반응으로 훈련돼 있다. 시원찮은 상사일수록 우리로 하여금 이렇게 느끼도록 계속 주의를 환기시킨다.

하지만 이건 천만의 말씀이다. 작은 실수쯤은 할 수 있는 것이 인간의 권리다. 인간이 완벽하지 못할 바엔 어차피 실수란 당연히 있어야 하는 것이기 때문이다. 문제는 실수를 하는 게 아니고, 너무 완벽하게 잘하는 데 있다.

꾸중 못하는 사람

법조계 마랑로 보경리 24호.

여기가 독립의 산실 임시정부의 초라한 집이었다. 일본 영사관의 탄압을 피해 밤이면 바람처럼 모였다 사라지곤 했던 독립투사들의 아지트였다.

일제의 감시는 날로 심해져서 동지들도 하나 둘 이탈했다. 체포도 되고, 때론 배신자도 생겼다. 그날따라 분위기는 무거웠다. 방안은 배신한 동지를 규탄하는 열기로 가득 찼다. 국무령 백범白凡의 심경은 착잡했다. 한참만에 무거운 입을 열었다.

"동지들! 누가 누굴 꾸중한단 말이오? 나라를 빼앗긴 우리 모두가 꾸중을 들어야 할 사람들이 아니겠소?"

동지들은 조용해졌다. 얼굴만 붉힐 뿐이었다.

대한의 핏줄을 타고 난 어느 누구도 꾸중할 수 없다. 이건 백범의 민족적 양심이었다.

"꾸중을 하려거든 왜놈을 향해서 합시다."

그는 온 세계를 향해 침략자 일본을 크게 꾸짖었다. 윤봉길 의사가 그랬고 안중근 의사가 그러했다.

백범의 대담성을 이야기하려는 건 아니다. 선생처럼 민족적 양심에서 꾸중을 '못하는' 게 아니고 꾸중할 자신이 없는 소심증을 논하려는 거다. 꾸중을 했다간 후환이 두려워 마땅히 해야 할 걸 못하는 경우다.

그러한 걱정은 여러 가지다. 꾸중을 했다간 돌아서서 나를 비웃지나 않을까? 내 흉이라도 보고 다니면? 오해라도 해서 녀석이 영 가버리면…. 별 생각 다 든다.

"난들 무슨 성인군자라고 남을 꾸중해?"

하는 군자론도 나올 것이다. 내게도 잘못이 많은데 녀석이 행여 따지고 덤비면 뭐라고 응수할 것인가? 괜히 한마디 했다가 다음에 만나면 어색해서 어쩌지?

꾸중 못하는 사람의 심리는 이외에도 많을 것이다. 하지만 한 가지 공통적 사실은 자신에 대한 자신이 없다는 점이다. 그러니까 미안해서도 꾸중을 못한다.

꾸중을 하려면 우선 자기 얼굴부터 붉어진다. 흥분해서라기보다 미안한 마음에서다. 꾸중 후엔 괜히 녀석을 대하기가 미안하고 계면쩍어 슬슬 피해 다니게 된다. 어떻게 보면 입장이 바뀐 셈이다.

꾸중을 들은 녀석이 그래도 시원찮을 텐데 꾸중을 한 사람이 마치 죄인처럼 위축되다니 말이다. 마땅히 해야 할 꾸중도 이런 마음으로선 할 수가 없다.

'사람이 좋다', '호인이다'하는 건 대개 꾸중을 하지 않는 사람을 가리켜 하는 말이다. 꾸중할 일이 없다면야 그런 다행이 없다. 하지만 인간 사회에선 이건 어쩔 수 없이 필요한 도구다. 이 도구를 사용치 않고도 잘될 수 있다면 그 이상 바랄 것이 없다. 직장에서도 가정에서도 이건 마찬가지다.

그런데 꾸중할 자신이 없어 못하는 사람, 이건 '문제 호인'이다. 자신이 없어 마땅히 해야 할 꾸중을 못한다면 직장이나 가정이 제대로 되어갈 수가 없다. 이런 사람은 대개 간접적인 방법을 쓰길 잘 한다. 직접 대놓고 하질 않고 슬쩍 돌려서 한다. 녀석이 이 정도 하면 알아듣겠지 하는 기대에서다. 하지만 이 방법은 안 통하는 때가 더 많다. 그러면 이쪽의 참을성도 한계에 이른다.

"녀석이 그래도 못 알아듣고…."

드디어 머리끝까지 화가 폭발한다.

이 지경이 되면 할 말, 못할 말 가리지 않고 퍼부어댄다. 상황이 이렇게 되면 이건 분노의 폭발이지 꾸중이 아니다. 이건 자신의 모자람을 폭로하는 것밖에 되진 않는다. 꾸중한다는 건 성내는 것과도 다르고, 또 상대로 하여금 성을 내게 하는 것과도 다르다.

옛날 서당의 훈장은 매질을 할 때도 정장을 갖추어 엄숙한 자세로 했다. 꾸중이란 자기감정을 폭발시키기 위한 수단이어서는 안되기 때문이다.

꾸중할 일이 있다면 해야 한다. 감정이 폭발하기 전에 이성을 가지고 해야 한다. 그래야 피차 인격 손상을 입지 않게 된다. 잘못한 일만 교정시키면 된다. 사람을 바꿀 생각도 않는 게 좋다.

몇 년의 정신분석 치료를 통해서도 잘 바뀌지 않는 게 사람이다. 사람마다 약점, 결점이 있지만 그런 대로 살고 있다. 지나친 욕심은 안 부리는 게 좋다.

꾸중할 자신이 없으면 긴 이유를 댈 것도 없다. "이건 안되겠어!"하고 딱 잘라 말하면 그만이다. 엄청난 일로 생각하지 말라. 꾸중을 듣는 입장에선 당신을 믿고 있다. 그렇게 못난 사람으로 생각진 않고 있다.

직장에서나 가정에서나 마찬가지다. 당신을 따르고 있는 사람들이다.

가치관이 흔들리고 있고, 언제나 새로운 게 요구되는 현대사회일수록 선배로서의 분명한 규범을 제시해야 한다.

요즈음은 모두 지나치게 인기를 의식해서 꾸중에 인색한 사람이 많아지고 있지만, 그럴수록 더 엄할 수 있는 사람만이 먼 훗날 존경을 받을 수 있다.

우리는 지금도 학교시절의 엄했던 선생님의 교훈을 되새기고 있다.

그땐 그렇게 싫었지만 말이다.

상부상조

예일 대학 은사인 립톤 교수의 한국 여행담은 정말 인상적이다. 중국의 세뇌교육, 일본 히로시마 원폭 피해 등의 연구로도 유명한 교수는 백악관의 극동담당 보좌관으로 활약한 친한파이기도 하다.

한국 여자는 강하다고 서두를 뗀 그의 관찰력은 역시 예리했다. 등에 애를 업고 머리엔 광주리, 그리고 양손에 잔뜩 물건을 든 채 먼 길을 수월하게 다니더라는 것이다. 놀라운 일은 길가는 사람 누구 하나 도와줄 생각을 않더라는 것이다. 그리고 더욱 놀랄 일은 그 여자 역시 누구의 도움을 바라는 것 같지가 않더란 이야기다.

난 이야기를 들으면서 솔직히 가슴이 뜨끔하여 얼굴이 붉어졌다. 만일 서양의 어느 거리에서 그런 일이 벌어졌다면 어떻게 되었을까 생각하니 더욱 부끄러웠다. 아마 기겁을 한 신사들이 서로 도와주겠다고 달려갔을 거란 생각에서다.

우리는 사실이지 도와주고, 받고 하는 데 참 인색하다. 정이 없거나, 아니면 나 몰라라 하는 개인주의 때문에 그런 게 아니다. 그저 예로부터 그런 훈련이나 습관이 돼있질 않기 때문이다. 미안해서 못하는 것이다. 도움을 청한다는 건 염치없는 짓이요, 창피도 한 일이다.

사실 우린 일상생활 속에 도와달란 소릴 잘 들어보지 못한다. 그건 마치 거지가 구걸하는 듯한 인상을 주기도 하고, 때론 크게 신세지는 듯한 어감을 주기도 해서 좀처럼 그런 말을 잘 쓰질 않는다.

무거운 짐을 들고 끙끙거리면서도 도와달란 소리를 않거니와 "도와드릴까요?"라고 묻는 사람도 없다. 여기엔 불신감도 작용하고 있다. 도와달랬다가 짐이나 갖고 도망가면 어쩌나 싶은 걱정도 있다.

"도와드릴까요?" 했다간 미친 사람 취급이나 받지 않으면 다행이다. 이런 걱정도 현실적으로 없는 건 아니지만, 그보다 중요한 건 우선 남남끼리 도와주고 받고 하는 시민의식이 싹트지 않는 데 있다.

비좁은 엘리베이터에서도 굳이 사람들 어깨를 비집고 제 손으로 단추를 누르지 앞 사람에게 부탁하는 법이 거의 없다. 심지어 승강기 승무원이 근무 중인데도 기어이 제 손으로 누른다. 눌렀으면 그 자리 서 있을 것이지 제 자리는 왜 가? 그 비좁은 승강기 안에서. 이건 진짜 미안한 일이다.

서양에서야 이런 일들은 지극히 자연스레 이루어진다. 아침 인사를 나누는 거나 같은 기본적인 상식에 속하는 일이다. 필요하면 도와달라고 하고 또 도와준다. '무엇을 도와드릴까요MAY I HELP YOU?' 이 말은 서구사회 어느 구석에서도 쉽게 들을 수 있는 구절이다.

우리도 도와달란 소리만 하면 선뜻 도와준다. 서양사람보다 더 친절하다. 다만 그 소리 하기까지가 힘이 든다. 폐를 끼치는 것 같은 미안한 생각에서다. 이 점에 관한한 철저한 훈련이 돼 있어서 작은 일도 도와달란 소릴 하는 데 상당한 부담감을 갖는다.

우리나라의 어떤 모임에도 그 규정의 제1조는 상부상조를 내세우고 있다. 그만큼 서로 돕는 일이 절실하게 느껴지기 때문일 것이다.

가벼운 일이라면 도와달라는 데 거절할 사람이 없다. 빈손으로 차에 오르는 청년에게 내 가방 하나 들어달란다고 큰일은 아니다. 그도 거절은 안할 것이다. 오히려 반갑게 생각할 것이다. 자기를 그만큼 믿고 있다는 증거니까 말이다. 인정을 받은 기쁨에 오히려 황송해할 게다. 그리곤 기꺼이 도와줄 것이다. 이게 한국사람이다. 집에 온 손님도 가만히 앉혀놓고 모시는 것만이 예의는 아니다. 사과 깎는 것쯤은 좀 도와달라는 게 손님을 편히 모시는 슬기다.

도와달란 소릴 재치 있게 잘 한다는 건 한국 사회에서는 사교용으로 참 좋다. 사람은 누구나 남을 도와줄 때 기쁨을 느낀다. 그건 인간의 본능이다. 아무리 악한 사람이라도 이 점에서는 예외가 없다. 이걸 활용하자는 거다. 그렇다고 염치없이 굴자는 이야기는 물론 아니다.

배짱 있는 삶을 위한 Tip

미안한 생각에 맘에 없는 물건을 잘 사는 사람들에게

마음에 없는 물건을 마음이 약해 사고 말면 꼭 사기나 당한 기분이다.

정말 울화가 치민다. 다음엔 다시 안 속아야지 하면서도 번번이 실수를 하는 사람은 배짱을 키우는 훈련이 필요하다. 셔츠 한 장이야 찢어버리면 그만이지만 집을 사거나 사람을 쓰는 일에 마음이 약해지면 재산상의 손실도 크지만 무엇보다 기분이 나빠 견딜 수가 없다. 그 정도의 배짱도 없이 어떻게 생존경쟁에서 이길 수 있단 말인가.

이런 사람들에게는 신문 가판대를 이용해서 훈련하는 방법이 있다.

신문잡지 가판대에 가서 하나를 뽑아 제목만 대충 훑어보고 제자리에 꽂는다. 그리고 다음 걸 뽑아들고 대충 보곤 또 꽂아놓는다. 점원이 행여 잔소리라도 하면 어쩌나 싶은 조바심을 낼 필요는 없다. 오히려 잔소리가 나오길 기다리는 거다. 안하면 그만이고 행여 잔소리라도 하면 '미안합니다'라고 정중히 사과만 하면 그뿐이다.

그 이상 아무 일도 벌어질 수가 없다. 최악의 경우를 가상해서 까짓것 한 장 사버리면 된다. 이런 훈련은 소심증 환자의 치료에 아주 효과적이다.

약자의 생존수단 • 평등 강박증 • 은폐심리와 반동 • '청빈낙도'의 허구 • 쩨쩨하게 따져라 • 거만한 사람들 • 마음 약한 폭군 • 직장인의 피해의식 • 성[性] 개방시대의 질투병리 • 사양심과 양보심 • 술값은 돈 많은 쪽이 • 칭찬과 아부 • 일류병 • 자부심과 긍지 • 만능과 무능

Chapter

07

열등감

남과 달라지는 연습

벼는 익을수록 고개를
숙인다고 배워왔다. 유별나게 거만한
사람을 싫어하는 것도 열등의식의 소산이다.

약자의 생존수단

우리는 예로부터 스스로를 약소민족으로 자처하는 데 주저하지 않았다. 마치 이걸 자랑이나 특권처럼 떠들어댔다. 외침을 당할 적마다 더욱 그랬다. '약한 우리를 이럴 수가 있는가'라고 세계를 향해 응석을 부려왔던 것이다. 아랍 전체를 상대로 당당히 싸우는 이스라엘과는 너무나 대조적인 게 우리 역사였다.

하긴 땅덩이도 작고 체구도 작아서 그 많은 싸움에 별로 이겨보지도 못했으니 당연한 생각일는지도 모른다. 가난에 찌든, 힘없는 백성으로서 감히 싸울 엄두도 못 내본 것이다. 사대의식事大意識은 여기서 싹트기 시작한 것이다. 어쩌면 이건 역사적 숙명일는지도 모른다.

많은 사가史家들을 위시하여 사대주의를 마치 망국亡國의 원흉이나 되는 것처럼 규탄하고 자기비판을 하고 있지만, 다른 한편으로 보면 이거야 말로 우리의 생존수단이었다.

힘도 없는 주제에 일전一戰을 불사한다고 덤볐다간 아마 우리 역사는 지금까지 이어오지도 못했을는지 모를 일이다. 그저 고개를 숙이고 대국大國을 섬길 수 있었던 게 슬기가 아닌가 하는 역설도 성립된다.

평등 강박증

우리는 오랜 세월 좁은 땅에서 단일민족이라는 순수한 혈통의 역사를 배경으로 하고 있다. 언어, 풍습은 물론이고 생김새도 같다. 산수풍치도 계절에 따라 똑같이 바뀐다. 보리로 누렇던 들판이 눈 깜짝할 사이 모심기로 파랗게 바뀌어버린다. 정말이지 신기하기 이를 데 없다. 누구 하나 게으름을 부릴 수가 없다. 파란 들판에 자기 밭에만 누런 보리가 남아있다고 상상해보라.

아찔한 생각이 들 것이다.

이게 우리다. 남들이 할 때 빠질 수가 없게 돼있다. 어떤 무리를 해도 남들이 하면 나도 그 대열에 끼여야 한다. 여기에 빠진다는 건 소외를 당하는 것이고, 이건 다시 심한 열등감으로 상처를 남긴다. 남과 같아야 한다는 이 평등의식은 정말 눈물겹다.

비교적 동질사회였던 옛날엔 그럴 수도 있었다. 그러나 이질적인 현대사회에서도 남과 같아야 한다는 건 아무리 억지를 써야 될 수가 없는 게 현실이다. 능력이 다르고 재능도 다르다. 하는 일도 천태만상인데 어찌 똑같을 수가 있으랴.

하지만 그래야 된다는 강박증은 여전히 작용하고 있다. 논밭 팔아 학교를 보내고, 빚을 내서라도 자식 수학여행은 보내야 한다.

이것도 모두 한국적 평등주의가 빚은 비극이다. 빈부의 차이는 엄연히 있게 마련인데 이를 인정하려 들지 않는다. 못 보내면 애들이 기가 죽을까를 걱정한다. 못 간다면 서럽다. 사실 이 '서럽다'는 것도 지극히 한국적인 마음이다. 서양에서야 내 능력이 없어 못 가면 그런 대로 감수할 것이지 서럽다고 울진 않는다.

능력도 없으면서 대접은 같이 받아야겠다는 데서 설움이 온다. 한국적 평등주의가 빚은 열등의식의 난센스다. 돈 있는 사람은 윤택한 생활을 즐길 자격이 있다. 못 사는 사람은 그저 자기 분수대로 살 일이다. 그게 공정한 사회다. 평등한 사회는 아닐지라도 말이다.

은폐심리와 반동

사람이 열등하다고 느낄 땐 대개 다음 세 가지 중 한 가지 반응을 나타낸다.

첫째, 위축되는 현상이다. 패배감에 젖어 무기력해지며, 매사에 소극적이다. 이 때문에 건전한 경쟁이나 공격성마저 결여된다. 중추신경의 활동 또한 위축된다. 이런 상태에선 될 일도 안된다. 해보기도 전에 지레 겁을 먹곤 아예 할 생각조차도 갖지 못한다.

은폐하려는 심리적 반응이 그 둘째다. 의식적으로는 열등하다고 느끼지만 안 그런 척하려는 심리적 부인현상이다. 짐짓 아닌 척하고 숨기려는 의식적 노력이 실제로 느끼는 열등의식과 충돌하므로 정신활동이 통일된 방향으로 진행되지 않는 일종의 분열상태가 된다.

이런 갈등 아래선 어떤 행동도 자연스럽지 못해 어색하기만 하다.

세 번째, 반동형성이다. 열등감을 은폐하고 안 그런 척하고 태연해지려 해도 잘되지 않을 때 쓰는 방법이다. 숨기는 게 아니고 오히려 우월한 척해보이려는 보상기전補償機轉이다.

서울 식당에서 지방 사투리를 일부러 더 강조해서 떠드는 경우다. 창피하니까 조용히 하는 건 은폐심리지만 오히려 들으란 듯이 일부러 떠드는 건 반동형성이다.

이상의 세 가지 중 어떤 형태로 나타나든 열등감이 가셔지는 건 아니다. 그리고 이런 열등감에 젖어 있는 이상 현실 판단이 정확하지 못하게 되는 수도 있다.

우선 내가 열등하다고 느낄수록 상대가 더 강하게 보인다. 내가 초라하게 느껴질수록 주위가 더 화려하게 보인다. 여기서 오해도 빚어지고 질투, 증오심도 수반하게 된다.

열등감이 이런 형태로 발전되면 그의 행동은 파괴적이고 공격적으로 된다.

이건 자칫 그 개인뿐만 아니라 주위사람까지 파멸시킬 위험한 열등감이다. 역사적으로 히틀러가 그랬고 나폴레옹이 그러했다.

열등감이 반드시 나쁜 것은 아니다. 열등하면서도 열등감을 느끼지 못하는 것도 하긴 병이다.

문제는 이걸 어떤 방법으로 처리하느냐에 달렸다. 있는 걸 없는 척해서도 안된다.

위에서 말한 어느 방법도 건전한 해결방법은 아니다. 우선 열등감은 있는 그대로 받아들이고 시인하는 일이 중요하다. 그리고 이 콤플렉스를 해소하기 위해 부단히 노력해야 한다. 이렇게 될 때 열등감이야말로 인간의 성장에 무서운 힘이 된다.

이웃 일본이 작은 섬나라의 왜소矮小 콤플렉스를 씻기 위해 피나게 노력한 대가를 보라.

'청빈낙도'의 허구

외국 여행길에 한두 번 망신당한 일 없는 사람은 별로 없을 것이다.

여자 화장실에 실례한 일, 문을 못 열어 당황했던 일쯤이야 누구에게나 있다. 나중에 생각하면 웃음 일이지만 당시 상황으로선 절박하기 이를 데 없었다.

이런 일 몇 번 당하고 나면 괜히 위축되는 게 사람의 심리다. 또 망신당하지나 않을까 하는 두려움 때문이다. 이건 내 집보다 나은 집에 들어갈 때면 흔히 느낄 수 있는 기분이다. 으리으리한 대문에 들어선 순간 괜히 어깨가 움츠러지는 건 잠자던 열등의식이 순간적으로 자극되기 때문이다. 예전에는 큰 빌딩 현관에서 고무신을 벗어들곤 사방을 조심스레 두리번거리는 시골 아주머니도 있었다. 분명히 겁먹은 표정이었다. 대대로 초가삼간에서 살아온 우리로선 어쩌면 당연한 기분인지도 모른다.

우리는 너무나 가난했기 때문에 분수를 지켜 살라고 가르쳐왔다. '가난한 마음'이 곧 '편안한 마음'이라고 강조했다. 이거야말로 가난을 합리화한 가난한 조상의 슬기로운 가르침이다. 우리 형편에 거창한 대궐집을 그리며 살다간 그 갈등을 어떻게 감당할 것인가. 모두 미쳐버렸을 것이다. 분에 넘치는 기대는 허황한 욕심으로 금기돼 왔다.

전설도 설화도 가난 투성이다. 그 아름다운 달 속에도 기껏 짓는다는 게 초가삼간이다. 남들은 월선궁月仙宮을 짓는 판에 말이다.

우린 이렇게 철저한 정신적 훈련을 받아왔다. 내 집보다 나은 집에 가면 불안하고 거북살스럽다. 도대체 '만만치 않다'. 그런 곳엔 가서 안될 것도 같고, 내 분에 넘친 것도 같은 느낌이다. 마치 가난한 고향 집을 배신이나 한 것 같은 가벼운 죄책감까지 뒤범벅이 된 그런 기분, 누가 등 뒤에서 호통이라도 칠 것 같은 기분에 자꾸 뒤돌아보아진다.

이 '누구'는 다름 아닌 가난한 조상의 소리다. 초가삼간의 분수를 지켜야 한다고 가르쳐온 해묵은 소리다. 오랜 세월 우리의 뇌리 깊숙이 박힌 '청빈낙도'의 교훈을 어기는 듯한 잠재의식의 저항이다.

쩨쩨하게 따져라

T.S. 엘리엇은 시인이라기보다는 세련된 외교관의 인상이 더 짙다. 늘씬한 키, 말쑥한 옷차림이 귀공자를 연상케 한다. 그러나 그는 하버드 대학에 진학했을 때만 해도 남부 시골티가 물씬 풍겼다. 자신도 그걸 의식하고 있었다.

그는 첫 번째 촌놈 실패담을 다음과 같이 회상한 바 있다. 정장에 우산을 들고 최고급 식당엘 으스대며 들어갔다. 포도주와 치즈를 즐겨 먹는 그는 좀 색다른 걸 시도해 보고 싶었다. 그는 듣도 보도 못한 것을 골라 주문했다.

의아하게 생각한 웨이터가 먹어본 적이 있느냐고 조심스럽게 물었다. 왜냐하면 그 치즈는 지독한 냄새를 풍기기 때문이었다. 차림새만 봐도 시골 학생이라 실망시키고 싶지 않은 배려에서였다. 순간 눈치를 챈 엘리엇은 찔끔했다. 그러나 점잖게 응수했다. 자기가 평소에 즐겨먹는 거라고 시치미를 뗐다. 물론 이게 실수였다. 드디어 음식이 나왔다. 정말로 지독한 냄새였다. 하지만 안 먹을 수 없었다. 반도 먹지 못하고 입을 틀어막고 화장실로 달려가야만 했다.

처음 가는 고급 식당에선 누구나 움츠러들게 마련이다. 문 열기조차 조심스럽다. 미는 것도 있고 돌아가는 것도 있다. 손을 내밀다 말고 저절로 열리는 통에 쑥스럽기 그지없다. 누가 보지나 않았나 두리번거린다. 구석자리에 앉아서도 자세부터 불편하다. 옷이 촌스럽지나 않나, 구두에 흙이나 묻지 않았나 – 무엇 하나 편한 게 없다.

모두 자기만 쳐다보는 것 같다. 웨이터가 촌놈으로 얕잡아보는 것 같다. 다른 손님에겐 웃지 않던데 왜 나한테? 왜 내 테이블엔 재떨이가 없지? 그야말로 별스런 피해의식이 다 생긴다.

성질 급한 사람은 따지고 덤비기도 한다. 기분이 위축된 나머지 열등감까지 작용하면 피해망상으로까지 확대된다.

이건 물론 과잉반응이다. 분위기에 맞지 않는 이런 과잉반응이야말로 진짜 촌놈이나 하는 짓이다. 자신이 있는 듯 보이려 하지만 그럴수록 더 부자연스러워진다.

조용한 식당에서 여봐란 듯이 떠드는 사람들은 불안하다는 증거다. 그럴 바엔 구석 자리에 조용히 앉아있는 편이 자신이나 남을 위해서도 나을 것이다. 모르면 묻는 거다. 아는 체하다간 진짜 봉변당한다.

아무리 외국여행을 많이 다녀도 식당 메뉴를 모두 아는 사람은 없다. 일부러 묘한 이름을 붙인 요리도 있다. 고급을 자랑하기 위한 상술이다. 겁주려고 그럴 수도 있다. 그럴 때일수록 물어야 한다. 모르는 게 당연한데 묻지 않으면 진짜 촌놈 취급받는다. 내 취향이나 식성을 설명한 후 요리를 추천해달라는 게 상책이다. 아무도 얕잡아보진 않는다.

또 한 가지 걱정은 음식 값이다. 우리는 돈에 관한한 무척 허세가 많다. 먹기 전에 값을 묻는다는 건 큰 실례나 되는 줄로 안다. 쩨쩨하게 값을 따진다는 건 신사 체면상 안될 일이다. 웨이터가 얕잡아볼지도 모른다.

심지어는 식사 후 계산서 내용도 훑어보지 않는다. 거스름돈도 물론 세어보지 않는다. 팁도 듬뿍 줘야 촌놈 소릴 면할 것이다. 이런 게 모두 위축된 기분을 보상하려는 허세에서 출발한다. 세상에서 우리만큼 팁에 후한 사람도 많지 않다. 돈 많은 외국인도 깜짝 놀란다. 우리는 주는 게 아니라 뿌리고 다닌다. 해외관광지에서 한국사람은 봉이다. 팁이 후해서다.

얼핏 생각에는 우리도 그만큼 잘 살게 되었다고 좋아할 수도 있을 것이다. 하지만 내 생각은 그렇지 않다. 딱하고 측은하다. 그건 허세다. 자신이 없어서다. 짓눌린 기세를 그런 걸로 보상하기 위함이다. 요즘 이런 신형 건달이 우리 주위에 부쩍 늘어났다.

값도 묻고 심지어 서비스료까지 물어도 실례가 아니다. 백만장자처럼 값도 모르고 먹다간 주머닛돈 계산하느라 밥맛도 잃게 된다. 괜히 비쌀 것 같기도 하고 바가지나 쓸 것 같다. 또 그건 사실이다. 고급입네 하는 곳일수록 메뉴에 적힌 값 외에 붙는 게 많다. 값을 묻고 먹으면 그런 걱정을 안해도 된다.

먹는 방법을 모를 때도 마찬가지다. 함께 간 손님이나 웨이터에게 물어라. 묻는 사람에겐 무척 친절한 게 사람의 마음이다. 가르쳐준다는 건 언제나 기분 좋은 일이니까. 알지도 못하면서 아는 체 하는 손님에겐 얄미워서도 바가지를 씌운다. 쓴 줄 알면서도 꼼짝없이 당한다.

정 묻기가 싫으면 자기 편한 대로 먹으면 된다. 그 복잡한 기구들을 다 챙겨야 할 까닭이 없다. 촌놈일수록 그런 격식을 굳이 따진다.

음식이 잘못되었으면 다시 시켜라. 미안해할 것 없다. 그게 손님의 권리다. 행여 웨이터 비위나 거슬리면 어쩌나 하고 겁먹을 필요는 없다. 그가 날 초대한 건 아니니까 말이다. 어차피 음식은 내가 먹고 돈도 내가 낸다. 기분이 나빠도 그가 나빠야지 왜 내 기분이 상해야 하냐 말이다. 손님은 나다. 내가 중심이지, 웨이터 대접하는 기분은 그만두는 게 좋다.

모처럼의 외식은 즐거워야 한다. 누구나 처음이고 모를 땐 위축되는 거야 어쩔 수 없다. 하지만 그럴수록 '아! 오늘은 참 좋은 경험한다'고 되뇌어보라. 한결 기분이 가벼워질 것이다.

처음 하는 일은 으레 불안하다. 하지만 그건 언제나 즐거운 흥분을 동반한다는 것도 잊어선 안된다. 먼 나라 여행 온 기분이 되는 것도 좋다. 라인 강변에 앉은 상상이라도 하면 더욱 운치가 날 것이다.

거만한 사람들

거만하게 군다고 시비를 걸고 싸우길 잘하는 사람이 적지 않다. 꼴 보기 싫은 녀석이 많아 도대체 나가질 못하겠다고 투덜대는 사람도 있다. 하지만 이 말을 냉정히 분석해보면 이거야말로 제 얼굴에 침 뱉고 있는 사람이다. 왜 꼭 그 사람에게만 모두들 거만하게 구느냐 말이다.

거기엔 까닭이 있다. 거만하게 군다기보다 자기가 그렇게 느끼는 데 문제가 있다. 내가 위축되고 자신이 없으니까 남들이 모두 거만해보이는 것이다. 세상 모든 일은 상대적으로 존재한다. 내 기분에 따라 달라지는 게 세상일이다. 내가 없을수록 남들은 더 있어 보인다.

우리 문화권에서 유별나게 거만한 사람을 싫어하는 것도 열등의식의 소산이다. 잘날수록 더욱 고개를 숙이고 겸손해야 한다.

벼는 익을수록 고개를 숙인다고 배워왔다. 우리가 이토록 겸손을 강조하는 것도 우리 스스로가 잘난 사람을 거만하게 보는 약점을 안고 있기 때문이다. 잘날수록 동류집단으로부터 소외당하지 않게 특히 몸가짐을 조심해야 한다.

하지만 이게 얼마나 힘든 일인가는 잘난 사람만이 그 고충을 안다. 아무리 굽실거려도 보는 사람들이 거만하다고 보는 이상 겸손해지기 위한 이 피나는 노력은 무위로 그친다. 잘났다는 이유 하나만으로 그는 집단에서 소외돼 버리기 때문이다.

"제 까짓게 뭔데!", "자기가 언제부터….", "개구리 올챙이 시절을 몰라."

이건 모두 동류의식을 배반당한 데 대한 분노의 소리다. 단순히 질투나 시기만도 아니다. 내 머리 위에 군림한 데 대한 저항이요, 반발이다. 무시당한 것 같은 기분이 들기 때문이다.

이런 현상들은 중년에 들어선 초등학교 동창회에서 예외 없이 나타난다. 잘된 동창들의 등 뒤에서 괜히 손가락질하고 수군댄다. 거만하다는 거다. 자기들과 같은 수준에 있어야 하는 건데 말이다.

잘난 동창은 죄 없이 거만한 자로 낙인찍히고 집단으로부터 소외당한다. 이 사람이 졸업 후 지금까지 기울여온 노력은 전혀 생각해주질 않는다. 그저 동류의식만 내세워 잘난 그를 규탄한다.

제1인간층에서보다 친구나 동창 등 제2인간층에서 잘 일어나는 것도 그런 연유에서다. 사촌이 논을 사면 배 아픈 것도 같은 이치다. 비슷한 위치에서 경쟁의 상대가 되는 사이이기 때문이다. 건전한 경쟁의식이 싹트지 못한 것도 이런 한국적 열등감에서 비롯된 것이다.

이게 현대의 경쟁사회에서 얼마만큼의 부작용을 낳고 있는지 숙고해야 할 일이다. 남이 잘되는 걸 기뻐하기보다 시기하고 헐뜯는 이런 풍토에선 건전한 경쟁의식이 태동할 수 없다. 동료들로부터 정적情的인 관계에서 소외되지 않으려면 아예 출세할 생각을 말아야 한다. 참으로 딱한 우리 풍토다.

현대라는 경쟁사회에서 부딪치는 한국적 갈등이다.

마음 약한 폭군

폭군 네로가 로마 거리를 둘러보고 있었다. 거리의 모든 사람들은 고개를 숙이고 땅에 엎드렸다. 네로는 기고만장했다. 그런데 이게 웬일인가. 어느 쓰러져가는 움막 앞을 지나칠 때였다. 그 앞에 한 초라한 거지가 자길 보고 웃고 있지 않은가.

"아니 저 놈이 왜 저리 거만해? 누굴 비웃고 있는 거야!"

화가 치민 그가 소릴 버럭 질렀다. 병사가 달려가 노인을 움막 안으로 차넣었다. 돌아와 고하길.

"노인은 비웃은 게 아니옵고 그저 행복해서 웃었다고 합니다."

"행복? 그 꼴에 무슨 행복이냐? 난 그게 마음에 안 들어. 날 비웃은 거야. 당장 목을 쳐라!"

"네, 분부대로 하겠습니다. 하오나 성군의 용안을 뵙고 그렇게 행복해하고 있는 노인을…."

그 말에 네로는 성이 풀려 "나를 보는 게 행복하다고? 별일이군"하고 중얼거렸다.

천하를 호령하는 그 앞에 감히 거만을 부릴 사람이 있었다니 참 기막힐 것이다. 더구나 그 초라한 노인이 말이다. 병사의 말대로 정말 행복해서 웃고 있었는지 모른다. 비웃을 생각은 추호도 없었을 것이다. 문제는 네로 자신의 눈이요, 생각이다. 그 노인을 거만하다고 생각한 그에게 문제가 있었던 것이다.

네로의 심경을 들여다보면 이해가 간다. 천하를 손에 쥐고 무슨 짓을 해봐도 시원치 않은 그였다. 도대체 좋은 게 없었다. 이러한 그의 공허감을 자극한 것이 바로 그 노인의 웃음이었다. 마치 그 노인은 자기의 심경을 꿰뚫어 보고나 있는 듯했을 것이다.

"노인은 그래서 나를 비웃고 있는 거야. 내가 이렇게 거들먹거려봐야 저보다 못하단 생각에서야."

네로는 이런 인간적 약점 때문에 화가 치민 것이다.

생각하면 어이없는 일이지만, 우리 주위에도 이런 '네로 증상'이 많다. '제 까짓게 뭐 그리 잘났다고 거만하게 굴어?' 생각할수록 분통이 터질 일이다. 이런 거만한 녀석들 때문에 속상할 때가 많다.

하지만 따져보자. 도대체 거만하다는 게 뭔가를 말이다.

인사를 안해 거만하다고 한다. 인사를 해도 고개를 덜 숙여 건방지다고 한다. 걸음걸이도, 말투도 도대체가 거만하다. 목에 힘을 주고 앉은 폼 하며, 커피 마시는 꼴 좀 보라고! 왜 반말 짓거리야? – 끝이 없다.

정말 시시하고 웃기는 일들이다. 그게 어째서 거만한 건지 알 수가 없다. 보기에 따라선 매력이 될 수도 있는 일이다. 거만하다는 척도는 객관적인 사실이 아니고 주관적 느낌이라는 사실을 명심해야 한다. 문제는 거만하게 구는 사람에게 있는 게 아니고 그렇게 보는 당신 눈에 있다. 녀석 앞에 자신이 없기 때문이다. 열등감을 느끼고 있다는 증거다. 녀석이 나보다 잘났다고 생각하기 때문에 거만하게 보일 뿐이다.

자신 있는 사람 앞엔 거만한 사람이 보이지 않는 법이다. 비록 나보다 지위가 낮고 형편없는 녀석인데도 거만하게 보이는 경우, 따지고 보면 그 친구의 어디엔가 내가 압도당하고 있다는 증거다. 말단사원이긴 하지만 나보다 영어를 잘한다거나 인물이 잘 생겼든가, 어느 한구석이 나보다 낫다고 평소에 느껴왔던 게 틀림없다. 그 점에 관한한 자신이 없었던 게 곧 그를 거만하게 보는 원인이다.

걸음걸이가 거만하다면, 그럼 어떻게 걸어야 한단 말인가. 당당한 걸음에 내가 압도당하고 있다는 사실을 잊지 말라. 존댓말 대신 반말을 쓴다고 자존심이 상하기도 한다. 녀석이 얼마나 나를 무시하면 반말을 쓰지? 이래서 싸우는 일이 우리 주위엔 너무나 많다. 하지만 이럴 때 왜 굳이 거만으로 받아들이냐 말이다. 오히려 친숙과 호의의 표시일 수도 있다. 친해질수록 존댓말 대신 반말로 되어가는 게 인간관계다. 깍듯이 존칭을 붙이는 거야말로 친하고 싶지 않다는 반감의 표시다.

자연스런 반말은 때로 인간관계를 부드럽게 하는 윤활유 구실을 한다. 이걸 거만하다고 몰아붙인다면 망상이 아니고 무언가 말이다.

이 모든 게 자기 스스로가 붙인 오해에서 비롯된다. "왜 그리 거만해?"하고 따지며 싸워야 득될 것이 없다. "내가 뭐 건방져?"하고 반문하면 뭐라고 응수할 건가?

"걸음걸이가 건방져."

설마 이렇게 말할 작정은 아니겠지? 괜히 망신만 당한다. 정말 조소받기 전에 아예 거만 시비는 말아야 한다. 누군가가 거만해서 화가 치밀거든, '아! 또 내 열등감이 발동하는구나'하고 머리를 쳐보라. 멋쩍은 웃음이 터질 것이다.

이것만으로도 마음속의 불길이 진화될 것이다. '녀석도 꽤나 자신이 없는 모양이군'하고 상대를 가엾게 여기는 것도 한 가지 방법이다. '저렇게 목에 힘을 주고 앉았으니 얼마나 힘들까'하고 측은한 생각이 들면 쿡하고 터지는 웃음을 참을 수 없을 것이다. 화가 날 수가 없다.

직장인의 피해의식

열등감이 빚은 부작용 가운데 가장 심각한 게 피해의식이다. 심한 경우 아주 피해망상증으로 발전되기도 한다. 어떤 상황에서든 자신감이 없을 땐 피해를 입은 듯한 착각에 빠지기 쉽다. 무식한 사람이 돈 거래 않는 것도 행여 사기나 당하지 않을까 하는 의구심 때문이다.

외국을 여행해본 사람이면 경험하는 일이 있다. 알아듣지도 못하는 말을 자기들끼리 떠들 땐 꼭 내 흉이나 보는 듯한 기분이 든다. 으스스한 게 어깨가 움츠러든다. 평소에 내성적이고 자신이 없는 사람일수록 더욱 그런 불안에 휩싸인다. 나를 해치려 모함이나 꾸미고 있는 것처럼. 이런 기분이 고조되면 드디어 피해망상의 급성 발작을 일으켜 정신과로 직행하는 수도 있다.

예로부터 폐쇄적이고, 외인과의 접촉이 거의 없었던 우리에게 오늘날과 같은 이동이 많아진 생활에선 적응상 난점이 많다. 우리는 어릴 적부터 낯선 사람을 두려워했다. 갓난아기 때도 소위 '낯가림'을 하는 이런 현상은 외국 애들에 비해 현저히 심하다. 낯선 사람만 오면 겁을 집어먹고 달아난다. 이런 두려움은 상당히 자란 후에도 여전히 남아 있다.

개화기 서양사람의 노란 머리를 보고 괴물이 나온 걸로 착각하여 기겁을 하고 모두 달아났다는 기록도 있다. 이런 현상들은 폐쇄성이 낯선 것에의 두려움을 낳고, 그리곤 이게 피해의식으로 발전되어간 결과이다. 그러나 궁극적인 원인은 역시 열등감에서 시발한다.

낯선 사람에게뿐만 아니다. 일상의 대인관계에서도 피해의식을 쉽게 느끼는 사람은 모두가 자신이 없는 탓이다. 이런 사람과는 농담 한마디 못한다. 근사하다는 칭찬에도 왜 빈정대느냐고 화를 버럭 낸다. 자신이 없는 탓이다. 이들은 주위사람들의 일거일동을 예의주시한다. 잠시도 경계의 눈을 게을리하지 않는다. 언제 누가 어떤 방법으로 해를 끼칠지 모르기 때문이다. 마치 적진에 뛰어든 스파이 같다. 이들은 작은 일에도 면밀한 계산을 한다. 어물쩍하다간 손해를 볼지 모르기 때문이다. 이용당하고 있는 건 아닌지 항상 주의를 게을리하지 않는다. 누가 무슨 말을 걸어와도 어떤 저의가 있는 건 아닌지 일단 의심을 해본다.

온 신경을 곤두세우고 있으니 몸엔 식은땀이 흐르고 혈압이 오른다. 실제로 의심증이 많은 사람들의 사인死因이 심장, 혈관계통의 질환에 의한 것도 의학계의 관심을 모으고 있다.

나라도 그렇지만 개인 간에서도 어느 한쪽이 열등감을 느끼고 있을 땐 그 관계유지가 무척 힘들다. 같은 직장 내에서도 마찬가지다. 열등감으로 인한 피해의식이 강한 친구가 섞여 있으면 직장 분위기가 딱딱해진다. 녀석의 오해로 인해 때론 험악한 분위기로까지 된다. 몇이 모여 차 한잔 마시러 나가도 녀석은 당장 소외된 기분이 든다.

"너희들끼리만 나가지! 좋아, 두고 보자!"

마치 원수나 보는 듯한 복수심이 생긴다.

"어이, 나도 같이 가자"고 따라나서면 될 텐데, 열등감이 많은 친구는 이게 안된다. 친구들이 일부러 자기를 따돌리는 걸로 즉각적인 오해를 해버리기 때문이다. 사실인지도 모르지만 말이다. 참 피곤한 사람이다. 직장뿐 아니라 어떤 인간관계에도 이런 친구와의 만남은 무척 피곤하고 신경이 쓰인다. 비교적 단조롭고 동질적인 사회에선 열등감이 큰 문제가 되지 않았다. 만나는 사람이래야 극히 제한된 몇 뿐이었다. 정 사람이 꼴보기 싫으면 죽림사현竹林士賢입네 하고 숨어 살 수도 있었다.

그러나 사회가 복잡해지면서 누구에게나 문호가 개방되고 이질적 요인이 많아질수록 열등감을 자극할 요인들도 함께 증가했다. 같은 직장에서도 무학에서 대학, 박사까지 있는가 하면 직급에도 일용잡급직에서 사장까지 층층이다. 성씨姓氏도 그렇고 출신지 역시 다양하다. 대우나 임금 역시 현격한 차이가 난다. 낮은 사람으로선 열등감을 안 느낄 수 없게 돼있다. 거기다 우리 특유의 상향의식이 작용하고 있으니 더욱 심각하다.

서양에선 학력에 따른 임금 차이도 적고, 또 이를 기정사실로 받아들인다. 이건 체념도 아니다. 자기가 한 노력의 대가다. 공부를 적게 했으면 대우도 적은 게 당연한 일이다. 이게 자본주의 경쟁의 원칙이다. 이건 어릴 적부터 그들에겐 체질화되어 있다. 따라서 임금이야 낮아도 자기가 선택한 직업에 긍지를 갖고 있다. 열등감이란 생각조차 아예 하지 않는다.

그런데 우리 사정은 이와는 좀 다르다. 이유야 어쨌든 현재의 대우에 불만이고 그만큼 열등감을 갖게 된다. 자기 능력이

나 노력은 생각지도 않는다. 그래서 낮은 대우에 대해 자기는 늘 피해자라고 생각하고 있다. 사회의 모든 게 오해의 대상이다. 인사도 정실이 개입되는 걸로 믿게 된다. 사장과 동향이 아니므로 차별대우를 받고 있다고 생각한다.

물론 이런 오해가 전혀 사실무근이 아니라는 게 우리 현실의 문제점인 것도 사실이다. 혈연, 지연, 출신교 등이 인사정책에 강하게 작용하고 있는 것도 사실이어서, 가뜩이나 열등감이 많은 사람의 입장에선 피해의식이 안 생길 수도 없게 돼있다.

서양의 기능위주의 인사에 비해 우리는 정실이 더 우선하고 있다는 걸 부인할 수 없다. 당하는 입장에서야 피해의식이 당연히 생기게 돼있다. 직장인의 고민 중 상당한 비율을 차지하는 게 바로 이런 문제에 기인하고 있다. 이게 직장 노이로제 문제의 핵이다.

아니 땐 굴뚝에 연기나랴. 피해망상증 환자에게도 그럴 듯한 이유가 있다. 무척 논리정연하다. 자기가 입은 피해를 설명하는 데 그럴싸한 객관적 근거를 제시한다. 듣고 보면 참 그럴 듯도 하다.

하지만 비록 그런 일이 실제로 있었다 하더라도 작은 일을 두고 지나치게 과장, 확대해석해서는 안된다. 물론 이런 오해가 증폭작용을 하는 계기는 열등감이다. 자신 있는 사람이면 그건 것쯤 아예 무시해버릴 수도 있는 일이다. 그래야 대성한다. 그런 정실이 작용할 수 없도록 내 실력을 키워야하기 때문이다. 누구도 인정하는 실력 앞에선 사소한 정실이 개입될 수가 없다. 작은 불이익에 연연해선 큰일을 해낼 수 없다. 승자는 넘어지면 일어서는 쾌감을 알고 패자는 한탄만 한다. 승패는 이 차이에서 온다.

성姓 개방시대의 질투병리

미국의 유명 영화배우 폴 뉴먼 부부는 예일 대학의 연극교수로 있어서 나도 가끔 이들을 볼 기회가 있었다.

어느 날 혼자 식사를 하는 폴에게 부인이 함께 안 왔느냐고 말을 걸었다. 음악회에 갔을지도 모른다는 막연한 대답이었다. 난 좀 의아한 생각이 들어 부인이 혼자 갔느냐고 또 물었다.

"아뇨, 음악회엘 갔다면 스티브하고 갔을걸요. 음악이라면 그 친구라야 아내와 이야기가 통하거든요. 난 녀석이 참 부럽단 말이야."

그의 말엔 조금의 가식도 없었다. 얼굴엔 가벼운 홍조까지 띠고 있었다. 난 그럴 수 있는 그의 인간성에 정말 매력을 느꼈다. 아내와 함께 음악회에 간 그 남자를 부러워할 수 있다는 건 얼마나 인간적인가. 그리고 그걸 스스럼없이 솔직히 털어놓을 수 있다는 것도 범인으로선 하기 어려운 일이다. 그건 선망이지 질투는 아니다.

열등감에 시달리는 내 환자라면 그 경우 어떻게 했을까를 생각해본다. 틀림없이 다음 두 가지 형태의 연쇄반응이 일어날 것이다. 그 첫째가 자기 패배형이다.

"아, 그예 아내는 그와 갔구나. 역시 난 안돼!" 그리곤 술집에라도 달려갔을 것이다.

그 다음 유형이 더 무섭다.

"역시 내 추측이 맞았구나. 내가 그냥 둘 줄 알아? 당장 달려가…"하고 노기등등한 얼굴로 찾아 나설 것이다.

어느 쪽이든 실패는 보장돼 있다. 음악회에 갔다는 단순한 사실에 이렇게 반응을 한다면 실패는 불을 보듯 뻔하다.

우리 일상생활에선 정말 하찮은 일에 오해를 한 나머지 엄청난 비극을 초래하는 경우가 허다하다. 애인이 다른 남자와 커피 한잔한 게 시발이 되어 자기 파멸의 수렁으로 빠져들기도 한다. 애정소설도 모두 이게 주제다. 기왕이면 좋은 쪽으로 해석할 수도 있는 걸 굳이 자기에게 불리한 쪽으로 생각하는 게 약자의 병리다. 오빠일 수도 있고 직장 동료와 사무적으로 만날 수도 있는 것이다. 아니라도, 그런 쪽으로 생각하는 게 속편하다. 아니면 폴 뉴먼처럼 자신의 약점을 솔직히 시인하는 것도 한 방법이다. 다만 이걸 자기라는 인간 전체에 확대 적용

시켜선 안된다.

못 하는 건 음악뿐이다. 설령 여자가 나를 싫다고 가는 한이 있더라도 그걸 내 인간 전체에 연관시켜선 안된다. 성격이 안 맞을 수도 있고 취미가 다를 수도 있다. 그저 두 사람의 관계가 내 생각만큼 잘 안돼간 것뿐이다. 이런 단순한 사실을 두고 자신에게 실패자의 낙인까지 찍어야 할 것까진 없다.

모든 건 내 마음이 만들어내는 것이다. 자기 격하를 시킨 것도 내가 한 짓이다. 어쩌면 이 경우가 다행일는지 모른다. 잘못이 외부에 있는 거라면 내 마음대로 쉽게 고칠 순 없지만 그게 내 속에 있는 이상 내 마음먹기 따라선 고칠 수가 있기 때문이다.

문제는 해석이다. 일어난 사실을 바꿀 순 없다. 하지만 해석을 어느 쪽으로 할 것이냐는 마음먹기에 달렸다.

사양심과 양보심

서양사람들은 사양할 줄을 모른다. 우리가 서양 친구 집에 초대되었을 때 가끔 서운한 여운이 남는 것도 바로 이 사양심의 차이다.

차 한잔이라도 우린 일단 사양부터 한다. 서양사람은 한번 싫다면 그걸 그대로 받아들이곤 다시는 권하지 않는다. 예의상 하는 사양을 진짜 싫은 걸로 알기 때문이다. 이러한 의식 차이로 처음 여행길에 밥을 굶기도 한 에피소드가 많다. 분명히 배는 고픈데도 괜히 체면상 한마디 한 게 화근이 된 것이다. 우리끼리 같으면야 이런 오해는 있을 수 없다. 손님이 아무리 싫대도 굳이 밥상을 차려오게 돼있다. 싫다는 손님도 주인의 그런 마음을 짐작하기 때문에 짐짓 안 그런 척하고 손을 흔든다. 손님의 지나친 사양으로 주인을 오히려 당황하게 하는 경우도 없지 않다.

때론 좀 주책없을 정도의 이 사양심은 어디서 유래한 것일까?

예절이 바른 민족이기 때문이라고 추켜세울 수도 있다. 그러나 근본적인 이유는 열등감이다. 나보다 잘 사는 집에 갈수록 사양이 많은 걸 봐도 그건 틀림없는 해석이다.

나와 처지가 비슷하거나 못한 집에 가면 조금 달라진다. 만만한 것이다. 권하는 대로 먹고, 또 모자라면 더 달란 소리까지 한다. 그러나 나보다 잘 사는 집에 가면 예외 없이 열등감이 발동한다. 차 한잔도 굳이 사양한다. 내가 얻어먹으러온 것이 아니란 걸 분명히 밝히기 위해서다. 구걸이라도 하러온 듯한 인상은 주기 싫다. 배고픈 것쯤이야 좀 참는 게 낫지, 자존심을 상하게 할 순 없다.

사양을 해야만 할 타당성이 있는 경우라면 몰라도 열등감을 숨기기 위해 하는 이 강박증은 일종의 병이다. 차 한잔에 자존심까지 들먹인다면 병이 아니고 무엇인가. '거지'가 아니란 걸 보이기 위해 사양을 한다지만 이거야말로 진짜 거지다.

우리는 먹는 데 관한한 사양을 하게끔 철저한 훈련을 받아왔다. 염치없는 인간이 되어선 안되는 걸로 배워왔다. 이거야말로 가난이 빚은 궁여지책일 것이다. 풍요한 나라에선 적어도 먹는 것에 관한한 사양이란 걸 별로 할 필요가 없다. 눈치를 보거나 염치를 따질 필요가 없이 자랐기 때문이다.

이건 우리끼리도 마찬가지다. 부잣집 애들은 남의 집에 놀러가도 스스럼이 없다. 사양도 없거니와 배고프면 오히려 달라고 하지만, 없는 집 애들일수록 사양이 많다. 눈치를 보며 마지못해 밥상에 앉는다.

그나마도 밥을 좀 남긴다. 슬픈 장면이 아닐 수 없다. 저 어린 것이 왜 다 먹어치우질 못할까. 그러나 이 가난한 애는 그렇게 해야만 자존심이 서는 걸로 생각하고 있다. '난 배가 고프지 않다', '나는 거지가 아니다'라는 선언이다.

이게 사양심의 병리다. 사양이란 본심이 아니다. 겉과 속은 아주 다르다. 이건 어디까지나 열등감을 감추기 위한 수단이지 진실은 아니다. 하나의 허세요, 허구다. 우리가 예절이라고 칭찬하는 건 하나의 합리화요, 미화일 뿐이다. 가난이 빚은 조상의 유산이다. 오해 말아야 할 점은 사양과 양보는 다르다는 점이다. 양보란 건 남을 위해 내 욕구를 억제하는 희생정신이다. 사양이 많다고 양보심이 많다는 건 결코 아니다.

사양을 모르는 솔직한 사람이 생사의 갈림길에선 과감한 양보를 하는 신사도를 발휘한다. 침몰해가는 배에서 탈출하며 마지막 남은 한 자리를 여자에게 양보하는 사람도 있다. 이런 용기는 열등감으로 위장된 사양심에선 쉽게 생겨날 수 없는 일이다. 겉과 속이 분명한 사람만이 할 수 있는 행동이다.

사양심이란 꼭 손님의 경우만은 아니다. 분에 넘치는 대접을 해야 하는 주인도 역시 마찬가지다. 거지가 아니란 걸 보여주기 위해서도 분에 넘치는 대접을 한다. 가난한 집일수록 손님 접대에 과다한 지출을 해야 하는 것도 바로 이 거지 인상을 씻기 위한 과잉보상이다.

내일 아침 애들 책값을 못 주는 한이 있더라도 오늘 저녁 손님접대만은 융숭하게 해야 하는 강박증도 다른 걸로 설명할 길이 없다.

차 한잔 끓여놓고 손님을 부르는 서양사람들과는 너무나 대조적이다.

초대를 받고 잔뜩 기대하고 갔다가 실망하고 온 한국 유학생의 이야기도 이런 데서 비롯된 것이다. 숨길 게 없다. 있는 그대로를 보여주고 대접하는 것이다. 손님이 온다고 외상을 져가며 거창하게 차리지 않는다. 그러니까 서양 가정에선 손님초대가 전혀 어렵질 않다. 우리처럼 거창해서야 손님 한번 청하기가 이만저만 힘든 게 아니다.

술값은 돈 많은 쪽이

친구와 함께 차 한잔을 마셔도 꼭 돈 없는 친구가 먼저 일어나 계산한다. 자기가 안 내면 남들이 무시할 것 같은 기분에서다. 그래놓곤 돌아와 돈 많은 친구를 흉본다. 짜다느니, 인색하다느니 하면서 말이다. 선박왕 오나시스가 그의 초창기, 그리스를 떠나 해외에서 착착 기반을 다져가고 있을 때 일이다. 그를 만나고 온 옛 친구들은 하나같이 입을 모아 그의 인색을 헐뜯었다. 보아하니 기반도 착실한 녀석이 친구를 만나도 술 한잔 사질 않는다는 것이다.

이런 이야길 듣고 딱히 여긴 오나시스의 비서가 그에게 충고를 했다.

오나시스는 박장대소를 하더니 이렇게 대꾸하는 것이었다.

"녀석들이 나한테 기회를 주지 않는걸! 연회가 끝나면 언제 계산을 했는지 다 치르고 가버리지 뭐야. 내 술을 얻어 마실 배포가 없어서들 그래!"

참 함축성 있는 말이다. 열등감이 많을수록 대접을 받기가 거북하다.

비굴한 생각도 들고 얻어먹는 듯해서 자존심이 상한다.

식당에선 요즈음도 계산대 앞에서 서로 내겠다고 밀치는 광경을 자주 볼 수 있다. 외국사람은 어리둥절한 표정으로 바라본다. 왜 저러는지 이해가 되질 않기 때문이다. 설명을 듣고 난 후에는 아주 감탄을 한다. 어쩌면 저렇게들 인정이 많고 우애가 깊으냐고 말이다.

물론 그렇게 해석할 수도 있을 것이다. 그러나 서로 내겠다는 게 열등감을 숨기기 위한 경쟁이라면 이건 비극이 아닐 수 없다.

칭찬과 아부

칭찬하는 데 무척 인색한 사람이 많다. 마치 아첨이나 떠는 비굴한 일쯤으로 생각한다. 특히 자기보다 좀 잘난 사람 앞에선 더욱 그렇다. 속이 들여다보이는 것 같아 얼굴이 간지러워 못하겠다는 말도 한다. 자존심이 허락지 않는다고도 한다.

이렇게들 칭찬에 인색한 자신을 변명하지만 근본적인 이유는 열등감이다. 이게 작용하고 있는 한 칭찬은 곧 아부라고 생각된다. 마치 자신의 패배를 인정하는 것 같다. 굴욕감이 들 수도 있고, 비굴한 기분이 들어 자존심에까지 상처를 준다. 이런 상황에서야 칭찬이 나올 수가 없다. 따라서 열등감이 강한 사람일수록 칭찬에 인색해질 건 당연한 이치다.

이들은 인생을 언제나 경쟁하는 눈으로 보기 때문에 자신은 패배자라는 생각에서 벗어나질 못한다. 누굴 만나도 자신이 없다. 위축된 기분에선 어떤 느낌도 자연스레 표현될 수 없다. 웃음은커녕 말조차 제대로 안나온다. 웃는 것도 마치 아부나 하는 듯한 기분이 들기 때문이다. 이들은 아랫사람에게도 역시 인색하다. 칭찬은 마치 목적이 있어, 예비공작이나 하는 듯한 인상을 주는 걸로 알기 때문이다. 무슨 꿍꿍이속이 있는 것으로 자신의 진의가 상대에게 의심받을까봐 두려움이 앞선다.

칭찬을 못하는 사람은 자신의 인간관계도 잘될 리가 없다. 친구도 물론 없다. 인기가 없다고 투덜댄다. 하지만 그 원인이 자신의 칭찬 결핍증에 있다는 걸 잘 모르고 있다.

칭찬을 아끼지 말아야 한다. 상대가 뭐라고 받아들이건 상관할 것 없다. 내가 좋으면 좋은 거다. '넌 참 노래를 잘해 좋겠다'고 부러워하는 건 더 좋은 방법이다. 못하는 걸 억지로 칭찬하라는 건 아니다.

정말 잘하는 노래라면 빈정대지 말고 칭찬하고 부러워도 해보라. 이건 아부가 아니다. 엄밀한 뜻에서 칭찬도 아니다. 내가 느낀 사실을 이야기한 데 불과하다. 다만 속에 두지 말고 표현하도록 노력하자는 거다. 작은 일에도 칭찬하고 부러워하는 습관을 들여보자. 이건 신통한 효과를 발휘한다. 사람들은 그러한 당신을 좋아할 것이다. 기회가 있을 적마다 당신을 찾을 것이다.

동서냉전이 팽팽했던 때, 미국 국무장관이었던 키신저는 그 능란한 외교술로 화해무드를 조성하는 데 결정적 공헌을 했다. 철의 장막 구소련은 물론이고 죽의 장막에 가린 중국의 문을 연 것도 그였다.

참으로 놀라운 수단이었다. 세계 언론은 그 비법이 궁금했다. 훗날 자리에서 물러난 후 그 비법은 '칭찬'이라고 한마디로 잘라 말했다. 어떤 거물도 칭찬에 약하다는 사실을 그는 확신하고 있었다. 딱딱한 회의석상에도 상대의 작은 구석을 칭찬하면 빗장을 풀고 너그러워진다는 것이다. 작은 칭찬이 닫힌 문을 열게 하는 비방이었던 것이다.

누구에게나 '자기 기분 앙양제'는 필요한 법이다. 그게 자기를 밀어주는 힘이 되는 것이다. 자기 추진력이다. 속이 텅빈 사람이 술을 찾는 것과 같은 원리다. 밀어주는 힘이 없을 땐 술에라도 의존하는 수밖에 없다. 이게 알콜중독의 첫걸음이다.

하지만 칭찬이야 중독성이 있는 게 아니다. 결핍증은 있어도 과잉증은 없는 게 칭찬이다. 돈 드는 일도 아니다. 말 한마디만 하는 습관을 들여보라. 당신은 사방에 불려 다니는 인기인이 될 것이다.

칭찬 못하는 걸 자랑으로 아는 바보도 있다. '난 사람 앞에선 칭찬을 못해'하고 겸손을 부리지만, 사실은 우쭐대고 있는 셈이다. 자존심깨나 강한 사람 같지만 사실은 열등감 덩어리다. 자신 있는 사람은 칭찬에 인색하지 않다. 그게 아부가 아니란 확신을 갖고 있기 때문이다.

일류병

신분계급이 분명했던 옛날엔 그 계급에 따른 차이감은 체념을 한 채 살아왔다. 가난하고 서러운 사람에겐 이 체념만한 약이 따로 없다. 대궐 같은 집을 바라보며 게딱지 같은 집에서 갈등 없이 살 수 있었던 건 체념의 덕분이었다. 속이 상해서도 못 살 것 같은데 신통한 일이 아닐 수 없다. 가난한 조상은 체념이라는 방어기제를 용케도 만들어냈다. 이것은 어떤 갈등도 융화시킬 수 있는 강력한 힘을 갖고 있었다. 체념할 수 있었기에 살아올 수 있었다.

하지만 현재의 개방시대에 접어들면서 체념의 기제는 약화되기 시작했다.

누구에게나 기회는 주어졌다. 갈등이 일기 시작한 것이다.

체념에 눌린 응어리가 한으로 남아 있었던 것이다. 못 살고 짓눌린 한이 설움으로 남아왔던 것이다.

잘 살고 싶은 욕망이 누구에겐들 없으랴만 우리만큼 이게 강렬할 수는 없다. 못 살았던 한을 풀어야 했다. 한이 맺힌 사람은 무섭다. 당대에 못 이루면 그 한을 자손에게 물린다. 살아서 못 이루면 죽어 귀신이 되어서라도 풀어야 했다. 그 집념은 가히 필사적이다.

지난 70년대 '잘 살아보자'는 구호가 우리의 가슴마다 절실하게 와 닿을 수 있었던 것도 이런 서러운 역사가 있었기 때문이다. 이것이 우리로 하여금 빠른 시일에 세계가 놀랄 근대화 작업을 할 수 있게 한 저력으로 승화되기에 이른 것이다.

그러나 또 한편으로는 부작용도 없진 않았다. 소위 일류병이라는 것도 이런 역사심리적 배경 속에 태어난 부산물이다. 그 사회적 병폐야 일일이 열거할 필요도 없지만 개개인의 입장에서도 보통 일이 아니다.

한이 맺힌 사람은 이를 보상하기 위해 방법을 가리지 않는다. 어떤 희생을 치르더라도 기어이 그 한을 풀어야 한다는 필사의 집념이 어려 있다. 학벌이 없는 집에선 돈 아니라 내 몸을 팔아서라도 대학을 마쳐야 한다. 상아탑이 우골탑이 된 슬픈 이야기도 한 맺힌 한국인의 일류병이 만든 것이다. 세계에 유례가 없는 학교 재벌이 탄생할 수 있었던 것도 바로 여기에 있다.

돈에 한이 맺힌 사람은 체면도 명예도 다 집어던지고 오직 돈만을 위해 평생을 바친다. 건강도 자식교육도 뒷전이다. 한을 풀기 위해선 무슨 짓을 못해, 보고 있노라면 소름이 끼친다.

체념과 한 – 이건 아마 우리 특유의 정신병리라 해도 무리는 없을 것이다. 서양엔 없다. 그들은 어느 한 가지를 위해 인생의 다른 모든 걸 희생하는 법이 없다. 돈도 명예도 그리고 재미도 자기 분수에 맞게 골고루 갖춰 산다. 균형이 잡혀 있다. 적어도 우리처럼 일류병에 미쳐 있지는 않다.

우리에겐 남보다 뒤떨어진다는 건 참을 수 없는 굴욕이다. 남과 같아야 한다는 철저한 평등의식이 있는가 하면, 또 한편으로는 가히 병적인 일류병에 시달리고 있는 이중성의 갈등 속에 살고 있다. 그러나 근본적으로는 이게 모두 열등감을 보상하기 위한 반작용임엔 틀림없다.

요즈음엔 옛날처럼 신분화된 계급이 없지만 계층문화는 더욱 세분되고 이질화되어가고 있는 추세다. 따라서 일류병에의 집념이 강한 만큼 삼류의식에의 고민 또한 적지 않다. 열등감에 빠져 좌절할 요인이 더 증가된 셈이다.

이를 올바로 의식하고, 인정하고, 그리고 수용해야 한다. 그럴 수 있을 때 비로소 이를 보상하기 위한 합리적 노력을 기울일 수 있다.

자부심과 긍지

미국의 철강왕 카네기가 그의 철강업에 정열을 쏟고 있을 당시였다. 그는 한 사람의 철공을 눈여겨보고 있었다. 그 철공은 말이 없었다. 맡은 바 일만 열심히 했다. 그 자세는 언제나 진지하고 성실했다. 그리고 자기가 하는 일에 자신감이 넘쳐흘렀다.

'저 사람이야말로 이 회사를 책임질 수 있겠다'고 카네기는 생각했다. 그를 사장실로 불러 그에게 사장 자리를 물려줄 자기 결심을 이야기했다. 어리둥절한 철공이 사장을 쳐다보더니 고개를 저었다.

"사장님, 난 다른 일은 못합니다. 평생 해본 일이라곤 이것밖에 없는걸요. 철공 일에서야 대통령이죠…. 사양하겠습니다."

어리둥절하게 된 건 이제 사장 쪽이었다. 하지만 그는 곧 철공의 말을 이해할 수 있었다.

"그렇소, 내 생각이 부족했던 것 같소. 당신이야말로 세계 제일의 철공이니 오늘부터 대통령의 월급을 주겠소."

그래서 철공은 카네기 회사에서 가장 봉급이 많은 사람이 되었다. 이게 카네기의 멋이요, 생활철학이었다. 무슨 일을 하든 이것만은 내가 제일이라고 믿는 사람만이 성공할 수 있다는 것이다.

그가 12살 때 방직공으로 출발했을 때도, 그리고 그 후 우편

배달부가 되었을 때도 그는 항상 이 일만은 내가 세계 제일이라는 신념을 버리지 않았다. 그리고 그렇게 되기 위해 노력한 것이 곧 그의 성공 비결이란 게 자신의 체험담이다.

하지만 이것이 그리 쉬운 일이 아닌가보다.

근심스런 얼굴로 내 진료실을 찾아오는 샐러리맨들은 이와 반대되는 말을 많이 한다. 자기 자리가 불안하다는 이야기다. 곧 쫓겨날 것 같아 걱정이라는 것이다. 결정적인 실수를 저지른 것도 아니다. 괜히 그런 생각이 든다는 것이다.

다른 사람들은 모두 하는 일에 자신이 있어 보인다. 나만이 무능한 사람처럼 느껴진다. 상사들은 무능한 자기를 두고 수군대고 있다. 자기를 몰아낼 궁리를 하고 있다는 등 피해망상으로까지 발전한다.

이쯤 되면 비극이다. 그러나 그 불안의 요인은 아주 간단한 데 있다. '나 아니고도 누구나 이 일은 할 수 있다'는 생각 때문이다. 이러한 평가에 객관적 근거가 있는 것도 아니다. 스스로 평가절하를 해버린 것이다.

그러니 자리가 편할 리 없다. 눈치만 보자니 소신껏 일할 수도 없다. 점점 위축되어 소극적으로 되니 그 나마의 능력도 발휘할 수 없다. 상사가 부를 적마다 '이크, 잘리는구나'하고 가슴이 철렁 내려앉는다.

이런 파면 공포증에게 감원설이라도 나도는 날이면 아주

치명적이다. 쫓겨나기 전에 제 발로 나가자고 사표를 던진다. 깜짝 놀란 상사가 말려야 소용없다. 으레 하는 제스처로만 생각한다. 이렇게 해서 직장뿐 아니라 아주 인생을 뜨는 사람도 있다. 자기를 움직이게 하는 동력원을 스스로가 끊어버린 것이다.

경제가 바닥을 치면서 명퇴니 구조조정이니 하는 압력은 지금도 우리 어깨를 무겁게 짓누른다. 전문직보다 일반직일수록 더 심각하다. 나 아니면 안된다는 의식이 약하기 때문이다. 아직 갈 길이 멀다. 지금부터라도 준비해야 한다. 내가 제일이라는 의식을 갖도록 해야 한다.

사람마다 자기를 끌고 가는 힘이 있다. 그건 외부에 있는 게 아니고 내부에 있다. 그걸 외부에 의존하는 사람은 쉽게 좌절한다. 뭇사람의 박수에 취해 살던 유명인이 대중으로부터 외면을 받으면 하루아침에 폐인이 된다.

얼굴만 파는 탤런트가 화상을 입거나 인기 스포츠맨이 교통사고를 당했을 때가 바로 그런 예다. 팬들이 얼마나 매정한가를 실감하게 된다. 인기에 의존하는 사람일수록 자기 속에서 무얼 찾질 못한다. 술이나 마약 속으로 빠지는 이들의 말로가 이를 증명해주고 있다.

예일 대학의 리츠 교수는 환자의 병을 찾기보다 신체의 건강한 부분을 찾으라고 강조했다. 이게 그를 밀어주는 힘이 되고 있기 때문이다. 이를 활성화시켜주는 게 곧 치료라고 강조했다.

리츠 교수는 어느 날 자기 애를 집 밖으로 쫓아내버린 엄마의 상담을 받았다.

"이 애는 못 써요. 입만 벌리면 거짓말인걸요."

엄마는 분노에 찬 눈으로 애를 쏘아봤다. 교수는 태연히,

"거짓말을 잘하면 관상대로 보내시죠."

방 안에 '쿡'하고 웃음이 터졌다. 엄마도 따라 웃었다.

결점까지도 자기 추진력이 될 수 있다는 게 그의 지론이었다.

누구에게나 자기를 끌고 가는 힘이 있다. '나만큼 맡은 일을 책임감 있게 하진 못해', '나만큼 건강하진 못해', '이건 나 아니고는 안된다', '이 일만은 내가 최고'란 의식, 이게 곧 자기를 밀어주는 힘이 된다.

잠 잘 자는 것, 밥 잘 먹는 것도 이것만은 내가 제일이라는 자신이 생길 때 여유가 생긴다. 뒷산 꼭대기라도 올라본 사람이 더 큰 산을 넘을 수 있는 배짱이 생긴다.

제일이라는 의식, 사람들은 그게 자기에게는 없다고 생각하기 쉽다. 하지만 있다. 객관적 사실이 아니라도 좋다. 또 그럴 수도 없다. 내가 그렇게 생각하면 그뿐이다. 찾아보라. 당신 속엔 세계 제일의 요소가 얼마든지 있다. 누가 당신을 쫓아낸단 말인가.

만능과 무능

다 잘한다는 건 다 못한다는 말과도 같다. 만능의 환상에서 깨어나지 않는 한 열등의식에서 해방될 순 없다. 못한다는 게 때론 자랑이 될 수도 있다.

아인슈타인의 눌변訥辯은 그의 두뇌만큼이나 유명하다.

어느 자선 파티에서 축사를 받고 일어선 것까진 좋았으나 무엇을, 어떻게 이야기해야 할지 영 갈피를 잡을 수 없었다. 한참을 머뭇거리다 그대로 앉을 수밖에 도리가 없었다. 그러자 좌중엔 즐거운 환성과 함께 우레 같은 박수가 터져 나왔다. 마치 명연설이나 한 것처럼.

그는 그날 밤 집에 돌아온 후에야 그때 하고 싶었던 말을 타이프해서 보냈다는 일화가 있다. 글재주도 없었지만 연설보다는 나았던 모양이다.

하지만 누구도 그러한 아인슈타인을 얕잡아보거나 무시하진 않는다. 아니 눌변일 수밖에 없는 그를 오히려 존경한다. 그리고 그 자신도 말재주가 없다는 이유 때문에 열등감을 느꼈다고 술회한 적은 없다. 기왕이면 그 머리에 능변까지 겸했으면 – 할 수도 있겠지만 그건 신경생리상 불가능하다. 그가 능변이었으면 그만큼 그의 두뇌는 덜 개발되었을 게 분명하기 때문이다.

하긴 우리 주위엔 만능이란 사람도 있고 팔방미인이란 말도 있다. 직장 체육대회 같은 데선 한두 사람의 선수가 전 종목에 출전한다. 축구, 야구, 배구 등 그야말로 만능선수 한두 사람 덕분에 종합우승도 한다. 그러나 이 수준까지가 한계다.

세계적 수준에선 누구도 만능일 순 없다. 수영 챔피언은 그것 외엔 아무것도 못하는 바보일 수밖에 없다. 올림픽 사상 전혀 다른 두 종목에 우승한 사람은 아직 없다. 이게 중추신경의 원리다.

가히 만능적인 소질을 타고 난 행운아가 없진 않다. 하지만 소질이 있다고 그걸 다 개발할 수는 없다. 개발이 안된 이상 소질만으로 정상정복은 어림없는 일이다. 머리 좋고 운동소질이 있을 땐 어느 한 가지를 택일해 집중 개발해야지 두 가지 다 잘하려다간 어느 것도 잘 못하는 어중이가 된다. 다 잘한다는 건 다 잘 못한다는 거나 같은 소리다.

박사도 자기 전문분야뿐이지 다른 일엔 백치다. 아니 백치라야 진짜 박사다. 세상물정에 어두운 박사를 존경하는 소이가 여기에 있다. 그들에겐 모르는 게 애교요, 자랑이다. 경우에 따라선 잘하는 게 오히려 약점이 될 수도 있다. 골프가 싱글이면 은행융자를 안해준다는 이야기가 있다. 바둑이 1급이고 당구가 천이면 혼인길이 막힌다. 테니스도 수준급이면 으레 낙제생이란 딱지를 붙인다.

못하는 게 장점일 수도 있다. 불구 예찬론이 아니다. 다만 어느 한 가지를 못한다고 열등감을 가질 필요는 없다는 말이다. 사람에겐 한 가지를 못하면 그만큼 다른 일을 잘할 수 있는 보상기능이 중추신경에 있기 때문이다. 손을 못 쓰면 발로도 글을 쓸 수 있게 해준다.

축구선수 펠레가 수영을 못해 울진 않았다. 피카소가 축구를 못해 고민했단 소리도 듣지 못했다. 당신이라고 고민할 이유가 없다. 무슨 일에서건 하는 일에 최선을 다한다면 그뿐이다. 그래, 박세리는 나보다 골프를 잘한다. 그뿐이다. 그 이상의 어떤 의미도 있을 수 없다. 골프를 잘하기 때문에 나보다 그가 우월한 것도 아니고, 그래서 내가 열등한 건 더욱 아니다.

배짱 있는 삶을 위한 Tip

열등감 때문에 먼저 술값을 계산하는 사람들에게

결론부터 말하면 술값이야 돈 많은 친구가 내야 한다. 특별한 사유가 없는 한 이건 당연한 논리다. 또 형편이 나은 친구라면 그럴 각오도 돼있다. 그 친구에게 맡기는 거다. 괜히 내는 척하고 우물쭈물할 것도 없다. 그럴수록 더 궁상스러워 보인다. 내는 척하려는 잔재주도 부릴 필요가 없다. "내가 내지"하고 헛소리할 것도 없다. 당당히 걸어 나가라. 괜히 내겠다고 버티면 진짜 무시당한다. 내 주머니 사정을 뻔히 아는데 자꾸 내겠다고 우기면 이건 오히려 실례다. 돈 많은 친구에게 맡기는 거다. 신세진단 생각도 할 것 없다. '그 친구는 나보다 돈 버는 재주가 더 있다. 고로 더 내야 한다.' 그 뿐이다. 그게 돈 잘 버는 사람의 의무요, 책임이다. 거기에 무슨 열등감이나 자존심을 내세우랴.

그렇다고 얻어먹기만 하는 얌체가 되란 소리는 아니다. '작은 찻값 정도는 내가 낸다'는 원칙을 세워두는 것도 좋다. 그나마 아껴 어쩔 건가. 티끌 모아 태산이라지만 천만에다. 천년을 모아야 티끌이 태산이 될 순 없다. 아낄 일이 있으면 큰 데서 아껴야 한다. 큰 건 돈 많은 친구가 내야 한다.

한국적 스트레스 • 눈치 과잉증 • 글쎄… • 화치話癡의 고민 • 토론에 미숙하다 • 아는 사람

• 합석을 못해 • 무난한 사람 • 억압의 한계

Chapter

08

대인불안
눈치작전의 대가들

솔직히 남의 기분을 알고
모르고는 내 소관이 아니다. 말로 하지
않는 이상 몰라도 그만이다. 그건 내 권리다.

CHAPTER • 08

대인불안 / 눈치작전의 대가들

한국적 스트레스

현대병이니 문화병이니 하는 소위 신경성 질환이 스트레스에 의해 발병한다는 건 잘 알려진 상식이다. 그리고 스트레스의 원인은 사회가 복잡해질수록 더 많아지고 있다. 공해, 물가, 전쟁 등 어느 것 하나 스트레스 아닌 게 없다.

하지만 이 많은 것 중에서 가장 악질적인 것은 인간관계에서 비롯되는 스트레스다.

우리나라에선 예로부터 인간관계를 무척 중히 다루어왔다. 학문도 거의가 인간학이었고, 이게 또 가장 중요했다. 이렇게 인간관계를 특히 중시해온 데는 풍토적 영향을 우선 들지 않을 수 없다. 계절풍의 강한 영향권에 있는 우리로선 자연에의 도전은 상상도 할 수 없는 일이었다. 태풍 앞에선 굴복할 수밖에 다른 도리가 없다.

우리는 그래서 자연을 두려워하고 이를 수용하지 않으면 안 되었다. 서양의 도전적이고 자연을 정복하는 기상과는 아주 다르다. 따라서 서양에선 자연과학이 발달할 수밖에 없었고, 대신 우리는 인간학에 치중한 것이다. 좁은 생활공간에다 먹을 것도 넉넉잖은 형편에선 인간을 잘 다루어야 한다. 배고픈 것도 참고 양보할 수 있는 극기, 인내를 가르쳐야 했기 때문이다.

서로 자기 욕심만 차리겠다고 나선다면 집안꼴이 어떻게 될 것인가 말이다. 질서를 유지할 규범이 필요했던 것이다. 그것은 전쟁터의 군율보다 더 엄한 규율이어야 했다. 조상은 신이요, 아버지는 하늘이었다. 형은 금다리를 놓고도 치지 못하게 가르쳤다. 군의 계급보다 더 분명한 위계질서를 확립해두지 않으면 안되었다.

촌수란 걸 만들어 친소를 인위적으로 규정해둔 것도 세계에 그 유례가 없다. 내외란 걸 만들어 남녀구별을 분명히 했다.

우리나라만큼 인칭대명사가 복잡한 나라도 없다. 또 거기 따른 예법이며, 응대규범이 달라서 웬만한 선비도 이를 다 이해하지 못할 지경이었다. 관혼상제례가 복잡하기로도 단연 세계적이다.

잔치 때마다 그 법도를 따지느라 싸움이 안 일어날 때가 없다. 잔치를 못 끝내는 한이 있더라도 따질 건 따져야 한다. 저마다의 의견이 구구해서 잔칫집은 난장판이 된다. 나라가 풍전등화의 위기에 빠졌는데도 장례절차 싸움에 여념이 없었다. 정말 시시하고 하찮은 법도 때문이었다.

조선시대의 당파싸움도 여기에서 비롯됐고, 급기야는 임진왜란을 맞게 된 것도 따지고 보면 이것이 원인이었다.

눈치 과잉증

대인관계를 잘 해나가려면 우선 눈치가 빨라야 한다. 그래야 대인불안을 없앨 수도 있다. 너무 예민하게 눈치를 보려다 더 불안해지는 수가 있긴 하지만 말이다. 여하튼 상대의 기분을 잘 맞춰야 눈에 나지 않는다.

그의 '눈에 들어야' 인정을 받고 사랑을 받는 의존관계가 성립된다. 상대의 기분을 맞추기 위한 이런 노력은 궁극적으로는 의존관계가 끊어지지 않나 하는 불안에서 출발한다. 우리는 그렇게 자라왔고, 또 그렇게끔 훈련을 받아왔다.

서양사람들은 눈치가 없다. 숙맥 같은 친구들이다. 손님이니까 반가워하면 진짜 그런 줄로 알고 며칠이고 갈 생각을 않는다. 지겨운 생각이 드는 한국 주인의 속마음은 까맣게 모르고 있다.

눈치가 없어서다. 지겨운 생각이 들면 이제 그만 돌아가라고 해야 한다. 그런다고 기분 나빠하지도 않는다. 괜히 체면으로 더 묵고 가라면 말 그대로 며칠이고 편히 묵을 것이다. 우리 같으면야 아무리 반가워하고 더 있으라고 잡아도 그 속마음을 꿰뚫어볼 줄 아는 눈치가 있다.

이런 눈치가 요즈음 같은 국제시대에 민족의 저력이 된 것도 부인할 수 없다. 수천 년을 등 너머 누가 사는지도 모르게 폐쇄적이던 우리가 불과 몇 해 사이에 지구의 끝을 오가는 개방민족이 된 것이다. 더욱 신기한 것은 세계 어딜 가나 한국 교포는 적응을 잘한다는 점이다. 언어, 문화, 풍습이 전혀 생소한 곳에서 말이다.

민족성이 우수하고 부지런한 탓도 있을 것이다. 워낙 못 살았으니까 잘 살아보자는 강한 집념도 그 원인일 수 있다. 하지만 그보다 더 중요한 건 눈치다. 척하면 삼천리, 말이 안 통해도 눈치로 통한다. 아무리 생소한 것이라도 눈치만 빠르면 쉽게 익힐 수 있다. 눈치작전의 대가다.

하지만 이런 영광의 뒤안길엔 피곤한 신경전이 계속되고 있다. 눈치를 살피자니 신경은 언제나 예민하게 곤두세워져 있다. 한눈을 팔아도 안된다. 상대의 마음속에 무엇이 움직이고 있는지 경계의 눈초리로 지켜봐야 한다. 피곤하기 짝이 없다. 대인 불안증의 주범은 역시 이 눈치다.

글쎄…

나라 일뿐만이 아니라 자그마한 직장에서도 마찬가지다. 상사의 표정만 보고 일을 처리해야 하는 사무실이라면 근본적으로 잘못돼 있는 것으로 봐야 한다.

말을 해도 잘 모를 때가 있는데 하물며 눈치랴. 눈치로 알아맞히라니 맞았는지 틀렸는지 불안하기 짝이 없다. 곧 등 뒤에서 호통이 날아올 것도 같다. 이럴 땐 분명히 잘라 물어야 한다. 상사의 표정만 보고도 그 속을 짐작한다는 건 불가능하기 때문이다.

솔직히 남의 기분을 알고 모르고는 내 소관이 아니다. 말로 하지 않는 이상 몰라도 그만이다. 그건 내 권리다.

사장이 역정을 낸다. "부하직원들 교육 좀 시켜야겠어!" 이렇게 내뱉는 사장의 메시지를 당신은 이해할 수 있겠는가? 그게 무슨 뜻인지 분명히 알 수 있느냐 말이다. 무엇 때문에 그러는지도 모르고 "예, 알겠습니다"라고 대답할 것인가. 똑똑한 사장이라면 "뭘 알아!"라고 더욱 역정을 낼 것이다.

사실이지 모르면서 안다고 하는 건 아부이지 아는 건 아니다. 그럴 땐 다음 지시가 떨어질 때까지 조용히 기다리는 게 순서다. 그래도 말이 없을 땐 물어야 한다. 화가 난 상사에게도 물을 건 물어야 한다. 사장이 하겠다는 건지 나보고 하란 소린지 정도는 알아야지 해결 방향이 설 게 아닌가.

"사장님께서 하시겠습니까? 점심시간에? 회의실? 준비 자료는…?" 이렇게 정리하고 나면 한결 불안이 덜해질 것이다. 너무 꼬치꼬치 묻다간 또 짜증이 폭발할는지도 모른다. 그럴 땐 지극히 사무적으로 대하면 된다. 그렇게 하면 사장도 냉정해지려고 노력할 테니 말이다.

"김 과장이 알아서 해!"

이것도 문제다. 이건 짜증난 상사가 흔히 하는 소리다. 이것만큼 어려운 일도 없다. 오해 말라. 이건 절대로 당신 마음대로 하란 소리가 아니다. 이거야말로 사람 잡을 소리다. 그 속을 누가 알랴. 사원들이 인사를 잘못한 건지, 시끄럽다는 건지, 업무 지식이 없다는 건지 도대체 갈피를 잡을 수 없다.

"알아서 해!"

이건 정말 무서운 말이다. 그런 이상 더 묻다가 야단이 날 것은 분명하다. 하지만 무엇 때문에 화가 났는지는 알아야 할 것 아닌가.

그땐 적당한 간격을 두고 다시 물어야 한다. 사장이 한숨을 돌린 후에 말이다.

"사장님께서 꼭 강조하고 싶은 말씀이…."

이것만은 알아내야 한다. 눈치만 보다 이것도 몰라서야 무슨 교육을 하겠다는 건가?

말하지 않는 상사의 속까지 알아야 할 의무는 없다. 한국 직장에선 마치 그래야 유능한 사원인 것처럼 통하지만 냉정히 따지고 보면 그건 참 바보스러운 짓이다. 분명치 않다면 물어야 할 권리가 있다. 아니, 그건 의무다. 눈치 무서워 어물쩍하다간 더 큰 화근이 될 수도 있기 때문이다.

화치話癡의 고민

미국 작가 마크 트웨인의 익살은 세계적이다. 풍자와 해학에 넘치는 그의 글은 세계인이 애독하고 있지만 그의 재기 넘친 말재주야말로 더욱 일품이었다.

그러한 그도 데뷔 시절엔 사람 앞에 나선다는 게 그렇게 불안할 수가 없었다.

그가 처음으로 연설을 수락했을 때 너무도 불안한 나머지 한 꾀를 생각해냈다. 친구들을 동원해 청중 속에 숨겨놓은 것이다. 박수부대였다. 손만 들면 박수와 폭소가 터지게 약속이 돼 있었다. 연단에 오르자 박수가 터졌다. 그는 다른 청중엔 아예 신경을 쓰지도 않았다. 자기를 열심히 쳐다보고 앉은 친구들을 여기저기 내려다보노라니 적이 마음이 놓였다.

'모든 준비는 갖추어졌다. 모두가 나를 기다리고 있다. 저 박수소리를 들어보라. 모두가 나를 좋아하고 있다. 뭐가 두려워?

입만 열면 된다.'

그는 이렇게 마음속으로 되뇌며 여유 있게 말문을 열었다. 반응은 기대했던 대로였다. 첫마디가 떨어지자 장내는 웃음바다로 변했던 것이다. 선동꾼은 필요도 없었다.

이렇게 해서 그의 첫 연설이 성공적으로 끝났다. 무대 뒤로 온 친구들이 축하인사를 했다.

"정말 태연하게 잘하더군!"

"무슨 소리, 앞이 캄캄했어."

그는 능청을 떨었다.

"아니야, 말이 술술 나오던데 뭘 그래."

그의 능청을 모르는 친구들은 의아했다.

"캄캄하니 글로 쓸 순 없고 말로 할 수밖에 더 있나."

어깨를 으쓱거리며 그의 익살은 끝날 줄 몰랐다.

연설을 한다는 것은 처음엔 누구에게나 힘든 일이다. 아무리 경험이 많은 사람도 시작 전엔 가슴이 두근거린다. 수십만 청중의 심금을 울리는 빌리 그레이엄 목사도 백 번을 연습해야 비로소 자기 것이 되고, 그래도 떨리긴 마찬가지라고 했다. 쉽지 않은 게 연설이다. 가족이나 가까운 사이와는 이야길 잘하다가도 사람이 몇 사람만 모이면 그만 얼굴이 달아올라 떠듬거리기 시작한다. 다른 일엔 강심장이던 사람도 연설이라면 위축이 되어 꼼짝을 못한다. 단순히 말재주가 없어서가 아니다. 어릴 적 말 때문에 아픈 상처를 받은 경험 때문이다. 초등학교 때 반에서 책을 읽던 중 떠듬거리다 그만 아이들의 웃음거리가 된 일, 또는 어른들로부터 말참견을 한다고 야단을 맞은 일, 말재주가 없다고 핀잔을 들은 일 등이 그런 경우다.

이런 아픈 기억들이 잠재의식 속에 도사리고 있어서 연설 생각만 해도 악몽처럼 되살아나 불안에 떨게 한다. 기가 죽으니 말이 제대로 나올 수가 없다.

하지만 이건 방어본능이다. 군중 앞에선 공포심이 드는 게 정상이다. 그래야 자기 방어를 할 수 있는 마음의 준비를 할 게 아닌가. 아무렇지도 않다는 게 오히려 이상하다. 누구나 떨리게 마련이다. 당신만의 문제는 아니다. 그걸 인정하라. 청중들도 그 점은 익히 알고 있다.

"죄송합니다. 경험이 적어 떨리네요."

당신의 솔직함에 좌중엔 가벼운 웃음이 일지도 모른다. 하지만 그건 비웃음이 아니다. 솔직함에 대한 호의의 표현이다.

상황이 이렇게 진행되면 한결 편해질 것이다. 이젠 떨려도 되는 면허증을 발부받은 셈이다. 숨기려 하지 않아도 된다. 대범한 척 연기를 할 필요도 없다. 전전긍긍할 것도 이젠 없어졌다. 한결 수월해질 것이다. 소심증이든, 말재주가 없든 그것 때문에 낙심해야 할 아무런 이유가 없다. 더구나 요즈음은 옛날과 달리 유창한 달변은 필요 없는 시대가 되었다. 라디오, TV

에서도 매끈한 달변의 아나운서보다 좀 떠듬거리는 개성 있는 사람을 좋아한다. 소위 '퍼스낼리티'라 불리는 이런 사람의 어설픈 이야기가 더 호소력 있게 들리기 때문이다. 얼마 전까지만 해도 유창한 웅변이 청중을 감동시켜 소기의 목적을 달성할 수 있었다. 역사상 이름난 정치가는 예외 없이 달변이어야 했다. 하지만 지금은 달라졌다. 사람들은 약아져서 감동이 되면 곧 속는 거라는 걸 알기 때문에 좀처럼 감동에 말려들지 않으려 한다. 그래서 말 잘하는 사람을 경계하는 건 물론, 저항감을 넘어서 혐오감을 갖기도 한다.

사기꾼 치고 말 못하는 놈 없다. 이젠 달변가가 설득력이 없게 된 시대이다. 데이트를 해도 말을 너무 잘하면 '직업적인 꾼'으로 오해받기 쉽다. 수줍은 듯 좀 떠듬거리는 게 순진한 사람으로 호감을 사고 신뢰를 얻을 수 있다. 화치話癡 예찬론이 돼버린 것 같지만 말 잘 못한다고 기죽을 일은 아니다. 오히려 자랑으로 알아도 손해날 것 없다.

자신이 없거든 하지 말고 듣기만 하라. 보고에 의하면, 사람들의 85% 이상은 남의 이야길 듣기보다 말하길 좋아한다. 자기가 본 신기한 일이나 낚시의 월척, 골프의 홀인원 등은 몇 번이든 이야길 하고파 아주 미친다.

이런 사람들 덕분에 요즈음은 남의 이야길 들어만 주고 돈 받는 직업이 있다. 카운슬러도 그렇고 정신과의사도 그런 부류의 사람이다.

듣기만 해라. 바보일수록 잘 지껄인다는 서양격언도 있다. 자기가 말하는 동안은 자기 지식을 버리는 것이지 얻는 건 없기 때문이다. 듣는 사람만이 새로운 지식을 얻을 수 있고 또 이야기 않고는 못 배기는 '바보'들을 즐겁게도 해준다.

토론에 미숙하다

우리는 토론에 미숙하다. 서구식 민주주의가 토착화되기 힘든 것도 이 때문이다. 민주주의는 토론에서 시작된다.

불행하게도 역사적으로 우리는 토론이란 게 필요가 없었다. 나라 일이야 고을 원님이 시키는 대로 하면 되고, 마을엔 어른, 집에선 가장의 말만 따르면 그만이었다. 이런 종적인 관계에선 토론의 과정이 필요칠 않았다. 토론을 하려는 자체부터가 용납되지 않는 불손한 짓이었다. 비판은 물론이고 반대의견을 냈다간 그로써 끝장이다. 권위에 대한 도전이요, 반항으로 간주되었다. 그러한 수직의식의 잔재가 아직도 남아 있기 때문에 지금도 토론이 잘되지 않는다.

이제 우리 사회도 수평관계로 변화되어 가고 있고 또 그러기 위해선 활발한 토론이 필요하다.

대화 행정이란 구호도 나오고 있다. 그런데도 아직 토론에 미숙한 건 반대의견을 내기가 힘들기 때문이다. 우리나라에선 누구든 나와 의견을 달리한다는 건 곧 나를 싫어한다는 증거로 해석한다.

의견을 객관화시키기에 앞서 주관적인 감정으로 해석한다. 반대의견을 마치 적대행위로 간주하고 배신감을 갖기도 한다. 이쯤 되면 이미 토론이 아니다.

토론장의 또 한 가지 방해자는 체면이란 신사다. 참석한 이상 한마디 해야 체면이 서는 줄로 아는 '양반'이다. 회의 분위기가 어떻게 돌아가는지도 모르고 엉뚱한 장광설을 늘어놓는다. 그래야 직성이 풀리고 또 식자로서의 대접을 받을 수 있을 걸로 착각하고 있다. 남의 이야기는 뒷전이고 자기주장만 하려다 보니 회의장 흐름을 파악할 수 없다.

미국의 정치가이자 발명가인 프랭클린은 젊은 시절의 쓰린 기억을 이렇게 회고했다.

"난 어떤 자리에서도 이론적으로 패배한다는 건 있을 수 없는 일이라고 생각했지요. 자존심이 상하는 것도 문제였지만 그보다 이겨야 사람들이 나를 존경하고 따를 줄 알았었지요. 나를 똑똑한 사람으로 알아줄 것이란 생각이었습니다. 하지만 이게 얼마나 어리석은 것이었던가는 제법 나이가 들고서야 깨우친걸요. 그건 이기는 길이 아니고 패배의 길이란 걸

말입니다."

그는 어릴 적부터 영리하고 말재주도 좋았다. 어떤 자리에서도 그의 말을 당해낼 사람이 없었다. 그런데 참 이상한 일은 사람들이 그를 기피하기 시작했다는 점이다. 아무도 그의 의견을 들으려 하지 않았다. 불쾌한 일을 당할 줄 알면서 그와 자리를 함께할 바보는 없다.

말싸움에 지고 나면 불쾌해지는 건 누구나 마찬가지다. 말끝마다 꼬리를 달고 따지거나 하면 증오심까지 생긴다. 사람은 비판을 받으면 방어적으로 되기 때문이다. 이러고도 친구가 되겠다는 건 망상이다. 토론엔 이기지만 사람은 잃는다. 결국 그는 인생의 패배자가 되고 만다.

미국 이야기라고 무심히 들을 건 아니다. 건전한 토론과 남의 약점을 꼬치꼬치 캐야 직성이 풀리는 강박증과는 근본적으로 다르다. 남이 틀리다는 걸 굳이 지적하고 반박함으로써 쾌감을 얻는 건 새디즘의 발로다. 또 그렇게 함으로써 자기 우월감을 현시하겠다는 건 오산이다.

자기주장을 하기에만 바쁘면 남의 이야기를 귀담아 들을 수 없다. 이게 대뇌의 생리다. 노련한 정치가는 열변을 통한 의논이 얼마나 무의미한가를 잘 터득하고 있다. 오히려 역효과가 난다는 것도 알 수 있다.

황희 정승과 두 하녀의 싸움 이야기는 그래서 유명하다. 한

하녀가 싸운 내력을 이른다. '네가 맞다'고 고개를 끄덕였다. 다른 하녀가 또 제 주장을 폈다. 역시 '네가 맞다' 였다.

기가 찬 부인이 따지고 들었다.

"둘 다 옳으면 누가 맞소?"

대감은 고개를 끄덕이며,

"그 말도 맞소."

하녀의 싸움에 그 이상의 말이 필요치 않다. 그저 그렇게 덮어두는 게 백 마디 토론보다 낫다.

토론과 대화는 다르다. 토론은 머리로 하는 것이고 대화는 마음으로 하는 것이다. 토론에 미숙한 사람일수록 마음으로 하려는 경향이 많다. 토론장에는 냉철한 이성과 과학적인 근거만이 있을 뿐이다. 추호의 감정 개입도 있어선 안된다.

우리가 잘 안되는 점이 바로 이 점이다. 토론장에 감정이 금기라면 대화의 장에는 토론이 금물이다. 친구끼리 모여 하는 가벼운 대화를 마치 토론장처럼 착각해선 안된다. 영리한 프랭클린의 실수도 바로 이걸 알지 못한 데서 생겨났다.

친구와의 담소에서 시시비비를 따질 일이 아니다. 기분으로 듣고 기분으로 말하는 거다. 시의 한 구절에 문법이 틀렸느니 철자가 틀렸느니 하고 시비를 말아야 하는 것과 같은 이치다.

대화에는 논리는 필요 없고 그저 기분만 통하면 된다. 토론과 대화를 분명히 구별할 줄 알아야겠다.

아는 사람

'관계문화'에 철저한 사람일수록 외부인에 대한 경계심이 높아진다. 관계를 맺고 있는 사람끼리는 잘 통하는 대신 관계권 외부의 사람은 곧 남이요, 남은 곧 적이라는 의식이 생긴다. 불신은 물론이고 피해의식까지 생기게 된다. 따라서 그 사이는 두터운 경계의 장벽으로 막힌다. 불신풍조를 개탄하지만 그 원인을 따지고 보면 폐쇄적인 '관계문화'가 빚어낸 것이다. 관계 안에 있는 사람을 우리는 '아는 사람'으로 부른다. 일반적으로 제2인간층에 속하는 사람들이다. 사회생활을 하는 데 가장 큰 무기는 곧 아는 사람을 많이 갖는 일이다. 국회의원 선거도 그렇고, 하다못해 물건 하나를 팔아도 아는 사람이 많아야 경쟁에 이긴다.

우리는 무슨 일을 하든 아는 사람부터 찾는다. 관공서에도 그렇고 병원도 마찬가지다. 아는 의사가 없으면 아파도 아예 병원엘 안 간다. 병원에 근무하다 보면 '아는 사람' 처리에 많은 시간과 정력을 뺏긴다.

진찰권 끊는 것부터 담당의사에게 잘 부탁한다고 전화로라도 한마디 해주길 바란다. 그렇지 않고는 환자들은 마음이 놓이지 않는다. 아는 사람이 다리를 놓아줘야 믿고 진료를 받는 게 우리 풍토다.

아는 사람이 없으면 되는 일이 없는 줄로 알고 있다. 또 그건 불행히도 사실이라는 게 우리 사회의 문제점이다. 이게 곧 부조리의 온상을 만들고 있기 때문이다. 부조리 추방을 그렇게 외쳐왔고 또 정부에서도 검찰권 발동의 강권을 써도 실효가 없는 것은 우리 민족의 관계의식이 그만큼 뿌리 깊이 박힌 탓이다.

낯선 사람과는 인사도 하지 않는다. 아니 적대시만 않는다면 다행이다. 그래서 우리만큼 인사에 인색한 사람도 없다. 그러나 일단 인사만 통하면 우리만큼 정이 많은 사람 또한 많지 않다. 그때까지가 문제다. 처음 보는 사이에 인사를 하더라도 반드시 먼저 거쳐야 할 절차가 있다. 비록 사업상 가볍게 만난 사이라 하더라도 관계를 정립하는 작업부터 먼저 시작하는 것이 보통이다. 성씨는? 고향은? 본관은? 학교는? 끝없는 질문이 계속된다. 서로가 통할 수 있는 관계가 발견되지 않으면 둘은 초조해진다.

"직장은?"

"○○병원에 있습니다."

"아, 그렇습니까? 작년에 내 사촌 여동생이 거기서 수술을 받았지요. 이거 참 반갑습니다."

그때서야 다시 굳은 악수를 교환한다. 구세주나 만난 것 같다. 거기서 두 사람의 관계가 정립되는 것이다. 이제 둘은 남이 아니다. 적도 물론 아니다. 소위 '아는 사이'가 된 것이다.

우리나라에서 칵테일파티가 잘 안되는 까닭도 여기 있다. 초대를 받으면 우선 누가 오느냐고 묻는다. 초대하는 측도 이런 심리를 잘 알아서 아는 사람의 이름을 대준다. 그제야 마음이 동한다.

파티장에 들어서면 낯익은 얼굴을 찾기에 바쁘다. 그때까진 불안하다. 빨리 돌아갈 구실부터 찾는다. 그러나 아는 사람이라도 나타나면 이야말로 구세주다. 파티가 끝날 때까지 잡고 놓질 않는다. 행여 대열에서 이탈될까봐 전전긍긍이다. 어쩌다 둘러선 원에서 좀 밀려나기라도 하면 극도의 불안에 사로잡힌다.

칵테일파티란 모르는 사람끼리 친숙하게 되는 데 큰 의미가 있다. 따라서 파티가 끝날 때까지 한 자리에만 머물러 있는 게 아니고 모든 서클을 두루 돌아다녀야 한다. 자기소개를 하고 인사를 나눈 후 잠시 대화를 하다가 적당한 기회를 봐서 또 다음 서클로 옮겨야 한다. 그래야 파티에 온 소기의 목적을 달성할 수 있다. 또 그렇게 함으로써 자기 하는 일에 유용한 정보를 얻을 수도 있고 협조자를 만날 수도 있다.

한데 우리는 이게 안된다. 그저 아는 사람만 잡고 늘어진다. 즐겁기는커녕 떨기만 하다가 돌아가는 피곤한 파티다. 얻기는커녕 잃은 게 더 많다. 소심증은 아예 칵테일파티 공포증이 된다.

이젠 그 틀에서 벗어나야 한다. 칵테일파티를 잘 활용할 줄 알아야 출세가 빠르다는 사실을 잊어선 안된다.

합석을 못해

경주 반월성 남쪽 기슭의 대밭 속엔 천년을 전해 내려오는 우물이 있다. 우리 둘은 거기서 처음 만났다.

"참 물맛이 좋습니다."

난 뒤에 서있는 사람에게 물 한잔을 권했다. 그는 반갑게 받아들곤, "그럼요, 신라의 물인걸요."

하고 응답했다. 그리곤 무척 감격한 어조로 나에게 다가섰다. 그는 반월성 산책을 평생토록 해왔지만 낯선 사람으로부터 물 한잔 권해받기는 처음이라고 흐뭇해했다. 두 사람의 대화는 그의 사랑방으로까지 옮겨져 밤을 지새우며 계속됐다. 물 한잔에 얽힌 우리의 교분은 지금도 두텁다.

만원 찻집에서 내 앞자리가 비어도 선뜻 합석을 하려는 사람이 별로 없다. 주인 안내로 마지못해 앉고서는 눈인사는커녕 마치 두 원수가 대한 듯 돌아앉는다. 그때 만난 우물가의 최성배 씨가 그토록 감격한 이유를 알성 싶다.

왜 합석이 그리 힘들까. 점심때 분비는 식당도 그렇고, 심지어 버스에서도 합석하길 주저하는 사람이 있다. 이런 소심증 인사들의 마음속엔 거절당하면 어쩌나 싶은 심리를 갖고 있다. 자존심이 손상되는 게 무엇보다 두려운 것이다.

배짱깨나 세다는 남자도 여자와 합석하는 데는 상당히 주저한다. 기왕이면 멋진 아가씨와의 합석이 즐거울 텐데 말이다. 우리는 여행길에도 언제나 그런 즐거운 환상으로 기차에 오른다. 그러나 바로 이 점이 우리를 소심증으로 만든다. 막상 아가씨가 앉는 걸 본 순간 마치 내 속셈이 들여다보인 것 같은 죄스런(?) 기분이 되어버린다. 그만 프러포즈나 하는 듯한 거창한 착각 속에 빠진다. 합석을 한다는 단순한 사실에 이런 거창한 의미를 붙이니 행동이 자연스러워질 수가 없다. 자승자박이다.

그냥 앉는 거다. 대인기피증 환자가 아닌 이상 합석을 싫어하진 않는다. 무료하게 앉아 있느니 가벼운 대화의 상대자라도 앉았으면 하는 게 상대의 심리다. 사람 마음은 다 같다. 싫은 사람 자리에 앉을 바보는 없다. 합석은 호의의 표시다. 자기 좋다는 사람을 싫어할 까닭이 없다. 그러니 지나친 피해의식이나 경계심을 동원할 것까진 없다.

그런데 문제는 앉고 난 후의 일이다. 무슨 말이라도 해야 할 것 같은 강박증이 생긴다. 가만히 있기엔 무료하기보다 불안해진다. 괜히 위축되는 게 무슨 죄나 짓고 있는 것 같다.

그렇게 힘들거든 말할 생각일랑 처음부터 말라. 그냥 앉아 있어도 누가 뭐라지 않는다. 빚이나 진 사람처럼 굽실거릴 아무런 이유가 없다. 이건 내 자리다. 하지만 이런 극단의 소심증 '환자'가 아닌 이상 가벼운 대화쯤은 건넬 수 있는 멋이야 있어도 괜찮을 것이다.

"신문 보시겠습니까?"

하고 권하는 것도 좋은 제스처다. 상대도 소심증이면 이거야 말로 구세주다. '남의 자리 앉은 빚'도 이로써 갚은 셈이다. 마음이 홀가분할 것이다. 소심증일수록 가벼운 읽을거리를 항상 갖고 다니는 것도 치료법의 하나다.

거기서 화제를 자연스레 찾을 수도 있게 된다. 한술 더 떠 앞 사람에게 차 한잔 권하면 또 어떠냐. 그러다 파산이라도 할 지경이 아니라면 "차 들었습니까"하고 예의상 한마디 하고 혼자 차를 마시는 것도 나쁘진 않다. 소심증 환자도 이 정도의 예의는 최소한 지킬 줄 알아야 한다.

구내식당에서도 사장과 합석할 수 있는 배짱이 있다면 처세술로서는 일급이겠지만 소심증 인사에게는 감히 생각도 못할 일이다. '사장과 합석?' 말도 안되는 소리다. 당돌하기 짝이 없다. 겁부터 먼저 나 달아난다.

"사장님, 이번에 입사한 이길동입니다"라고 인사를 건네 보라.

"그래, 앉지."

하고 반가이 맞을 것이다. 사장은 외롭다. 이렇게 점심시간이 되면 모두가 어려워 달아나기만 하니 외롭고 무료하다. 이럴 때의 합석이야말로 사장으로부터 인정받을 수 있는 절호의 기회다.

사장은 말단사원과도 이런 기회에 대화를 하고 싶은 것이다. 왜 달아나? 사업계 선두를 달리는 거물들의 초년시절엔 예외 없이 이런 배짱 하나는 분명히 있었다.

합석을 못하면 성공도 못한다.

무난한 사람

모난 돌이 정 맞는다는 속담이 있다.

별나게 굴어선 안된다. 세상을 둥글둥글하게 살아야 하는 게 이상적이다. 남들과 같이 보조를 맞추는 게 좋다. 싫든 좋든 소속집단의 전통을 따르는 게 안전하다. 집단과 나 사이엔 경계마저 없는 혼연일체가 되어야 한다. 전체와 조금만 달라도 규탄의 대상이 된다. 이질감에의 반작용이다.

이런 상황에선 개성이란 생각도 할 수 없는 노릇이다. 전체와의 동화동조의 획일성만 강조된 나머지 개성적인 창조의식이란 상상도 할 수 없다. 모방에서 그쳐야지 새로운 걸 외쳐댔다간 당장 문제가 된다.

사업에도 장사에도 현대의 모든 활동은 독창성을 요구하고 있다. 인간관계도 독특한 개성의 퍼스낼리티를 요구하고 있다. 우리는 지금 그런 시대에 살고 있는 것이다. 모든 사람의 비위만 맞추려다 보면 아무것도 아닌 어중이밖에 될 게 없다.

고대 로마의 키케로는 만인의 애인이었다. 로마 거리는 그의 인기로 들끓었다. 거지와도 만나 술잔을 나누고 무희를 만나면 춤을 추었다. 장사꾼에겐 세금을 낮춰준다고 했고 가난한 자에겐 집을 지어주겠다고 했다. 그러니 인기는 날로 높아가 드디어 천하를 호령하는 집정관의 지위에 오르게 된다. 그의 웅변술은 누구도 당할 수 없었으며 재사로서도 역사에 기록되었다. 그러나 이런 인기전술엔 한계가 있는 법이다.

만인의 애인이란 것 자체가 정치가로선 자가당착의 모순에 빠지는 일이다. 언젠가는 바닥이 드러날 수밖에 없는 일이다. 그의 이런 인품이 알려져 드디어 옥타비아누스에 의해 처참한 최후를 마치게 된다.

사실 그는 누구의 비위도 거슬릴 수 없는 겁보였다. 누구와도 당당히 맞설 배짱이 없었다. 단 한 사람의 적도 정치가도에서 큰 장애물이 되는 걸로 여겼다. 그래서 그는 콩팥에 붙고 간에 붙는 얄팍한 처세술로 일관된 일생을 살았던 것이다. 훌륭한 웅변가라고는 하지만 그건 남의 비위나 잘 맞추는 매끄러운 혓바닥의 재주일 뿐 그의 진심은 아니었다. 재사라고는 하지만 눈치가 빨랐다는 거지 나라 장래를 내다보는 그런 경륜은 아니었다.

우리나라에도 역사적으로 이런 위인이 많았다. 사색당론의 와중에서 눈치만 보다 끝내 말 한마디 못하고 낙향한 많은 선비들도 그런 범주에 속한다.

얼마 전까지만 해도 '지당 장관'이 판을 친 적이 있었다. 대통령 말이라면 누구 하나 이의를 달지 못한다. '지당한 말씀입니다' 연발이다. 누구 하나 직언을 못한다. 심기를 거스를까 두려워서다. 이들을 생각하노라면 '그래도 지구는 돈다'고 투덜댄 갈릴레오의 용기에 새삼 머리가 숙여진다.

이 말을 했다간 행여 나를 싫어하지나 않을까 하는 조바심에서 자기주장 한번 못하고 평생을 사는 위인도 우리 주변엔 흔히 있다. 이 사람 앞엔 이렇게 하고 저 사람 앞엔 저렇게 해야 하니 아예 '나'란 존재는 없어지고 만다. 해면처럼 오므렸다 늘렸다 천태만상이다. 이렇게 살면 우선 마찰은 없으니까 좋을 것이다. 적응도 잘된다. 비위를 잘 맞추니 장사도 잘된다.

독일의 사회심리학자인 에리히 프롬 교수는 이런 현대인의 측면을 '시장성 성격市場性 性格'이라고 신랄하게 비판한 적이 있다.

이게 더 심하면 아예 자기 얼굴을 찾아볼 수조차 없는 '프로테우스형 인간'으로 탈바꿈한다. 그리스신화의 프로테우스 신은 자기 진짜 얼굴을 내보인 적이 없고, 그야말로 천의 얼굴을 한 신이다. 변화무쌍하니 어딜 가나 우선 적응이야 쉽고 인기도 얻을 순 있다. 하지만 이렇게 살다간 자기 존재가 없어진다는 데 문제가 있다. 그리고 이들의 마음이 한시도 편치를 못하다는 사실이 문제다. 예일 대학 립톤 교수의 걱정이다.

남의 비위를 맞추려니 눈치가 빨라야 한다. 사소한 일에까지 신경을 써 살피지 않으면 안된다. 상대의 일거수일투족에 희비가 교차된다. 그야말로 살얼음 걷듯 그의 심장은 조마조마하다. 상대방이 눈만 찡긋해도 그만 가슴이 두근거린다. 주위 모든 사람의 변덕스런 비위를 다 맞추려니 나중엔 지쳐 쓰러진다. 손바닥엔 식은땀이 흐르고 긴장 일색이다. 이런 사람들은 누구와도 쉽게 사귀는 것 같지만 그 관계가 오래 가지 못한다. 사실 이런 사람과 함께 있노라면 오히려 이쪽이 불안해진다. 모든 사람을 다 좋다고 하니 어디까지가 진짜인지 알 수가 없다.

모름지기 사람은 스스로를 존중할 줄 알아야 한다. 자기를 존중하지 않는 사람이 어찌 남을 존중할 수 있단 말인가.

흔히들 자기는 뒷전이고 남을 위해 희생한다는 말을 자주 하지만 이거야말로 자기기만이다. 희생이란 말은 겁쟁이의 변명이다. 행여 남의 비위를 건드리면 어쩌나 하는 소심공포증의 발작일 뿐이다. 이건 병이다. 나를 깡그리 무시한다면 나란 존재는 아무것도 아니다. 아무것도 아닌 게 남을 위해 무얼 할 수 있단 말인가. 자기 주장하다가 남이 싫어하면 어쩌나 싶은 소심증이 겨우 한다는 소리가 '희생'이란 편리한 단어다.

비록 남이 싫어해도 자기주장을 분명히 할 수 있는 용기, 이것이 곧 자기 존중의 확인이요, 성숙의 밑거름이 되는 것이다.

모든 사람의 비위를 맞추고 만인의 애인이 되려는 그 에너지를 몇 사람의 진실한 사람을 사귀는 데 써라. 세상을 살자면 어차피 나를 싫어하는 사람은 있게 마련이다. 물론 적도 생긴다. 그걸 안 만들겠다고 움츠려 눈치만 보고 사느니 차라리 몇 사람의 적을 만들어버리는 게 편하다. 내가 아무리 심사숙고하여 잘한다 해도 어차피 내가 아는 사람의 반은 그 일에 반대다. 사람은 다 같지 않다. 모든 이의 비위를 맞춘다는 건 환상이지 현실은 아니다. 길가에 집을 못 지어서야 그게 어디 될 말인가.

억압의 한계

남과의 관계를 잘 유지하려면 그저 참는 게 제일이다. 맞은 놈은 발 뻗고 잔다는 게 우리 교훈이다. 누가 뭐래도 꾹 참고 지내는 게 최선의 길이다. 어떤 치욕을 당하고도 참아야 하는 걸로 가르쳐왔다. 화난 표정을 지어서도 안되며 눈을 부릅뜨거나 얼굴을 붉히는 일도 금기로 돼있다. 성난 것뿐 아니라 기쁜 감정도 짐짓 숨겨야 하는 게 군자의 도리라고 가르쳤다. 희로애락의 표정마저 없는 무표정의 상태를 수양이 잘된 사람으로 칭찬했다. 서양의 표현문화에 비한다면 아주 대조적인 게 우리의 억압문화다.

그런데 문제는 이 참는다는 데에도 한계가 있다는 점이다. 종로에서 뺨 맞고 한강에서 눈 흘기는 사람도 있다. 엉뚱한 곳에서 폭발하기도 하고 때론 어른 앞에서도 걷잡을 수 없이 폭발하는 수도 있다. 또 폭발 않고 그대로 억압이 된다고 하더라도 그 갈등이 여러 가지 정신적, 신체적 부작용을 몰고 온다는 사실이다.

정신분석학에선 인간의 불안은 억압된 욕구와 표현하려는 욕구 사이의 갈등에서 빚어지는 걸로 설명하고 있다.

부당한 꾸중을 들은 부하가 참기는 했지만 그 억울한 기분은 사라지지 않는다. 이를 부드득 갈며 참다 보면 마음 어느 한 구석엔 '무얼 참느냐, 바보야'하는 힐책의 소리가 들린다. 당장에라도 책상을 뒤집어 엎어버리고 싶은 충동이 하루에도 몇 번 일어난다. 하지만 그때마다 나의 모든 이성을 동원해서 이를 억제하지 않으면 안된다.

여기에서 갈등이 생기고 그 갈등 후에 오는 것이 곧 불안이다. 이 불안이 적절히 처리되지 않을 땐 밤엔 잠을 못 이룰 수도 있고 골치가 아프기도 하다.

세기의 명우 게리쿠퍼는 그 껑충하게 큰 키 때문에 어릴 적부터 친구들 사이에서 놀림감이 되었다. 배우로서의 명성을 얻은 후에도 '꺽다리'란 별명만은 정말 싫었다고 한다.

그의 과묵한 성격이나 우수에 젖은 인상도 소년시절 고독했던 영향 때문이라고 고백한 적이 있다. 그는 차라리 들판에 나가 혼자 말을 타고 소일하는 때가 많았다. 놀림을 당해도 말 한마디 못했다. 소심했기 때문이다. 대들었다간 그나마 친구들을 잃을 것 같은 두려움에서 였다.

그가 배우를 지망한 것도 꺽다리 콤플렉스 때문이었다. 하지만 거기서마저 키가 너무 크다는 이유로 거절을 당하자 그야말로 실망의 수렁에 빠지고 만다. 딱지를 맞고 휘청거리며 걸어나가는 폼이 존 포드 감독의 눈에 띄어 마침내 행운의 문이 열리게 된다. 전화위복이 되긴 했지만 어릴 적 아픈 기억은 영영 지울 수 없었다.

비슷한 경험은 누구에게나 있다. 농담을 핑계로 인격적 모독까지 하는 데도 그냥 듣고 있을 수밖에 없는 딱한 처지 말이다. 뺨이라도 한 대 갈기고 싶지만 그랬다간 친구들 사이에선 소인배로 낙인이 찍힐 테고, 농담 끝에 화낸다고 아예 상대를 안할는지도 모른다. 형편 없는 녀석으로 소문이 날 게다.

이런 후환을 생각하면 차라리 수모를 참고 견디는 게 낫다.

녀석의 농담에도 따라 웃는 척까지 하려니 더욱 속상하다. 그 정도야 웃고 넘기는 게 배짱이라고 생각하기 때문이다. 이야말로 벙어리 냉가슴 앓기다. 한시라도 이 자릴 피하고 싶다. 화낼 수도, 웃을 수도 없어 전전긍긍이다.

생각할수록 화가 치민다. 녀석이 미워진다. 하지만 더 미운 건 나 자신이다. 아니 그런 수모를 당하고도 그냥 참아야 하다니 나야말로 정말 어벙이구나 하는 자책감마저 든다. 대꾸 한마디 못하고 당하고만 앉아 있자니 자존심이 상해 견딜 수 없다. 생각이 여기에 미치면 점점 열등감의 늪으로 빠져 들어간다. 그리곤 엉뚱하게도 화풀이는 딴 곳에 한다. 가시 돋친 농담이라도 그걸 역으로 슬쩍 받아 넘기는 여유만 있다면 문제는 간단하다.

채플린은 어릴 적부터도 그 어설픈 모습 때문에 곧잘 사람들의 웃음거리가 되었다. 어느 모임에서였다. 그가 문에 들어서자 사람들이 박수를 쳤다. 물론 놀려먹자는 수작이었다. 하지만 그는 태연히 고개를 숙여 박수에 답례를 했다. 그 모습이 얼마나 진지했던지 놀려먹으려던 사람들이 오히려 놀림을 당한 것 같았다. 싱겁게 된 이들은 물론 박수를 그쳤다.

자! 이런 여유만 있다면 누가 놀려댈 수 있을까.

배짱 있는 삶을 위한 Tip

남들에게 불쾌한 농담을 들어도 참는 사람들에게

소심한 사람들은 남에게 기분 나쁜 농담을 들어도 어쩔 줄 모르다가 당하고 만다. 농담 끝에 시비를 하는 것도 문제긴 하지만 이게 지나쳐 인격을 모독하는 정도인데도 그냥 있다면 정말 바보다. 여유 있게 받아넘기는 게 좋지만, 참기 어려울 땐 좋은 말로 제지해야 한다. 사람 없는 데서 단둘이 이야기하는 것도 방법이다. 녀석의 자존심을 여럿 앞에서 건드리면 정말 싸움이 될는지 모르기 때문이다. 농담 끝에 싸웠다면 어차피 명예스럽진 못하다.

사실 이런 녀석은 농담도 잘하는 위인이 못된다. 농담이란 남을 격하시켜 웃음거리로 만드는 게 아니고 자기 약점을 재치 있게 꼬집는 것이어야 한다. 만담가는 자기 흉을 유머러스하게 보는 데 매력이 있다. 남의 이야길 하되 절대로 그 사람이 들어 화날 소린 하지 않는다.

농담의 한계가 이럼에도 우리 주변엔 남의 약점을 꼬집어 좌중을 웃기려는 얄팍한 녀석이 많다. 이런 녀석에겐 단호한 어조로 일러야 한다. 정색을 하고 말이다. 그런 농담은 안해줬으면 좋겠다고 분명히 말해야 한다. 그 말에 녀석의 태도가 어떻게 나오든 내가 손해날 건 없다.

"아! 그게 자네 기분을 상케 했군, 미안하이!"하고 진심으로 사과할는지 모른다.

가능성은 이게 제일 높다. 아니면, "그만한 일 가지고 뭘 그래!" 하고 나올 수도 있을 것이다. 그렇다고 녀석과 시비를 해선 안된다.

"그래, 네 생각엔 별 게 아니지만 듣는 나는 그렇질 않아."

하고 한 번 더 분명히 일러준다.

그의 기분이나 의견을 존중하되 내 기분도 분명히 전달해야 한다. 녀석이 즉석에서 수그러지지 않는다 하더라도 다음부터 조심할 것이다.

최악의 경우엔 '너 같은 놈 상대 안해'하고 돌아선다. 그리고 정말로 상대하지 말라. 그런 친구는 없어도 손해 안 본다. 친구란 서로의 인격을 존중하는 사이여야 한다.

'빨리' 노이로제 • 조급증의 병리 • 신경질 왕국 • 화풀이는 안돼 • 미래관의 결여 • 단기완

성 • 현금이 좋아 • 한탕주의 • 교통사고 1등국 • 세계적인 위장약

Chapter

09

조급증
미래의식을 가져라

'단기 완성'이나 '속성 영어'가 우리 학생층에 인기다. 기초이론은 뒷전이고 어떻게든 빨리만 하면 그만이다. 기초가 없으니 응용할 수가 없고, 배운 게 고갈이 나면 더 이상 발전할 수 없다.

CHAPTER • 09

조급증 / 미래의식을 가져라

'빨리' 노이로제

서구문명이 들어오면서 우리의 조급증은 더욱 가속화됐다. 옛날엔 비록 마음이야 조급했지만 농사일이라는 게 일각을 다투는 그런 긴박한 건 아니었다. 하지만 현대의 스피드 시대는 시간 단위도 분分, 아니 초秒 단위로 바쁘게 돌아간다. 이러한 시간적 압박감은 우리를 더욱 조급하고 쫓기는 듯한 강박증으로 만들고 있다. 그리고 하루가 다르게 변해가는 도시의 풍물들은 알게 모르게 우리를 긴박감 속으로 몰아넣고 있다. 한눈팔고 어물쩍하다간 당장 시대의 낙오자가 될 판이다.

듣도 보도 못한 물건들이 속속 나오고, 빌딩이 서고, 길이 나고, 정말이지 혼이 나갈 판이다.

다행히도 이런 이질적 문명에 지금까지 용케 적응을 잘해왔다. 하지만 그 이면에 많은 정신적 에너지의 소모가 도사리고 있었다. 모르면 초조하고, 앞서진 못할 망정 남과 같이 따라는 가야 한다는 강박증이 우리를 얼마나 초조하게 만들고 있는가. 경쟁은 날로 치열해가고 우리 중추는 더욱 조급해지고 있다. 특히 경제의 급성장과 함께 이 조급증이 그 절정에 달한 느낌이 없지 않다.

어느 날 갑자기 맨주먹의 재벌이 혜성 같이 나타난다. 잘만 잡으면 나도 그렇게 될 수 있다는 환상이 우리를 더욱 초조하게 만들어왔다. 외국상사와 줄만 잘 잡으면 '나도 된다'는 기대에 들뜬 것이다. 마치 노다지라도 찾는 혈안 속에 누가 조용할 수 있단 말인가?

벤처기업은 속도가 생명이다. 어물쩍하는 사이 다른 기업이 선수를 치면 지금까지 들인 공은 나무아미타불이다. 아무리 좋은 아이디어도 타이밍이 맞지 않으면 경쟁력이 없다. 초를 다투지 않으면 안된다. 아이디어보다 시간의 싸움이다.

농경시대의 조급증이 현대화되면서 더욱 증폭, 강화된 것이다. 근년에 있어 왔던 경제적, 사회적 불안은 내일을 예측할 수 없는 초조로움으로 우리를 몰고 왔다. 장기계획이란 생각할 수도 없다. 모든 게 조급할 수밖에 없었다.

이런 역사를 배경으로 우리에겐 뭐든지 '빨리 한다'는 데 대해 상당히 긍정적인 가치관이 부여되어 왔다. 변수가 작용하기 전에 빨리 해치워버리는 게 확실하고 안심할 수 있는 방법이었다. 그래야지 경쟁에도 이길 수 있다. 직장에서도 빨리 해야 상사의 인정을 받는다. 버스도 빨리 타야 귀가가 보장된다. 차례를 지켜 섰다간 다음 차가 오지 않을지도 모른다. 오고 않고는 버스회사 마음대로다. 무책임은 불신을 낳고, 불신이 곧 우릴 조급하게 만든다.

집에 와도 엄마는 빨리 하란 소리뿐이다. 시대에 맞는 아이로 키우기 위해선 빨리 하는 습관부터 길러줘야 한다. 빨리 숙제해라, 빨리 자라, 빨리 일어나라, 빨리 밥 먹어라, 빨리 학교 가라…. 이런 성화와 독촉 속에 자란 아이들의 잠재의식 속에 과연 여유란 게 생길 수 있을 것인가.

다음에서 다룰 조급증의 병리病理를 읽으면 깜짝 놀랄 것이다. 한국인의 조급증은 이제 민족적 정신병리로 틀이 잡혀가고 있다. 이게 어떤 형태로 개인의 정신병리로 나타나는지를 보자.

조급증의 병리

동물이 조급증을 느낀다는 건 무언가 위험이 다가온다는 신호다. 따라서 조급증은 언제나 불안과 함께 경계심을 동반하게 돼있다. 이게 발동하면 위험에 대한 대비책을 강구하지 않으면 안된다. 소위 '위기반응'이 일어나는 것이다.

그 첫 단계는 우선 혈중 아드레날린 분비를 증가시킨다. 맥박이 빨라지고 혈압이 오른다. 호흡이 급해지고 팔다리 근육에 힘이 주어지면서 싸우거나 달아날 준비를 갖춘다.

이럴 때 신경은 아주 예민해져서 작은 자극에도 공격적으로 된다. 이런 긴장상태에서는 중추신경의 공격 역치AGGRESSIVE THRESHOLD가 낮아져서 하찮은 일에도 공격중추가 자극된다. 핏대를 올리고 싸우게 된다.

이러한 반응은 위험에 처한 동물의 본능이다. 쫓기는 듯한 기분이 들면 정서적으로 안정이 될 수가 없다. 긴장이 계속되면 하는 일 없이 피곤하다. 응원한 사람이 시합 선수보다 더 지치는 까닭과 같다.

그러니 막상 문제가 터지면 마음만 급해 허둥댈 뿐이지 냉정해질 수가 없다. 여유가 없으니 주의집중이 되질 않기 때문이다. 이게 조급증의 병리다.

사실 우리 한국인은 조급증으로 인해 만성적인 '아드레날린 과잉 상태'에 있다.

이로 인한 피해는 개인의 정신적, 신체적 영향은 물론이고, 사회병리에도 적잖은 영향을 미치고 있다. 그런 병리현상이 우리의 일상생활에서 그리고 정신과 임상에서 어떤 형태로 나타나는가를 살펴보자.

신경질 왕국

우리의 신경질은 가히 세계적이다. 작은 일에도 핏대를 올리고 싸운다.

서양인의 여유 있는 모습과는 아주 대조적이다. 같은 동양권에서도 중국인은 느긋한 대륙성 기질이고, 섬나라 일본은 친절과 웃음으로 자기를 보호한다. 그런데 우린 마치 가시를 세운 고슴도치 같다. 가만히만 두면 순한 양이다. 그러나 누가 건드리기만 하면 즉각 털을 곤두세운다.

이게 모두 잠시의 여유도 없는 조급증에 쫓기고 있는 탓이다. 중추가 조급하면 불쾌지수가 높아진다. 같은 사실을 두고도 꼭 불쾌한 쪽으로 받아들인다. 좋게 보고, 좋게 생각할 수 있는 것도 쫓기는 입장에선 그럴 여유가 없다. 공격적인 무드에 있으므로 심리상태도 방어적으로 되기 때문이다. 오해도 잘한다.

이런 사람 앞에선 농담도 못한다. 좋아서 웃는 것도 왜 비웃느냐고 시비하는 게 조급한 사람의 방어적 심리다. 도대체 분위기가 긴장 일색이다.

더운 날씨뿐만이 아니다. 옆집 피아노도, 앞사람 담배연기까지 모두가 짜증스럽기만 하다. 세상 모든 게 불쾌하게만 보인다. 불쾌한 감정은 그 사람의 생각이나 행동도 모두 그러한 방향으로 만들어버린다. 작은 짜증이 중추의 피드백FEED BACK 기전에 의해 점점 증폭되어 분노를 넘어 심한 격노반응으로까지 진행돼 간다.

하찮은 일로 사람을 다치게 하는 등 평생에 후회할 일도 서슴지 않는다.

이게 중추의 약점이다. 감정이 폭발하면 이성이 마비되며 자제력을 잃기 때문이다. 이게 신경질의 시작이요, 끝이다.

이런 우리를 외국사람들은 다혈질이라 부른다. 이거야 예의상 하는 소리지 사실 우리만큼 신경질 잘 부리는 민족도 세계 어디에고 그리 흔치 않다.

"난 성질이 급해서…"라고 변명인지 자랑인지도 모르는 소릴 가끔 듣는다. 이건 변명도 자랑도 될 수 없다.

정신과를 찾는 상당수는 대인관계가 잘 안돼서 온다. 그리고 그 안되는 가장 많은 원인이 신경질이다. 이게 마찰을 일으키기 때문이다.

신경질이야말로 한국인의 대인관계를 아주 어렵게 하는 요인의 하나다. 신경질 상사를 모셔야 하는 직원은 눈치 보느라 딴 일을 못한다. 상사의 기압상태에 따라 사무실 분위기가 달라진다.

이런 사람은 집에 가도 마찬가지다. 가족들도 모두 부들부들이다. 그의 귀가시간이 가까워지면 모두가 급해진다. 신경을 건드리지 않게 방청소도 해야 하고 저녁도 빨리 지어야 한다. 그의 기침소리에도 가슴이 철렁한다. 가족이 모두 노이로제 환자가 된다.

이렇듯 신경질은 본인뿐 아니라 주위사람까지 조급하고 불안하게 한다. 백해무익의 신경질을 왜 그렇게 부려야 하는지 하루를 마치고 잠자리에 들면 후회되는 일도 많다. 안 내도 될 짜증을 부려 미안한 생각이 들 때도 있다. 하지만 자고 나서 눈만 뜨면 왜 아직 조간신문이 안 왔느냐고 신경질을 부리는 게 우리네 생활이다.

서양사람은 여간해서 화를 내지 않는다. 남의 차를 들이박고도 기껏 한다는 게 입을 삐죽거리며 두 손만 펴보인다. 미안하단 뜻인 모양이다. 피해자도 같은 제스처, 괜찮다는 뜻인지 어이없다는 건지 참 납득하기 힘들다. 당연히 핏대를 세우면서 삿대질을 해야 할 판인데 말이다.

일상생활에서 이처럼 여유 있는 그들은 명예손상이나 사상을 위해선 분연히 일어선다. 목숨까지 건다. 아까운 사람들이 결투장에서 이슬로 사라진 경우가 많았다. '대위의 딸'을 쓴 푸시킨도 화를 못 참아 죽어야 했다. 마누라를 따라 다니는 당테스에게 결투를 신청한 게 화를 자초한 것이다.

이것도 배짱인지. 생각에 따라 다를 것이다.

칸트의 경우는 좀 다르다. 그에게도 적이 많았다. 학문상의 반대파도 많았지만 현실에 적극적이어서 길에서 다투는 일도 흔히 있었다. 평생의 친구였던 그린도 길에서 우연히 싸우다 만났다.

미국 독립전쟁이 한창일 무렵 몇 사람이 길에서 그에 대한 찬부를 논하고 있었다. 여기에 끼어든 칸트가 미국 편을 들자 화가 난 그린이 자기 조국 영국을 모독했다고 결투를 신청했다. 그러나 칸트는 칼을 뽑지 않았다. 화도 내지 않고 차분히 그의 주장을 논리정연하게 펴나갔다. 드디어 그린이 머리를 숙였다. 그들의 우정은 이렇게 시작된 것이다.

조국의 명예에 목숨을 건 그린의 배짱도 보통이 아니지만 이를 거절한 칸트의 배짱은 더욱 일품이다.

화풀이는 안돼

화가 날 땐 화풀이를 하는 게 배짱이라고 생각하지만 이건 오해다. 화가 나는 거야 어쩔 수 없지만 그렇다고 그걸 성깔대로 푸는 게 배짱은 아니다.

명예나 대의를 위해 불끈한다는 건 화라기보다 의분이요, 울분이다. 이건 아무나 낼 수 있는 일도 아니다. 신경질과는 근본적으로 다른 차원의 것이다. 소인배들이야 이런 경우 못 본 척하거나 못 들은 척하고 지나치지 감히 화를 낼 엄두도 못 낸다. 이거야말로 거물만이 할 수 있는 분노다.

군자는 대노하는 것이라고 공자는 가르쳤다. 노할 때는 큰일을 보고 크게 해야 하는 것이지 시시한 일로 짜증을 부릴 일은 아니다. 사실 우리가 흔히 성을 낸다는 건 신경질이요, 짜증이지 화도 아니다.

병원 복도에서는 늘 면회제한 때문에 시비가 그치지 않는다. 기다려 달라는 안내원에게 폭언을 하고 덤빈다. 제법 넥타이까지 맨 위인들이 더욱 그렇다. 왜 제한을 하는지 쯤은 알 만한 사람들이다. 말깨나 하고 따질 줄 안다는 과시다. 안된다는 말에 마치 자기 권위가 침해당한 듯한 피해의식의 발작이다.

오죽 못났으면 이런 생각이 들까만 그렇다고 말단 안내원에게 화풀이를 하다니 말도 안된다. 화를 내려면 원장을 잡고 해야지. 이런 친구야말로 경찰이나 검찰에 갔을 땐 몇 시간을 기다리라 해도 찍소리 한번 못할 위인이다. 병원이니까 만만해서 덤비는 거다.

약자에게 강한 게 배짱은 아니다. 설령 화낼 일이 있기로서니 '너를 데리고 화를 내다니!'하고 생각해보라. 나오던 화도 쑥 들어갈 것이다. 이 정도 자존심도 없는 친구니까 그렇게 길길이 뛰고 야단이다.

특히 혈기왕성한 청소년들 사이에서 욱하는 성질을 못 참아 폭행으로 확대되는 사례가 점점 증가하고 있다. 이를 막고자 학교나 교육단체에서는 학교폭력 예방 캠페인을 벌이고 있다.

필자가 이사장으로 있는 (사)세로토닌문화원에서도 전국 중학교를 대상으로 세로토닌 드럼클럽을 운영하고 있다. 사고력과 기억력을 관장하는 전두엽이 발달하는 청소년기에 드럼 연주와 같은 리드미컬한 활동을 하면 '행복 호르몬'인 세로토닌이 나온다. 세로토닌 분비는 스트레스를 발산하고 면역력을 높여 정서순화와 폭력성 감소에 도움이 된다. 실제로 2007년 학교폭력으로 몸살을 앓던 경북 영주의 한 중학교에서 '일진' 37명을 대상으로 드럼클럽을 운영해보니 학생들의 정서 순화와 교내 폭력 감소에 효과가 있었다.

강한 자에게 강하고 약한 자에게 약한 게 승자의 자세다. 패자는 그 반대다. 화를 참을 수 있는 게 진정한 배짱이다. 화난다고 홧술을 마셨다간 진짜 큰 사고 친다. 사람을 죽일 수도 있다.

미래관의 결여

발등에 불이 떨어지면 멀리 내다볼 여유가 없다. 위기에 쫓기는 사람이 먼 훗날을 위해 무언가를 계획한다는 건 생각조차 할 수 없는 일이다. 눈앞의 불부터 끄기에 급급한 나머지 한치 앞을 내다볼 수 없는 근시요, 단견론자短見論者가 돼버린다.

조급한 사람에겐 눈앞에 보이는 오늘뿐이지 내일이라는 개념이 희박하다. 우린 예로부터 미래란 건 생각할 필요조차 없었다. 계획도 물론 할 필요가 없었다. 조상 대대로 물려받은 땅에 철따라 씨 뿌리고 거둬들이면 그뿐이었다. 이런 정착농경에 무슨 치밀한 계획이 필요했으랴.

서구의 계획성 있는 생활과는 대조적이다. 조상 때부터 그랬고 지금도 그들은 어릴 적부터 자기 갈 길이 분명하다. 기술자, 예술가, 학자 등 거의 10대 초반에 자기 갈 길이 정해진다. 교육제도나 사회제도도 모두 그렇게 되어 있다.

우리 학생들은 대학을 졸업하고도 장래에 대한 계획이 분명치 않다. 자기 전문 분야 결정도 계속 유보하는 상태로 지내다가 대학원에 가서야 겨우 그 윤곽이 드러난다. 젊은이들과 이야기해보면 그들이 자기 장래에 대해 얼마나 불확실한가에 놀라지 않을 수 없다. 마치 남의 인생을 이야기하는 것 같은 엉거주춤한 상태다.

국가 백년대계라니! 5개년 계획이 고작이다. 새로 만든 길을 한달도 못돼 새로 넓혀야 하는 기막힌 사연을 보노라면 우리의 미래관이 어느 정도인가를 짐작케 한다.

우리가 당한 경제위기도 우리에겐 미래 전략가가 없었기 때문이었다. 외채, 무역적자, 고임금, 저효율 – 이대로 가면 어떻게 되리란 걸 예측하고 이점을 국민에게 설득했어야 옳았다. 하지만 우린 눈앞의 한푼에 바빠 멀리 앞을 보고 걱정하고 대비하지 못한 게 화근이 된 것이다.

40~50대에게 노후 계획을 물어보라. 얼마나 막연한지 깜짝 놀랄 것이다. 죽는 날까지 자기 인생은 자기가 책임져야 할 시대임에도 전혀 대책이 없다.

유학시절 내 호스트 가정의 시드 패턴 씨는 팔순을 바라보는 고령에도 사업에 열중이셨다. 이젠 작고하셨지만 열쇠업계의 세계적 큰손이었다. 고질인 디스크로 건강이 좋진 않았지만 잠시도 일을 멈추지 않았다.

세계시장을 둘러봐야 하는 긴 여행은 확실히 그의 건강으로선 무리였다. 난 하도 보기가 민망스러워서 좀 편히 쉬면 어떻겠느냐고 넌지시 물었다. 그는 의아한 듯한 얼굴로 나를 쳐다보더니, "늙을 준비를 해야지"하는 것이었다. 그때의 난 잘 납득이 가질 않았다. 팔순 고령에 늙을 준비라니 무슨 소린지 알 수 없었다. "죽을 준비 말이냐?"고 되물었다.

"죽다니? 늙을 준비를 해야 한다니깐."

그렇게 말씀하시는 그의 표정이 어찌나 진지하고 엄숙한지 난 그 이상 말을 꺼낼 수 없었다.

하지만 '늙을 준비'를 하느라 백발을 날리며, 꾸부정한 허리로 트랩을 오르던 그의 뒷모습이 지금도 잊히지 않는다. 나도 여든이 넘었는데.

단기완성

우리의 조급증은 '빨리' 한다는 데만 급급한 나머지 일의 질은 뒷전이다. 무슨 일이든 빨리만 하면 된다. 공기工期만 단축되면 되지 그 건물의 안전도나 견고성 따위엔 별 신경을 쓰지 않는다.

'날림이다', '눈가림이다'하고 비난을 하지만 이러한 졸속은 우리 잠재의식 속에 박혀버린 지 오래다. 업자 측에서도 꼭 수지타산 때문에 그렇게 하는 것만은 아니다. 그저 빨리 해야 한다는 강박증 때문이다.

당연히 질은 떨어질 수밖에 없다. 새 길을 닦아도 한 철을 못 넘겨 다시 보수하는 한이 있더라도 빨리만 하면 된다. 길가는 사람도 으레 그러려니 하고 지나간다. 내가 낸 세금을 이따위로 쓰느냐고 항의하거나 소송이라도 제기했다는 소린 들어보질 못했다.

'단기 완성'이니, '속성 영어'가 우리 학생층에 인기다. 기초이론은 뒷전이고 어떻게든 빨리만 하면 그만이다. 기초가 없으니 응용할 수가 없고, 배운 게 고갈이 나면 더 이상 발전할 수가 없다.

운동선수들도 청소년 때는 잘하는데 성인이 되면 그만 맥을 못추는 것도 이런 졸속이 빚은 결과다. 기초훈련보다 우선 실전에 필요한 요령부터 터득하려니 대기만성이란 생각조차 할 수 없다. 급한 시합부터 이겨야 할 판이라 체계적인 과학 훈련은 할 수가 없게 된다.

우리 사회는 우선 눈앞에 보이는 실적 위주의 전시효과에 급급하다.

집을 몇 채를 지었나 하는 게 문제지 질은 뒷전이다. 자기 임기동안에 주택 2만호를 짓겠노라고 밀어붙인 정부도 있었다. 임금은 천정부지로 뛰고 바다모래라도 쓸 수밖에 없게 되었다. 지금도 와우아파트 사건은 기억에 생생하다. 그뿐이랴. 졸속의 비극이 얼마나 많은 인명을 앗아갔던가. 삼풍백화점, 성수대교, 생각하기에도 끔찍하다.

적당히 눈만 감아주면 어물쩍 넘어가게 돼있다. 적당주의 – 이건 정말 듣기 싫은 한국적 용어다. 졸속을 서로가 알아서 적당히 눈감아준다는 상호의 묵계가 성립돼온 것이다.

옛날에는 그래도 별 문제 없었다. 모 한포기 아무렇게나 심었다고 무슨 큰 일이 일어나는 건 아니었다. 졸속이 통할 수도 있었다. 하지만 사회가 대형화될수록 작은 실수에도 엄청난 피해를 부르게 된다. 한치의 오차 없는 컴퓨터 시대에 우리는 살고 있다. 적당히 해서 통할 수가 없게 되었다. 여기에 졸속의 마찰이 온다. 빨리만 하면 된다는 조급증에 쫓겨 그저 적당히만 하면 되던 시대는 이제 끝났다.

불행히 우린 아직 이런 졸속의 굴레에서 벗어나질 못하고 있다. 철저한 결과분석과 완벽한 계획 아래 되어야 할 일도 우린 아직 주먹구구식이다. 어림잡아 비슷하면 되려니 하는 생각을 버리지 못하고 있다. 하지만 이런 사고가 얼마나 끔찍한 대형사고를 일으켰던가.

고장 난 엔진을 엄연히 알면서도 수리를 않는다. 마음이 급해서다. 우선 운행부터 해야 하는 조급증 때문이다. 그러다 브레이크 고장, 드디어는 끔찍한 참변을 당한다. 승객은 물론이고 자기도 목숨을 잃는다. 스스로 화를 부른 것이다.

그래서 요즈음 집장수는 자기가 지은 집엔 살지를 않는다. 농사꾼이 자기 농장의 과일을 먹지 않는다. 나만은 화를 면하겠다는 생각에서다. 이게 졸속의 종말이다.

자기가 만든 상품도 믿질 못하니 누가 이걸 믿고 쓸 수 있단 말인가?

우리 사회에 만연되고 있는 불신 풍조도 졸속이 빚은 비극이다. 토마토에 주사를 놓아 색깔을 곱게 한다니 무공해 식품이 인기를 끄는 것도 당연하다.

예일 대학 건축과 교수인 시사 팰리의 강연 한 구절은 참 인상적이다.

그는 '미래의 건축'이란 제목을 놓고 이렇게 말했다.

"건축이란 예술성만으로 되는 건 아니다. 그림이나 조각과 달라서 이건 생활공간으로써의 실용성을 무시해선 안된다. 백년, 2백년 후의 도시인의 생활은 오늘 우리로선 상상도 할 수 없는 게 건축가의 고민이다. 그때 가서 이 건물을 철거해야 할 경우를 생각해서 너무 견고하게만 지을 것도 아니다. 그러나 그때까진 절대 안전해야 한다는 것도 잊어선 안 될 과제다."

세계적 대가다운 면모가 엿보이는 함축성 있는 말이다. 아닌 게 아니라 건축학에는 파괴학이란 분야도 있다. 짓기도 잘해야지만 허무는 것 또한 그만 못지않게 중요한 과제가 된 것이다. 안전하게 지으면서 철거하기도 쉬워야 하는 건물 – 우리의 졸속과는 정말 차원이 다르다.

현금이 좋아

미래가 불확실한 사람은 눈앞에 보이는 현재에 집착한다. 지금 작은 걸 참으면 나중에 큰 게 돌아온다는 걸 알면서 우선 눈앞의 확실한 것부터 잡고 본다. 작아도 확실한 게 좋다는 단기사고短期思考의 결정판이다. 내일의 한 상자보다 눈앞의 사탕 한 알을 집어 드는 어린이와 다를 바 없다.

이런 어린애도 자라며 눈앞의 소리小利보다 장래의 대리大利를 생각할 수 있는 여유가 생기고, 그걸 위해 참고 기다릴 줄 안다. 이게 인격발달의 정상과정이다. 그런데도 우리는 미래지향이라기보다 현재 집착형에 속한다. 이 점에서만은 아직 미숙하고 유치한 단계를 벗어나지 못하고 있다. 참고 기다리지 못하는 조급증이 민족성의 성숙을 방해하고 있는 것이다.

장기계획보다는 짧은 시간에 결과가 나타날 수 있는 것에 치중한다. 그러니 그 규모란 게 커질 수가 없다. '동양 최대'란 소릴 잘하는 것도 우리가 하는 일의 규모가 워낙 작기 때문일 것이다. 이건 열등 콤플렉스의 반작용도 아니요, 그렇다고 꼭 땅덩어리가 작아서 그런 것도 아니다.

우리 역사의 유물도 예술적인 면에서지, 규모로 따진다면야 외국 것에 비해 초라하기 이를 데 없다.

소리小利에 연연하다 보면 미래를 위한 투자에 인색해질 수밖에 없다. 인재를 키울 생각은 않고 다른 회사에서 빼올 궁리부터 하는 스카우트 과열도 그렇고, 정부의 교육투자 비율만 봐도 우리가 얼마나 미래에 인색한지 알 수 있다.

애를 키워도 단기위주다. 일류대학에 입학만 시키면 그로써 끝이다.

억지로 들어가 졸업을 못해도 그만, 과로로 쓰러져도 그만이다. 능력은 뒷전이고 우선 들어가는 게 급선무다. 마치 인생이 거기서 끝나는 것으로 착각을 하고 있다. 대학도 좋지만 우선 건강하고 성격적인 융통성도 있어야 칠순 팔순까지 달릴 수 있다.

공익公益에 대한 개념이 희박한 것도 눈앞의 소리小利에 연연하기 때문이다.

"외국손님에게 좋은 인상을 줘야 그가 돌아가 홍보를 잘해 보다 많은 사람이 우리나라를 찾아올 것이고, 그렇게 돼야 내 장사가 잘 될 것이다."

이건 상식이다. 일본의 부富는 이런 상식을 실천한 데서 비롯된다. 그런데 우린 이게 안된다. 바가지를 씌워서라도 이 손님에게 몇 푼을 남겨야겠다는 생각이 눈앞에 아른거린다. 그게 쌓여 어떤 형태로 자기에게 손해가 돌아오는지에 대해서는 생각하지 않는다. 미래에 대한 개념이 불확실하기 때문이다.

연안 고기잡이에 치어까지 싹쓸이 하는 통에 고기 씨가 말라버렸다. 그리곤 어촌에선 생계가 어렵다고 야단이다. 아! 하지만 누굴 탓하랴.

거상巨商 임상옥의 일화가 생각난다.

그가 고려인삼을 한 배 가득 싣고 중국에 건너갔을 때였다. 인삼이 탐이 나긴 했지만 좀 싸게 사보자는 생각으로 중국 상인들이 모두 담합을 했다.

시일이 자꾸 가는데도 아무도 사려 들질 않았다. 그런 눈치를 챈 임상옥은 초조한 내색은 감춘 채 어느 날 아침 창고에서 인삼을 끄집어내 불을 지르기 시작했다.

"중국사람 상대로 인삼 장사하긴 글렀다. 인삼이 뭔지도 모르는 사람들하고…."

그는 혼자 중얼거리며 불더미 속으로 인삼을 던져 넣었다.

눈치만 보고 섰던 상인들이 깜짝 놀랄 건 뻔한 일이었다. 그대로 두면 다 태워버릴 기색이라 손을 잡고 말리면서 처음 부른 값의 몇 배를 주고 나머지 인삼을 사갔다고 한다.

난 이 이야기를 읽으면서 그렇게 통쾌할 수 없었다. 배짱 하면 대륙적인 중국사람에 비해 우리는 참 약한 편이다. 그런데도 그 배짱시합에서 우리나라 사람이 이겼다는 게 기분 좋은 일이었다.

주판은 크게 놓고 볼 일이다. 티끌 모아 태산이라지만 기다렸다 자갈을 쌓으면 더 빠르다는 사실도 잊어선 안될 것이다.

한탕주의

한탕주의야말로 조급증의 표본이다. 마음이 급하면 정도正道를 걷지 못한다. 지름길을 찾으려고 한다. 그러다 시간이 더 걸리는 한이 있더라도 쉽게, 빨리 가려고 한다. 단계적인 순서도 생략한다.

비록 마음이야 초조하지만 옛날엔 이런 엉뚱한 생각은 하질 않았다. 농사일이라는 게 철따라 순서대로 할 것이지 급하다고 지름길이 따로 있는 게 아니다. 그러니 한탕 한다는 건 상상도 할 수 없는 일이었다. 하긴 할 건덕지도 없었다. 뛰어야 등 너먼

데 거기에 무슨 모험이니 한판 승부니 할 건덕지가 있었던가 말이다. 급해도 참고 천리天理에 따랐던 것이다. 반상班常은 모두 그 나름대로의 분수에 맞춰 살아갔다.

그러나 근대사회에 들어오면서 기존의 계급질서가 붕괴됨에 따라 모든 국민에게 평등의식이 팽배하기 시작했다. 더구나 해방 후 민주주의는 이런 의식을 더욱 가속, 증폭시켜왔다. '나도 하면 된다'는 의식이 싹트기 시작한 것이다.

하지만 그건 이상이지 불행히도 현실은 그렇질 못했다. 그렇게 할 수 있는 준비도 없이 마음만 급하니 여기에 갭이 생기고 갈등이 온 것이다.

누구에게나 기회가 온 건 사실이다. 문호가 열린 것도 부인할 수 없다. 더구나 그동안의 경제성장은 우릴 더욱 조급하게 만들었다.

'이판에 나도…'하는 생각이야 누구에겐들 들지 않으랴. 기형적인 우리의 상향의식에 불이 붙었다. 하지만 그럴수록 이상만 남고 현실은 거리가 멀다. 빈부의 격차는 점점 커지고 학력에 따른 임금의 차도 더욱 커져간다. 이대로 있다간 난 영영 낙후할지도 모른다는 초조감이 급기야는 한탕주의란 사회병리로 발전하는 것이다.

그 말로는 뻔하다. 종착역은 형무소 감방이란 외길뿐이다. 하지만 이들은 천행을 믿고 일을 저지른다. 부정, 사기, 공갈, 폭력, 살인까지 – 무슨 일을 못하랴. 목적 앞에 수단과 방법을 가리지 않는다. 한탕만 하면 그뿐이지 그 과정이야 따질 게 없다. 우린 지금 이런 무리들의 음모 속에 살고 있다. 언제 그 불길이 우리에게 미칠지 모른다. 으스스한 기분이다.

더욱 무서운 일은 이들이 자기 비행非行에 대해 전혀 죄책감이 없다는 사실이다. 형무소에 들어간대도 뉘우치는 법이 없다. 재수가 없었을 뿐이라고 생각한다. 이들의 눈엔 모든 사회 구석구석이 그러한 비리非理로 가득 찬 걸로 보인다. 잘못이라면 자기를 이렇게 만든 사회에 있지, 나는 아니다.

더욱 걸작은 사회비리를 고발하기 위해 했노라고 떠들면서 자신을 의적화義賊化하는 일이다. 더 웃기는 일은 양식 있는 상당수의 시민이 그 소리에 박수를 보낸다는 사실이다. 국민의 저변에 깔린 이런 사회무드가 한탕주의를 은근히 부채질하고 있는 또 하나의 요인이다.

"도장 하나 찍어주고 수억을 먹는 판에 굶는 사람이 도둑질 좀 했기로서니." 이거야말로 위험한 생각이다.

한탕주의에의 유혹은 누구에게나 있다. 불우한 처지에 있는 사람이면 더욱 그렇다. 요즘 우리 사회의 밑바닥에 만연하고 있는 이 한탕주의는 청소년 비행의 도화선이 되고 있다. 이건 한 판에 승부를 거는 정정당당한 모험심과는 다르다. 처음부터 부정한 승부에 모험을 건다. 여기엔 요행을 바라는 사행심도 물론 작용한다. 경마, 경륜, 도박, 놀이로 한다는 고스톱까지 모두가 한탕의 환상에 빠진 사람이다.

한자리했을 때 한탕 하겠다는 고위관료 권력형 부정도 한탕환자다. 그 자리에 오르기까지 남모르는 고생이 얼마나 많았을까. 힘들게 오른 자리, 한탕 유혹에 빠져 명예, 인기, 존경은 하루아침에 가고 싸늘한 철창 신세를 져야 하는 불쌍한 지도자들이다.

미국 동부 대서양 해안을 따라 남북의 끝을 잇는 길이 'U.S.I' 이다. 미국에서 제일 먼저 생긴 길이다. 그야말로 미국도로 1번지다. 보스턴에서 시작하여 뉴욕, 필라델피아, 워싱턴을 거쳐 마이애미까지 이어진 길이다. 개척자들이 마차로 다녔던 이 길을 따라 가노라면 미국 건국 초창기의 향수를 만끽할 수 있다.

통나무 식당하며 선술집들이 옥호도 그대로 달고 아직도 옛날 그대로 남아있다. 'CHUK'도 그 중의 한 집이다. 뉴헤이븐에 있는 스테이크 전문집이다.

어느 날 이 집은 진객珍客을 맞아 온통 축제 분위기였다. 그 손님은 영국의 어느 시골에서 온 초라한 노인이었다. 그가 바다를 건너 이 집을 찾아오게 된 사연이 재미있다.

이 노인은 어릴 적에 아버지를 여의었다. 선원이었던 그의 아버지는 항해하면서 둘러본 해외 풍물을 자주 들려주곤 했다. 그 중에서도 잊을 수 없는 건 CHUK 식당의 스테이크 맛이라고 했다. 이 집은 그 아버지의 아버지가 처음 자기를 데리고 갔을 때부터 그 맛이 한결같았다는 것이다.

그러니 이 노인은 3대째 찾아온 손님인 셈이다. 그야말로 3대를 이어온 만남이었다. 주인도 마찬가지였다. 3대째 바다를 건너온 손님이 와도 그때 그 자리 그 자손이 그대로 그 식당을 경영하고 있다는 것은 내겐 정말 신기하게 들렸다.

미국처럼 동적인 사회에서는 더욱 그랬다.

"스테이크 맛이 어떻습니까?"

주인이 물었다.

"아주 좋습니다. 아버지가 자신 맛 그대로인걸요."

이 두 사람의 몇 대 후손이 또 이와 같은 이야길 하면서 만나게 될는지 난 그게 궁금했다.

딸을 낳으면 오동나무를 심고 기다렸다는 우리 조상의 여유가 오히려 부끄럽다. 이제 우리에겐 그나마도 없다. 한치 앞을 못 보는 한탕주의자들에게 꼭 들려주고 싶은 이야기다.

교통사고 1등국

교통사고만은 단연 세계 제1위다. 어느 나라고 추종을 불허한다.

당국에선 그 원인을 여러 측면에서 분석하고 있다. 노폭에서 시작하여 시설, 정비, 운전 부주의 등 많은 요인들을 지적하고 있다. 하지만 우리와 사정이 비슷한 나라가 어디 없을라고. 틀림없이 그 이외에 또 다른 이유가 있을 것이다. 주범은 우리의 조급증이다. 이게 내가 보는 교통사고의 진단이다.

신호를 무시하고 뛰는 사람, 육교를 두고 한길을 건너는 사람도 모두 조급증 환자다. 정신 나간 사람 아니고야 어찌 몇 초의 시간을 위해 생명을 거는가 말이다. 신호를 기다리고 선 사람도 급하긴 마찬가지다. 신발의 반은 차도에 걸치고 있다. 아예 내려서는 사람도 있다. 한줄에 나란히 서서 출발신호를 기다리는 단거리 선수 같다. 누구 하나 여유 있게 인도에서 기다리는 사람이 없다.

그만큼 앞섰다고 빨리 건널 수 있는 것도 아니다. 그저 마음이 급하기 때문이다. 바쁜 일이 있어 그런 것도 아니다. 습관적으로 우린 그렇게 하고 있다. 그러다가도 일단 길을 건너면 여유만만이다. 벽보를 들여다보거나 아니면 남의 집 싸움구경이나 하며 어슬렁거린다. 사선死線을 넘어 급하게 건너온 사람치고는 너무나 한가하다.

그래도 통행인은 나은 편이다. 그보다 더 급한 건 운전자다. 핸들만 잡으면 거의 반사적으로 급해진다. 누구나 예외가 없다. 우선 경적부터 누른다. 거의 신경질적으로 계속 빵빵거린다. 조급한 사람일수록 경적을 잘 누르기 때문이다. 경적과 사고가 정비례하는 건 그래서다.

전쟁터에서 총이나 쏘아대는 기분과 똑같다. 조급증의 발동이 곧 우리를 공격적으로 만들기 때문이다. 그러니 한치의 양보도 하질 못한다. 운전 예의란 상상도 할 수 없다. 틈만 있으면 비집고 들어온다. 눈 오는 날 서울거리를 보라. 세상에 이런 미개족이 또 있을까.

눈, 비가 오는 고속도로를 겁 없이 질주하는 차가 있다. 가히 죽음의 행진이다. 안 죽어봐서 모를까. 이건 정말 미친 짓이다. 아무리 급해도 그렇지. 어찌 목숨을 걸까.

우린 정말이지 너무 조급하다. 개문발차, 과속, 신호위반 등 어느 하나 조급성 아닌 게 없다. 정비불량이라지만 이것도 따지고 보면 조급증이다. 여유를 갖고 찬찬히 점검했더라면 미연에 방지할 수도 있었던 경우는 얼마든지 있다.

전쟁을 치르는 듯한 공격적인 감정 하에선 사고가 일어나게 마련이다. 집에서 불쾌한 일이 있었던 운전자에게 사고가 많은 것도 같은 이유에서다. 중추의 공격점이 자극되면 난폭운전은 필연적이다.

운전하면서 신경질 안 내본 사람 없을 것이다. 그만 들이 받아버리고 싶은 충동이 하루에도 몇 번 일어난다. 아무리 점잖은 사람도 입이 험해진다. 다른 건 몰라도 운전 예의만은 있어야 할 텐데 말이다. 이건 생명과 직결되는 문제가 아닌가.

세계적인 위장약

우리나라 제약회사의 주종상품은 소화제다. 이것만은 세계 어느 나라 제품보다 우수하다. 종류도 다양하거니와 그 효능 또한 탁월하다.

채식, 육식용 소화제가 따로 있고 비타민, 간장보호제, 정력제 등 함유성분 또한 다양하다. 미제 약이라고들 하지만 미국엔 소화제란 게 없다. 형식상 비슷한 거야 한두 가지 있긴 하지만 인기품목은 아니다.

우리의 소화제가 우수하다는 건 그만큼 위장병이 많다는 증거다. 소화기 전문의는 그 원인을 주식인 채식과 맵고 짠 음식 탓으로 돌리고 있다. 그러나 내 의견으론 우리의 조급증이 그보다 더 큰 원인이 아닐까 싶다.

최근 유행하는 소위 '신경성 위장병'이란 바로 조급증이 만든 병이기 때문이다. 요즈음 소화제 속에 신경안정제가 많이 들어가는 것도 이런 연유에서다. 긴장된 신경을 풀어야 하기 때문이다. 어렵게 생각할 것 없이 밥 먹는 습관부터 돌아보면 그 이유가 분명해진다.

우선 우린 밥을 빨리 먹어치운다. 평균 10분이라면 좀 짧은가?

여하튼 20분을 넘기는 사람은 그리 많지 않다. 미지근한 국밥이나 국수라면 눈 깜짝할 사이다. 이건 아마 세계기록일 게다. 서양사람 커피 한잔보다 더 빠르다. 우린 커피도 뜨거우면 불어

가면서 단숨에 마셔버린다. 바쁜 일이 있어 그러는 것도 아니다. 그게 우리의 식사습관이다.

서양사람과 함께 식사하노라면 제일 난감한 게 먹는 속도다. 아무리 천천히 먹으려 해도 되질 않는다. 마치 열흘 굶은 사람 같아 민망스럽기 그지없다.

끼니때만 되면 우린 급하다. 식당에 들어서면 우선 "뭐가 빨리 되느냐"고 묻는다. 맛이고 값이고 뒷전이다. 빨리 되는 것으로 빨리 가져오라고 성화다. 중국집 우동 시켜놓고 신경질 안 부려본 사람 없을 것이다. '나갑니다…'하고 여유 있게 응수하는 중국 주인과는 퍽 대조적이다. 그런다고 빨리 나오는 것도 아니다. 손님은 성화지, 단무지부터 갖다 놓으면 그것부터 먹어치운다. 그 짠 걸. 아주 간장까지 찍어먹는 조급증도 있다. 이게 우리끼리니까 흉이 아니지, 서양사람이 보면 웃는다. '굶다왔나?' 싶은 생각에서다.

조급증이 발동하는 한 위장운동은 되질 않는다. 급하게 먹으면 체하고 잘 얹히는 이유도 여기에 있다. 위장운동이 안되니 음식이 내려갈 수가 없다. 공격적인 생리 하에선 장관腸管운동은 필요 없기 때문이다. 위장으로 오는 혈류를 팔다리 근육에 보내야 하기 때문이다. 혈류도 위액 분비도 동시에 떨어진다. 소화가 잘 될 수가 없다. 거기다 또 빨리 먹어야 하니, 이중의 부담이다. 우리 갈비는 질기다. 질길수록 천천히 씹어 넘겨야 하는 데 성질이 급해 씹기 귀찮아 그만 꿀꺽 삼킨다. 맙소사, 위장엔 이가 없다는 사실을 아는지, 녹초가 되는 게 우리의 위장이다.

밥술도 한입 불룩이 떠 넣어야 한다. 그래야 복을 받는다고 한다. 씹을 여가도 없다. 바쁠 땐 물에 말아서 그냥 들이마셔야 한다.

식탁엔 국물이 꼭 있게 돼있다. 이것도 빨리 먹기 위한 방편일 것이다. 잘 씹지도 않고, 그나마 국물과 함께 넘긴다. 들어간 음식이 침과 함께 반죽이 될 여유가 없다. 침이라는 강력한 소화제를 입 안에 버려두고 그냥 지나쳐버린다. 위장이 그 몇 배로 일하지 않으면 안된다. 이러고도 소화가 잘되고 위장이 성하길 빈다는 건 망상이다.

그뿐 아니다. 식탁에선 말도 못하게 돼있다. 식탁의 분위기란 아예 계산에 넣지도 않는다. 즐거운 음악과 담소로 가득한 서양의 식탁과 비한다면 우린 너무 메말라 있다. 한끼를 때워야 한다는 가난한 조상의 유산이 아직도 우리 잠재의식에 작용하고 있다. 식사시간이 즐거움보다 의무라면 이거야말로 서글픈 일이 아닐 수 없다.

각설하고, 조급증이 드디어는 우리 신체적 건강까지 위협하고 있다. 다 바뀌는데 식사 습관만은 옛날 그대로다. 음식의 내용이 다소 바뀌었을 뿐 먹는 태도는 조금도 달라진 게 없으니 딱한 일이다.

배짱 있는 삶을 위한 Tip

별거 아닌 일에도 화를 잘 내는 사람들에게

신경질이 날 땐 말로 해야 한다. 성내기 전에 말이다. 폭발하기 전에 좋은 말로 타이를 수도 있다. 도전이 아닌 부탁이다. '조용히 해줬으면 좋겠다'고 부탁하는 거다. '조용히 못해!'와는 다르다. 내 의사를 분명히 밝히되 상대의 감정을 자극해선 안된다.

의사표시와 성을 내는 것은 다르다. 사실 신경질을 낸다는 것은 문제해결에 실패했다는 패배선언이다. 그렇게 함으로써 문제가 해결될 것 같지만 그건 천만의 말씀이다. 일단 성을 내기 시작하면 증량된 아드레날린에 불이 붙는다. 분노의 불길은 걷잡을 수 없다. 무슨 일이고 서슴지 않는다. 배짱 하나 좋아 보인다. 뒷일이야 생각지도 않는다. 물론 이성은 완전히 마비되고 야성동물로 돼버린다. 이게 신경질의 대뇌생리 현상이다. 이런 상태에서 문제가 해결되려니 하는 기대는 어리석은 일이다.

성낸 후에 기분 좋은 사람 없다. 현실적으로나 정신적으로 반드시 손해를 보고 후유증이 남게 된다. 그런데도 우린 상대가 성을 내면 거의 조건반사처럼 같이 성을 낸다. 고함을 지르면 나도 질세라 같이 언성이 높아진다. 조용히 하고 있으면 녀석한테 약점이나 보이는 것 같다. 마치 항복의 의미가 있는 걸로 생각하지만 사실은 전혀 반대다. 조용한 사람이 이긴다. 당장에야 목소리 큰 사람에게 승산이 있는 것 같지만 그건 잠시다. 자신 있는 사람은 조용할 수도 있기 때문이다. 원래 강한 자는 조용하다.

상대가 성을 내면 '녀석, 자신 없는 친구로군'하고 불쌍히 여겨라. '저게 벌써 졌다는 항복이군'하고 단정하면 틀림없다. 그러면 여유가 생길 것이다. '참 안됐다. 내가 도와줄 일이라도 있을까'하고 생각해보라.

덩달아 화내는 바보가 되진 않을 것이다. 그리고 녀석의 화난 꼴을 자세히 보라. 그 일그러진 얼굴 하며 씩씩거리는 꼴을 보자는 거다. 설마하니 당신도 그런 몰골이 되고 싶진 않을 것이다. 성이 나다가도 '그만 하지, 이건 미친 짓이다'고 생각하면 자제가 될 것이다.

해 설

'배짱으로 삽시다'에 대한 심리학자의 해설

황상민 • 연세대학교 심리학과 교수

한국사람들이 살기 힘든 이유 중 하나가 '그 놈의 관계' 때문이라는 말이 있다. 누구나 좋은 사람이 되고 싶고, 자기 일을 완벽하게 하고 싶어 한다. 그 놈의 관계와 인정 때문이다. 그래야 남 못지않게, 아니 남부럽지 않게 번듯하게 살 수 있다고 믿기 때문이다. 이들이 바로 한국 사회에 살고 있는 '현실주의자(리얼리스트)'이다.

이 땅에 살고 있는 많은 사람들은 30년 전, 이시형 박사의 「배짱으로 삽시다」에 많이 공감했다. 당시 대학원생이었던 나에게도 이 책은 한국인의 심리에 대한 지평을 열어주었다. 무엇인지 잘 잡히지 않는 세상에 적응해 살아남아야 한다고 막연히 믿었던 학생에게 이 책은 또 다른 삶에 대한 지침서였다.

그렇다면, 한 세대가 지난 이 시점에서 이 책의 메시지는 조금 다른 의미를 가지게 되었을까? 그렇지 않다. 여전히, 이 책은 이 땅에 살고 있는 '리얼리스트'를 위한 삶의 규범서이자, 자기계발서이다. 다양한 삶의 방식 중에서 리얼리스트가 어떤 사람인지를 아는 것은 이 땅에서 살아가는 나에 대한 또 다른 성찰이 된다.

리얼리스트는 무엇보다 자신의 스타일을 뚜렷이 표현하기 힘들어 한다. 웬만하면 대세를 따른다. 타인을 통해 자신을 확인하고, 느끼려 한다. 인정에 목말라 하고, 인정을 받으려 한다. 타인이 자신을 어떻게 보는가를 무엇보다 중시하기에, 타인의 인정은 바로 자신의 존재의 확인이다. 착한 사람 또는 괜찮은 사람이 되어야 한다는 것이 거의 강박 수준이다.

실수를 하지 말아야 하고, 완벽해야 한다. 주위의 사람들이 원하는 것에 자신을 맞추려 한다. 그렇기에, 거절을 잘 하지 못한다. 어떻게 보면, 순응적이다. 적당히 붙임성도 있는 것처럼 보이지만, 타인의 감정을 고려하는 행동이다. 남을 불편하게 하기보다 내가 조금 불편한 것이 낫다고 믿는다. 바르게 살아야 한다는 규범과 틀을 지키려 하기에, 항상 하는 일만 하려 한다. 때로 답답하다는 이야기도 듣는다. 자기 생각이나 고집을 내세우기보다 남들 하는 대로 하는 것이 맞다고 믿는다. 그렇기에, 남들이 어떻게 사는지에 대한 관심이 많다. 남들보다 튀는 것을 좋아하지 않는다. 왕따가 되는 것을 두려워한다.

현실의 삶의 논리에 충실하려 한다. 대세가 무엇인지를 알려 하고, 가능한 그것에 맞추려 한다. 성실하게 오늘을 살아가려는 대다수의 직장인의 모습이다. 배려하고 순응하고 모범을 보이면서 자신이 속한 조직의 논리와 틀에 충실하려 한다. 상황에 따라 자신의 행동을 맞추려 한다. 상황에 따라 그럴 수도 있지 하는 마음으로 인간관계를 풀려 한다.

자신도 모르게 상황과 상대에 따라 말과 행동이 달라진다. 하지만, 타인이 카멜레온 같이 부화뇌동하는 모습을 보이면 비분강개한다. 그렇게 하면 안된다고 믿기 때문이다. 보통 어떤 일에 확 몰두하거나 쉽게 빠져드는 스타일은 아니다. 무엇을 하든 강한 열정이나 믿음을 드러내기보다 가능한 미지근한 모습을 보이는 것이 안전하다고 믿는다. 문제는 피해야 하고 모른 척 덮어야 한다.

혹시라도 문제가 발생하면 정답을 찾는다. 보통 정답은 상사나 위의 높고 잘난 사람들이 가졌을 것이라 믿기에, 가능한 그들의 의견에 맞추려 한다. 주어진 일은 늘 하던 방식에서 벗어나지 않는 것이 바로 삶의 규범이다.

리얼리스트에게 위기란 급박한 상황의 변화이다. 정작 하던 방식을 바꾸는 것이 힘들기에 위기인 것이다. 현실은 가능한 있는 그대로 유지하는 것이 좋다고 믿기에, 안정성을 찾는다. 이들에게 자신이 속한 조직이란 바로 자신의 정체를 대변한다. 그렇기에, 남들 눈에 그럴듯한 회사에 다니고 있다는 자부심이 보통 자신을 지탱해 주는 기둥이다. 허세를 부려서라도 남들에게 번듯하게 보여야 한다.

자신의 존재 이유이기 때문이다.

만일, 리얼리스트가 타인의 인정을 받지 못하면 이들은 쉽게 감정적이 된다. 욱하는 방식의 충동적인 행동을 보인다. '내가 누군데', '사표 쓰고 말지'와 같은 행동이다. 이런 감정적 행동은 보통 스스로 못난 사람이 아니라는 강한 부정에서 나온다. 특히, 남의 시선을 의식하지 않아도 될 때, 아랫사람에게 안하무인의 모습을 보이기 쉽다. 감정 폭발이다. 일상의 유순하고 착한 모습과는 딴판으로 자기 마음대로 하는 괴팍한 성향이 드러난다. 자기 감정에 매몰되어 다른 사람의 가치를 인정하지 않으려 하는 행동이다. 인정을 못 받을 때, 대세가 분명하지 않을 때 리얼리스트가 겪는 좌절과 불안 반응이기도 하다.

리얼리스트들은 불안할수록 가족이나 친지, 혹은 영웅전 속의 유명 인물을 통해 자랑스러움을 느끼려 한다. 영웅이라 할 만한 사람을 내세울 수만 있다면 자신의 불안이 잠재워질 것으로 기대하기 때문이다. 이들은 무엇보다 스스로를 돌아보며 성찰하는 일에 약하다. 사소한 일에도 목숨을 거는 듯한 과도한 반응을 보인다. 대부분의 경우, 우울하고 어두운 성향을 보인다. 자책감에 짓눌려 있으며 자신이 처한 상황을 주어진 것으로, 또 견뎌야 하는 것으로 받아들인다. 쉽게 자신을 삶의 희생자나 피해자로 여기려 한다. 타인으로부터 위안을 얻으려 하면서도 자신의 어려운 상황을 타인에게 이야기하는 것은 주저한다. 타인의 위안과 관심을 원하면서도 아닌 척 한다. 타인의 사소한 말 한마디에 감동받는다. 주변 상황이 안 좋을수록 주변의 변화에 더 민감하게 반응한다. 위기 상황에서 자존심을 내세운다.

리얼리스트의 모습은 한국사회에서 여자보다 남자들에게 더 뚜렷하다. 심한 경우, 자폐적 성향을 그대로 보인다. 과도한 남성성의 표현, 마초적이고 권위주의적인 문화는 그 결과이다. 보통, 자신의 삶의 가치로 누구나 원하는 '가정의 화목', '행복', '건강'을 내세운다. 대한민국에서 평범하고 무난하게, 그러면서도 열심히 살아가고 싶어하는 착한 사람이다. 스스로 '서민'이라 믿는다. 그렇기에, 빛과 소금의 역할을 하는 삶에 자부심을 가진다.

당신은 이런 리얼리스트에 대해 어떻게 느끼는가? 자신의 모습이라고 생각한다면, 아마 「배짱으로 삽시다」에 더 공감할 것이다. 바로 자신을 위한 변화 지침서처럼 느껴지기 때문이다.

어떻게 하라고? 저자는 리얼리스트를 위해 체면의 옷을 벗어버리라고 한다. 몸과 마음을 함께 가지면서, 그냥 뛰고 마는 추진력과 결단력을 보이라고 조언한다. 언젠가 신발회사의 광고 카피였던 '그냥 해(Just Do it!)'라는 말이다. 누구나 소심증이 있지만, 소신 있는 거물이 되면서 벗어날 수 있다고 조언한다. 무엇보다 남에게 '안돼'라고 말하는 것에 미안함을 느끼지 말고 그렇게 이야기할 수 있는 용기를 찾으라고 한다. '남보다 못한'이 아닌 '남과 다른'을 부르짖으며, 적당히 남에게 무덤덤해도 괜찮다고 한다. 현실뿐 아니라, 미래를 생각할 수 있는 안목을 가진다면 말이다.

이 책은 이 땅의 리얼리스트에게 현실이 아닌 이상을 위해 사는 '아이디얼리스트' 또는 자신의 감정에 더 충실한 '로맨티스트'의 삶도 괜찮다고 추천한다. 대한민국에 살고 있는 사람들 중의 50% 이상이 리얼리스트의 모드로 살고 있기에 참 적절한 이야기이다. 자신의 삶에 대해 불안해하며, 위로를 필요로 하는 이들에게 정말 좋은 말이다. 하지만 이미 언급한 것처럼 이들에게 변화라는 것은 위기이다. 즉, 바뀌는 것은 쉽지 않다. 그런 의미에서 이 책은 요즘 한동안 유행했던 '힐링' 서적의 원조라 할 수 있다.

에필로그

이제 배짱으로 행복해지자

책이 출간된 지 30년쯤 되니 의도하지는 않았지만 시대에 따라 이 책이 갖는 의미도 조금씩 달라지는 것 같다. 1980년대 처음 이 책이 출간되었을 때는 체면과 소심증, 조급증, 미안 과잉증, 열등감, 대인불안증에 빠져 있는 한국인들에게 진취적이고 역동적인 태도를 고취시켜주는 책이었다. 하지만 한 세기가 바뀐 현재는 타인의 시선과 마음의 족쇄를 과감히 벗어던지고 마음껏 행복하게 살아도 괜찮다고 용기를 북돋아주는 책이 되었다.

남의 눈을 의식해 체면이라는 명분, 내실보다는 형식, 자존심과 위신만을 내세우니 정작 자신은 병들어 곪는 것을 모르는 이들이 많다. 다소 뻔뻔하고 채신머리없어 보여도 자신의 감정에 솔직하고 당당하게 사는 사람들이 삶에 대한 만족도(행복)와 자존감도 높다. 속이 꽉 찬 사람일수록 형식에 구애받지 않는 법이니까. 융통성 있게 굽히기도 하고, 질 줄 아는 배짱도 있어야 한다. 지나치게 남을 의식하는 것만 고쳐도 우리는 지금보다 훨씬 더 행복하게 살 수 있다.

게다가 21세기는 창의성의 시대가 아닌가. 제풀에 기가 죽어 오금을 못 펴는데 어떻게 창의적인 발상이 자유롭게 꽃을 피우겠는가. 글로벌 경쟁에서도 뒤처질 게 뻔하다. 강박증에 사로잡혀 있으면 제 능력도 제대로 발휘하지 못한다. 강박증은 자기감정을 차단해버리기 때문이다. 지금은 감성의 시대. 이렇게 얼어붙은 감성으로는 이 시대를 살아갈 수 없다. 이제 즐기면서 사는 시대다.

몇 번의 개정판을 거쳐 30주년 개정판이 탄생하기에 이르렀다. 이번 개정판이 마지막이 될지, 다음에 또 다른 개정판이 나올 수 있을지는 잘 모르겠다. 이것도 나이 탓인가. 하지만 10년, 그리고 30년이 지난 후에도 계속해서 독자들과 만나는 책이 되길 바란다. 그 때는 이 책이 어떻게 읽혀질지 벌써부터 궁금해진다.

끝으로,

모두들 배짱으로 행복하게 살길 바란다.

저자 이 시 형

배짱으로 삽시다

초판 발행 1982년 5월 20일
개정 초판6쇄 2018년 7월 10일

지은이 • 이시형
펴낸이 • 안대현
편 집 • 박영임
디자인 • 디자인스튜디오 203 대전
사 진 • 성종윤
펴낸곳 • 도서출판 풀잎
등 록 • 제2-4858호
주 소 • 서울시 중구 필동로8길 61-16
전 화 • 02-2274-5445/6
팩 스 • 02-2268-3773

ISBN 979-11-85186-05-4 03800
값 14,000원

• 「이 도서의 국립중앙도서관 출판시도서목록(CIP)은 서지정보유통지원시스템 홈페이지(http://seoji.nl.go.kr)와 국가자료공동목록시스템(http://www.nl.go.kr/kolisnet)에서 이용하실 수 있습니다.(CIP제어번호: CIP2013025092)」